阅读越美丽
开卷好心情

艳归康 著

长江出版社
CHANGJIANG PRESS

图书在版编目（CIP）数据

花花寻万里 / 艳归康著. -- 武汉：长江出版社，
2024.7. -- ISBN 978-7-5492-9584-5
Ⅰ.I247.5
中国国家版本馆CIP数据核字第2024K8L420号

花花寻万里 / 艳归康 著
HUAHUA XUN WANLI

出　　版	长江出版社
	（武汉市解放大道1863号）
出版统筹	曾英姿
特约编辑	时　影　张文超　祖一晨
市场发行	长江出版社发行部
网　　址	http://www.cjpress.cn
责任编辑	罗紫晨
印　　刷	湖南天闻新华印务有限公司
版　　次	2024年7月第1版
印　　次	2024年7月第1次印刷
开　　本	880mm×1230mm　1/32
印　　张	9
字　　数	226千字
书　　号	ISBN 978-7-5492-9584-5
定　　价	48.00元

版权所有，侵权必究。如有质量问题，请与本社联系退换。
电话：027-82926557（总编室）027-82926806（市场营销部）

目录

CONTENTS

第一章
001 你真有趣

第二章
029 开学惊魂

第三章
055 同桌你好

第四章
079 冤家路窄

第五章
102 世纪破冰

第六章
128 口罩掉了

目录

152 第七章
我要学习

174 第八章
恼羞成怒

197 第九章
原来是你

223 第十章
泳池风波

243 第十一章
哄你开心

265 第十二章
阴魂不散

第一章
你真有趣

康万里小心翼翼地盯着屏幕,消息已经发出去三分钟了,对话框还是一片空白。明明对方显示着网络在线,但就是没有回复他。

小风还在生气?冷战了这么久,今天这么特殊的日子都不给开个特例吗?

康万里看看时间,心里越发着急,神情不由得被愁云笼罩。他吐出嘴里吃到一半的葡萄,也不想再做卷子了,一口气从床上蹦了下来。

"阿姨,小风来电话了吗?"康万里的声音从楼上传下来,客厅里立刻响起一阵哈士奇特有的叫声。

康万里遥遥地喊道:"大花闭嘴!"接着又催促:"阿姨,有没有电话?没有的话你打电话给小风,问问他是什么结果。"

康万里的父母平时比较忙,家里的大小事情和他们兄弟俩一般都由张阿姨照顾。张阿姨这会儿正在楼下洗水果,被康万里一提醒才看了一眼时间。这一看不得了,查询已经开始好久了。

她急忙擦擦手,问道:"你没问啊?你发条微信不就行了吗?欸?我找找,我手机呢?"

康万里不用看便知道:"鞋柜上,没有就在冰箱上。"

康万里对张阿姨放东西的地方了如指掌,听见张阿姨打通电话,迫不及待地从楼上跑下来。家里养的哈士奇向他奔过来,康万里按住大花的狗头,急忙冲它"嘘嘘"。

大花可管不了那么多,一个劲儿地伸着头往康万里的脸上凑,康万里只得用双手抱住它的嘴,用眼神警告:禁止狗叫!不要吵着阿姨打电话!

康万里倒是一直在微信上问,可惜小风就是不理他。小风不回复私聊就算了,也没在家庭群里说具体情况。

这些日子康万里好不容易才从康千风的黑名单里"逃出来",眼下还真不敢打电话招惹小风。万一把康千风惹急了怎么办?

张阿姨在那边聊了一分钟,逐渐笑得合不拢嘴,脸上堆出一朵洋溢着自豪和骄傲的花。

"真的?真的?我就知道!小风你的成绩肯定没问题!想吃什么阿姨晚上给你做,阿姨不累,你这个孩子总是这么懂事。好,好,好,那你去和同学玩儿吧,晚上早点儿回来。"

康万里的耳朵都要竖起来了,偏偏没听到重点,阿姨一挂断电话,他立刻问道:"怎么样?是什么大学?"

张阿姨掩不住浓浓的喜悦之情,随即迅速收敛笑意:"小风说了,不让我告诉你。"

康万里气急:"你偷偷地告诉我嘛!"

张阿姨犹豫了一下,还是拒绝:"不行,小风是个好孩子,说什么肯定有他的道理,我只能告诉你是所好学校。"

康万里咬咬牙,差点儿晕过去。当然是好学校,以小风的成绩这还用说吗?他等了这么半天,连张阿姨都要帮着小风孤立他!康万里气得回了房间。

他灵机一动,登录三中的贴吧和论坛。哼,小风不告诉他,他就没办法知道了吗?现在的网络消息传得多快啊!

虽说登录贴吧会看到那些乱七八糟的消息,不过康万里也顾不上那么多了。他快速上线将贴吧首页的帖子浏览了一遍,自然,少不得把半个多月前的消息又过了一遍。

"大家一起来下注,今年的理科状元到底是康家兄弟的哪一个?押万里哥哥的请发1……"

"表面上是全市的学生比拼成绩,其实状元就在咱们三中的学霸兄弟内部'厮杀',能和康家兄弟做校友还真的有点儿骄傲呢!"

"大家准备好了吗?高考成绩要出来了!"

"激动!大家听见了吗?学校放鞭炮了!"

"好期待啊!状元是谁?是万里还是千风?"

"小道消息:结果出了,状元是康千风,总分728分!数学成绩满分!理综288分!"

"真绝了!这还是人吗?康家兄弟是AI(人工智能)吧!成绩好就算了,长得还都那么好看。"

"这么说康万里这次是第二名?三年争霸,最后弟弟赢了啊。"

"等等……第二名好像不是康万里,咦?第三名也不是……第四名、第五名……啊?什么情况?康万里人呢?!"

…………

康万里全当没看见,不停地刷新,一篇新的帖子终于出现了。

"在学校教务处听见康千风的高考成绩了,728分!没有错,毫无悬念!京大给他打电话了!康千风被京大录取了!"

康万里的眼睛霎时间亮起来,仿佛有小火苗在瞳孔里摇晃。他喜笑颜开,立刻向着楼下喊道:"京大!是京大!小风被京大录取了!"

张阿姨早就知道了结果,自然不惊讶,康万里只能抱住大花,激动地说:"你听见没有?你现在是京大学子养的狗了!开不开心?骄不骄傲?"

大花一身狗毛都在抖:"嗷——嗷——"

003

康万里放下狗给康千风发消息：小风小风你最棒！你是全校最靓的仔！

康千风那边依旧沉默，稍后回了一个冷酷无情的表情图。康万里没有介意，虽然康千风表现得很冷淡，但这比直接无视强多了。

康万里的心情前所未有地明朗，他从窗口望出去，正好看见对面房子里的宁修在收拾画板。

康万里用力喊道："阿修，你听说了吗？小风上京大了！"

宁修和他同年，也是三中的学生，两家的别墅挨得近，宁修和康家兄弟既是邻居又是好友。

宁修在康千风接了京大招生办的电话后就知道了消息，说起来比康万里知道得还早些，但他性格温和，十分配合地说："好厉害啊！高三忙了一年，现在小风总算是解放了，这个假期好好玩儿吧，你们全家可以出去旅游了。"

康万里非常受用："意料之中的事，小风多聪明，放眼整个A市，同龄人里哪有比他更优秀的？"

宁修笑眯眯地看着他，在这个"宠弟狂魔"面前没有多说，但心里不由得感叹，康千风确实出类拔萃，可比康千风更优秀的同龄人还是存在的，不就是你吗？

别人不知道，宁修却很清楚，眼前这位康万里同学参加高考，四门考试有三门交了白卷，要不是这样，今年的理科状元究竟是谁还真说不准。所以难怪高考结束以后，得知此事的康千风和康家父母会气得好些天不理康万里。

康万里握拳道："我决定了，明年我也要报京大。"

他说得轻巧，好像考京大是一件多么容易的事情。幸好宁修从小学的是美术，早就准备出国读大学，不然说不定真要被康万里酸到。

宁修："你要是好好考试，今年就能和千风一起去了，现在还得复读，一年时间多可惜。"

康万里郑重其事地摇头:"这不算什么,康家兄弟包揽第一、第二名和康家兄弟蝉联理科状元之间,我选第二个。小风做状元,我也做状元,这才好看。一年时间无所谓,反正我喜欢读高三,高三卷子多,做着有意思。"

康万里边说边点头,脸上满是对自己的做法的赞同之色,一点儿不觉得自己没有告知父母和兄弟就擅自交白卷的行为有什么不妥。

宁修哑口无言,忽然深刻意识到一点,这个人……完全没有反省啊!难怪康千风这个一向好脾气的弟弟都被康万里气得夯毛。

康万里从小到大都是这个样子,宁修早就习惯了。说话间宁修已经收拾好东西,背上了画板和书包。

康万里惊讶地问:"你要出门?"

宁修点头:"嗯,去画室。"

康万里不解:"你的课程已经结束了,下个月你不是就要出国了吗?"

宁修顿了顿,说话有些犹豫:"闲着也是闲着,我去画室找找灵感。"

康万里摇头:"不对,你明明说那个画室学员太多,比较嘈杂,还不如家里环境好。"

宁修语塞,随后不得不露出投降的神色。康万里不只学习成绩好,人也聪明机敏,有什么事情根本瞒不住他。

宁修:"我去画室见个人。"

康万里眨了眨眼睛:"女孩子?"

宁修不好意思地说:"嗯。"

康万里顿时来了兴致,从康千风考上京大的兴奋中分神过来:"阿修,你有情况了!"

宁修反应极快:"没有,没有,真的没有……"

还不是,那么两个人也有可能会成为男女朋友。康万里更加好奇:"谁啊?一起画画的?"

"不是,别的学校的。"

宁修个子高大,气质儒雅,相貌清秀,是个任谁看了都容易产生好感的男孩子。可惜脸皮薄,刚说了两句话他便有些脸红。

"其实我今天去就是想找机会告诉她我对她的欣赏。"

康万里心里震惊。他这段时间没和宁修待在一起,好朋友竟然有了这么大的情况。作为好兄弟,必要的时候他还是要加油助威的。

康万里正经地说:"没问题,你这么优秀又这么帅,肯定马到成功。"

宁修一时愣怔:"我算帅吗?"

康万里说:"很帅。"

康万里说的是实话,但宁修将信将疑。不是他刻意自谦,而是因为从小和康家兄弟在一起,他已经对"帅"这个字失去了正确的认知,对自己没什么自信。

只能怪这对异卵双胞胎兄弟生得太好,虽然长得不像,却各有各的好看。一直和他们俩待在一起,宁修总觉得自己长得很普通。

宁修恍惚地看了一眼时间,着急地说:"糟了,时间差不多了,再不走就来不及了。"

康万里挥手:"祝你马到成功,去吧。"

宁修点了点头,说走就走,没过几秒又转了回来。今天是个重要的日子,他一个人没有底气。

宁修:"要不要一起去画室转转?"

康万里的眼睛骤然放光:"要!"

肯定要啊!都是青春期的男孩子,谁还没有一颗八卦的心?!

再急着走,出门前总归要换件衣服,康万里跳起来:"等我两分钟,我马上就来。"

这些天康万里很少出门,衣服被张阿姨收得干干净净。他在衣柜里翻了三十秒,才找到自己最喜欢的那件大红T恤。不知道为什么张阿姨把这件衣服放在了柜子最深处,害他找了好半天。

穿好衣服在镜子面前打量自己,康万里异常满意:"我也太帅了吧。"

康万里冲下楼换鞋,在门口撞见了张阿姨,张阿姨被他那大红色上衣晃得愣了愣,竟不知道说些什么好。

康万里怎么又穿上这件衣服了?她不是都给收起来了吗?这孩子……就算长得好看也不能仗着脸蛋儿为所欲为啊!他没有审美观吗?

"你要出门?"而且就穿这身?大红T恤?牛仔裤?

康万里说:"嗯!我和阿修出去一趟,几个小时就回来,晚上别忘记做我的那份饭,我还要吃小樱桃。"

张阿姨不关注樱桃,只关注康万里的打扮,可惜她的一番话还没来得及说出口,康万里就奔了出去。

她只能皱眉望着康万里的背影,拼命拉住要追出去的大花,用力叹气:"这孩子的审美真是个谜啊。"

大花配合地嚎叫:"嗷——嗷——"

康万里和宁修会合,这身打扮也惹得宁修沉默许久。不过宁修旁观康万里的奇妙搭配时间长了,也不嘲笑他,只是多看了两眼,笑着说:"多亏你长得好。"

康万里:"啊?"

宁修不和康万里多说,他长这么大还没见过能说服康万里的人。他要是告诉康万里这身衣服很丑,康万里也不会服气。

宁修只说:"我们走吧。"

宁修报名的画室距离他们小区并不远,步行十几分钟就能到,于是两个人肩并肩地往画室赶,路上遇到不少人向他们行注目礼。

康万里习惯了被人打量,并没有觉得哪里奇怪,还兴致满满地问:"那个人长什么样啊?"他问的自然是宁修要表白的对象。

说到自己喜欢的人，宁修不由得露出些羞涩的笑容："她画画很好，作品很有意境，我觉得她是个内心温柔、性格和善的女孩子。"

学画画的人果然不一样，关注点真有深度，康万里本来想问的是对方漂不漂亮，一听宁修这么讲立刻把话憋了回去。

对，他一点儿都不肤浅的，所以就算好奇也要忍住不问！

"嗯……那你们两个认识多久了？"

"刚一个月。她最近刚来画室，我们平时交往不多，也就是比其他人多说几句话，聊的还都是作品的事。我真的不知道现在表白合不合适，甜甜她……啊，对了，她的名字叫蒋甜。"

你都叫人家甜甜了，还算交往不多？康万里想着，忽然感觉鼻尖一凉，有水滴打在脸上。

"下雨了？"

雨滴变得细密起来，康万里迅速抬手遮住自己的头发。他出门匆忙，没在意今天的天气，自然没有带伞。

宁修从自己的包里抽出一把折叠伞，抢先遮住书包和画板，康万里急匆匆地凑到伞下，仍有半边身子被淋到。

"就一把？"

宁修无奈地说："我一个人，当然只有一把伞。"

康万里催促："别说了，快跑吧！"

雨越下越大，幸好画室在的写字楼已经很近了，两个人顾不得形象，快速向着目的地狂奔起来。

车子刚在写字楼门口停下，外面就下起大雨，徐黛娇心里火急火燎的，忍不住抱怨："怎么这么巧？车上有伞吗？"

车上坐的都是不好惹的人，司机不知道这话问的是不是自己，惶惑不安，不知道该不该答话。

幸好徐黛娇并没有注意到他，只踢了对面正在打游戏的男孩儿一脚，气愤地说："我跟你说话呢。"

徐凤没放下手机，只懒洋洋地抬头看了妹妹一眼，说道："别问我啊，我能知道吗？这车不是爸送你的吗？问司机。"

司机忙说："有伞，随时可以用。"

听见有伞，徐黛娇稍微满意一些，可看见徐凤还在头也不抬地打游戏，又是一阵不高兴："你怎么还玩儿？玩儿个没完没了，再不快点儿一会儿进不去了，今天看不到那个校花我和你没完。"

徐凤的手机突然被徐黛娇抽走，他当即喊了一声："关我什么事？又不是我想看蒋甜。你看看你，想一出是一出，你又听谁说什么了？那蒋甜是我们学校的校花，和你有什么关系？非拖着我和铭哥过来。赶紧的，手机还我！"

徐黛娇被徐凤吼了一通，倒是一点儿都不害怕，可听到后面的"铭哥"两个字，却小心地看了一眼在一旁闭着眼小憩的花铭。

花铭正在休息，对她和徐凤的谈话不闻不问。就这么一眼，徐黛娇的心里忽然充满委屈。

蒋甜确实和她没有直接关系，可和花铭有关系啊。她从小就崇拜花铭，偏偏和花铭不在一个学校，只能从朋友那里打听有关花铭的消息。

前两天有人看见花铭和校花独处，她怎么可能不在意？那可是独处啊，她长这么大都没听说花铭和哪个女孩子单独在一起过！

于是她趁着假期打听到蒋甜的踪迹，拖着徐凤和花铭过来，就是想看看那个传说中的校花长什么样子。

徐黛娇打量着花铭的神色，心里再在意也不敢直接问这个人一句。她知道花铭对她没有任何意思，自己更因为各种原因有点儿怕花铭，可女孩子的心思还是催着她在这个人面前不停试探。

反正她哥和花铭是一起长大的，看在徐凤的面子上，花铭总不会和她起冲突，她现在只想知道花铭对那个蒋甜是什么态度。

徐黛娇分神的工夫，徐凤成功地把手机抢了回去，游戏已经结束,气得徐少爷差点儿骂人。当下他手机也不玩儿了,破罐子破摔地说:"行了,不玩儿了,不是要去看蒋甜吗?现在就走。"

徐凤拿了伞就要起身,刚一动就被拦住。一条长腿横在他的面前,花铭没讲一句话,却立刻止住了徐凤的动作。

徐凤顺着这条长腿看上去,花铭缓缓睁开眼睛:"雨还没停。"

徐黛娇的态度来了个一百八十度大转变,她和在亲哥面前说话时判若两个人,十分乖巧地说:"没事的,我们有伞,就几步路。"

从车上到写字楼确实只有几步路,可哪怕只有几步路,花铭说不走,他们就不能走。

"我的鞋是新买的。"

一双鞋而已,徐黛娇估算了一下,不过一两千块钱:"不就是一双鞋,脏了也没事。这双鞋我眼熟,不是限量款,现在还能买到,明天我送你一双一模一样的,你不用心疼。"

花铭忽然笑了笑,看不出是高兴还是不高兴,一副懒洋洋的模样:"别了,没钱还你。"

徐黛娇本想说"你怎么会没钱",可他就这么一笑,徐黛娇立刻把所有的话都咽了回去。

人家都说,长得好分皮相和骨相,皮相好的人有无数,骨相美的人却难得。无疑,花铭是稀少的后者。

不仅如此,确切说来,他实在生了一副极好的骨相:鼻梁高挺,颧骨也高,眉弓精致。在这副骨相之上,花铭又有一双看起来冷漠疏离的眼睛。

他不笑的时候十分"厌世",拒人于千里之外,有冷酷之美,一旦笑起来又平白让人觉得他有些不怀好意。坏是真的坏,可他也是真的帅。他帅到这个份儿上,哪个女孩子看了不动心?

徐黛娇不由得出了神,徐凤哈哈笑起来:"不说我都忘了,铭哥现在日子过得可苦了,他家里管得严,零花钱受限,全部身家可不都穿在脚上了?这叫什么来着?鞋脏了就破产哈哈哈!"

花铭不接话,徐凤重新坐下来,透过窗子看出去,正看到两个高挑的男生撑着一把伞跑进写字楼,其中一个背着画板,另一个穿了件麻袋一样宽松的红上衣。

徐凤真心地感叹道:"哇,搞艺术的人还能这么土。"

康万里匆匆跑进写字楼,小腿以下湿得彻彻底底,衣料贴在身上凉得让人受不住。宁修主要护着画板,身上没比康万里好到哪儿去。

说变就变的天气真是无语。

两个人赶到画室,都是一副落汤鸡的样子。这个时间,画室的学生尽数到齐,指导老师也在,宁修带着康万里跑到门口,众人纷纷看过来。

见人淋成这样,老师哪有心思责备宁修来的时间不对,忙说:"赶紧换身衣服,可千万别感冒了。"

看到康万里,老师眼神疑惑,宁修开口解释:"这是我的朋友,来参观一下。"

"那一会儿你给他四处介绍一下。"

学生来画室参观是常事,不过像康万里这么好看的人不多,老师在看到康万里的面孔时停了一下,随后无视了他身上的装扮,继续念叨宁修。

"你就要出国了,一定要注意身体,别愣着了,赶紧走,更衣室里有备用衣服吗?"

有是有,但是只有一套,宁修要换,康万里也要换。

老师一看宁修的表情就知道衣服不够,回头问其他学生:"谁带衣服了?"

画室里的同学都愿意帮忙,可巧的是今天来上课的全是女生,没有男孩子,老师向众人问了一圈,只拿到一条短裙。

有总比没有好,老师好笑地说:"现在没别的,先用这裙子将就一下吧,总比两条裤腿湿着强。"

康万里和宁修堵在门外,画室里的学生只能看到两个人影,看不清长相。可只有人影,也足够画室里的女孩子笑起来。

看一米八的男生穿裙子,多有意思呀!

其中开朗的女孩子起哄道:"快换吧!我们不会笑话你的!"

"对,再不换就要感冒了!"

都是熟人,宁修腼腆又无奈,看到人群中的蒋甜,微微愣了愣,然后立刻转头用寻求帮忙的眼神望着康万里。康万里被他看得莫名其妙,终于,表情逐渐僵硬。

康万里:啊?我换?

换短裙肯定是要康万里来换的,有蒋甜在画室里,宁修怎么可能豁出脸来穿短裙?放到平时,有什么无理的需要肯定是宁修顶上,但这个时候,只能让康万里为兄弟两肋插刀了。

"万里,你小心别冻着,我就先换了。"更衣室内,宁修快速换上了唯一一条备用长裤,有些不好意思。

康万里盯着手头的裙子沉默了好半天,气急败坏地说:"等一会儿!我不穿裙子。我这么大个男人怎么能穿裙子?裙子还这么短!"

宁修像是怕康万里动手抢裤子一样捂着腰,商量着说:"就将就一会儿,这里有烘干机,过一会儿裤子就干了。"

怕康万里气奓毛,宁修又在衣柜里翻了一会儿,可惜还是没找到裤子,只找到一件简单的卫衣:"这件上衣也给你,快换吧。你不用担心,我每次穿完都会洗,衣服是干净的。"

干净有什么用?康万里要的不是上衣,是裤子啊!再说了,他的上衣多好看哪,他还舍不得换呢!

康万里独自气了一下,倒也不会真和宁修抢裤子。他愤愤地换上短裙和上衣,用毛巾擦了一遍腿,终于感觉温度回升,腿上没那么难受了。不过那种光溜溜的感觉果然非常不好!

康万里气鼓鼓地穿上衣服,周身气质立刻发生了翻天覆地的转变。那件麻袋似的红色衣服实在太考验看他的人的忍耐力了，他换上这件卫衣，颜值得到了修正，看上去顺眼多了。

这条裙子穿在康万里身上正合适，宁修松了一口气，忍不住笑道："太好了，换了我穿裙子肯定没有你这么协调。"

康万里哽了一下："那我真是谢谢你了。"

倒不是说康万里长得像女孩子，康万里虽然生得漂亮，但绝不会让人分不清男女，谁看了康万里的第一反应都会是"这是个长相精致的男孩子"。

宁修在意的地方不是康万里的脸，而是康万里的腿。作为一个已经成年的十九岁男孩儿，康万里的腿竟然十分光滑细腻！

宁修和他一样大，外表长得比康万里更文静，腿上却毛发旺盛。宁修要是穿了这条裙子，肯定被腿毛抢镜。

康万里就是这么奇特，哪怕他个头一米八，体形也没有那么纤细，但只要多看上几眼，就会让人觉得他穿裙子也有种诡异的美感。

康万里不知道自己为什么天生毛发稀疏，不过腿毛这个东西，长就长，不长就不长，谁在乎？他又不是小姑娘。做题那么有意思，陪弟弟运动那么有意思，他哪儿有心思在乎自己长没长腿毛？

康万里心里有些不得劲儿，他来是想看看宁修的那位好朋友，现在却被迫穿了裙子，连那女孩子的影子都还没看到。

康万里皱眉问道："人在哪儿呢？"

宁修说："在画室里，一会儿见到了我介绍你们认识。"

两个人说着，重新回到画室里。走到门口，康万里盯着自己的两条腿，全身都在抗拒。他穿着这身见人，太要命了！

宁修说："没事的，大家都知道原因，没人会笑你。"

这话康万里一个字都不信，刚才的场景他又不是没看到，她们绝对会哄笑。

到了这份儿上，扭扭捏捏反倒不美，他还不如大大方方地迎接嘲笑。康万里做好了心理准备，进屋以后，全屋的人一齐看过来，大家愣了一下，却没有一个人发出笑声。

事实上，画室里的女同学确实是准备哄闹一下的，可见到了康万里，第一反应全都是惊讶。她们刚刚只看到一个大红的影子，没想到宁修带来的男生换了衣服，近看会如此好看。

康万里梳着中分，头发微卷，脸上的五官没有一处能挑出毛病。他皮肤白皙，鼻梁秀气，鼻尖微翘，点睛之笔是康万里的一双眼睛，又大又圆，双眼皮很深，眼尾上翘，灵动又减龄。总而言之，整个人十分俊俏。

女生们发出惊叹之声："他怎么长得这么好看？！我以为宁修长得就够帅了，这位朋友竟然比宁修还好看！"

"他和宁修根本不是一个类型的，等等！他的腿？怎么比我的还白？"

康万里霎时成了画室的中心点，指导老师也忍不住多看了他好几眼，笑着说："都别吵，注意纪律。"言罢他忽然灵感迸发，又看看康万里，建议道，"咱们不是正在说试题吗？不如就用这位同学当试题吧，来张速写。"

老师问康万里："行吗？"

康万里觉得无所谓："可以。"

画室里的女学生们一呼百应，非常积极，态度比平时明显热情了无数倍。众人当即围着康万里坐成一个圈，宁修也支起画板坐在人群中，和其他人一起开始动笔。

康万里本来还想找机会问问哪个是蒋甜，但视线稍微一转，很快在人群里找到了她。事实证明，能被阿修喜欢的女孩子，果然十分好认。

在宁修身边不远处有一个长发的女孩子，她举止气度有些超凡脱俗之感，最主要的是长得真漂亮，一群女孩子在一起，最引人注目的绝对是她。如此可爱的女孩子，不知是多少男生仰慕的对象。

康万里的目光十分直白，很快被周围人发现。女生们纷纷笑着打趣："完了，又一个被甜甜迷住的人。"

有人劝道："同学你还是放弃吧，欣赏甜甜的人太多了，假期里每天都有人过来看她，你就不要想了。"

蒋甜被说得不好意思，却没看康万里，反而向着宁修的方向不着痕迹地望了一眼。

康万里当然没有那个想法。

他观察着蒋甜的神色，注意到众人起哄之前蒋甜一直安安静静的，说到很多人喜欢她时她却有意无意地偷看了宁修一眼。

康万里心里顿时觉得非常欣慰，看来不只是阿修单方面有意思，这个叫蒋甜的姑娘对阿修也是一样，如此他就放心了！

康万里冷不丁地笑起来，女生们被他这一笑晃了眼，纷纷诚心夸赞。

"同学，你长得太好看了。"

"对了，你怎么长得这么帅？你是哪个学校的？要不要来我们画室学画画啊？"

饶是康万里再厉害，直面十几个女生毫不掩饰的赞美也扛不住。众人围观之下，康万里的脸逐渐涨红，最后他拿出一个随身口罩，把脸挡得严严实实的。

"你们快画，我还要回家做卷子。"

女生们纷纷出声："你挡住脸我们怎么画？"

康万里反驳："不是画人体速写吗？又不是要专门画脸。"

话是这么说没错，但女孩子们全都十分惋惜。指导老师适时教训了她们几句，众人不得不唉声叹气地埋头画起来。

画室里静悄悄的，门口却有人头晃动。徐黛娇来得晚了，不好贸然进去，只能隔着门透过窗口看。她踮着脚，探头探脑的，耐着心思往里打量着。

蒋甜，蒋甜，哪个是蒋甜？

徐黛娇身高不够,她仰了一会儿脖子便肩膀酸痛,身上一难受,找人的速度就更慢。画室里的人都低着头,她能看见什么啊?

"徐凤!徐凤!"

徐凤对蒋甜并没有妹妹那么大的兴趣,他和蒋甜在一个学校,就算不关注这位校花,也多少见过几次,对她的长相早就心中有数。

"干吗?"

徐黛娇说:"你帮我指一下,哪个是她?"

徐凤懒得过去:"长得最好看的那个呗!这还用问?"

一说长得好看,徐黛娇突然感觉心里一阵泛酸。她小心地看了花铭一眼,只见那人站在一旁,看起来比徐凤还兴致缺缺。

这是什么反应?难道花铭一点儿都不在意那个蒋甜吗?她过来偷看他也不在意?

徐凤对妹妹的想法非常清楚,仰慕铭哥的女生太多了,徐黛娇表现得这么明显,他想装作看不到都难。来都来了,他还能怎么办?勉强配合一下吧。

徐凤站起身来,在女孩子堆里一一观察,顺便问道:"铭哥,学校里有人说看见你和蒋甜单独待在一起,你们干什么了?"

这正是徐黛娇最在意的事,徐黛娇不想表现得太明显,但还是克制不住地向花铭看过去。

花铭随意地问:"谁说的?"

一句平常的话,从花铭嘴里说出来却让人感觉凉飕飕的。

徐凤当作没听到,又问:"这不都在说嘛,你们俩怎么在一块儿还让人看见了?"

花铭回答得依旧随意:"她替他们老师过来问我一句要不要去学画画。"

徐凤恍然大悟,要不是花铭提起来他都要忘了,花铭前几年学了一年美术,后来兴趣淡了就没学了。不过听说花铭画得不错,他放弃的那年,气得花铭的老爸好几个月没见他。

徐黛娇插嘴:"这么说你们两个没有什么关系?"你也不喜欢蒋甜?

花铭笑了一下,懒得回应。

他这个态度不仅没让徐黛娇失落,反而让她整颗心都烧了起来,她顿时喜笑颜开。

太好了,真的是太好了!花铭并不喜欢蒋甜!传闻都是捕风捉影,毫无可信度。

徐凤找了半天,眼睛一亮:"找着了,就那个穿白裙子的。"

徐黛娇开开心心地凑了过去,一眼就瞧见了蒋甜。这会儿她心情格外好,做出的评价也十分中肯。

"这就是你们学校的校花?长得确实不错。"

徐凤说:"那是,选校花时我还给她投了一票呢。"

徐凤对蒋甜没有意思,但对校花的外表还是十分推崇的。他不玩儿手机的时候挺喜欢看美女,这一眼就多看了几秒钟。

徐凤:"好看!校花果然不同凡响,欸?铭哥,你倒是过来看一眼哪。"

花铭对美女的兴趣一直不大,徐凤心里知道,但他还是拉着花铭到窗口看了一眼,花铭果然没什么反应。

花铭淡淡地望向画室里,一眼寻见了蒋甜,他的目光在蒋甜的脸上停了一秒钟都不到。

花铭移开目光,非常随意地顺着蒋甜正在交谈的方向看过去。他看人并不在意脸,因此连那人的模样都没看,视线直接落在那位正在充当模特的人的腿上。

就这一眼,花铭身躯一震,瞳孔瞬间缩紧。他头皮发麻,用力握紧拳头,全力忍耐。

这是什么样的肌肉线条啊,简直——完美,太适合作画了!

花铭的眼睛里像是烧起了一团火,徐凤没有察觉,冷不防看见花铭高大的身躯往前一扑,一脑门儿撞在玻璃上。

砰的一声格外响,不只吓到了徐凤,连画室里的人也被惊扰,一时间全部看了过来。

徐凤搞不清楚是什么情况,着急喊道:"铭哥!"

花铭不知怎么回事,完全听不进声音,活像个木偶一样直挺挺地往玻璃上撞,一时间,门口又是人头撞玻璃的砰砰两声。

指导老师站起来,皱着眉问:"怎么回事?"

画室里的人纷纷议论起来,不知道发生了什么,只见着一个高大的人影在门口乱撞。

"什么情况?"

"这人是不是在找事?还是找人?不过有这么找人的吗?"

别人都没看清,唯独和花铭一个学校的蒋甜一眼便认出了门口的人影是谁,有些诧异地说:"他怎么在这儿?"

大家都在说话,只有宁修听到她这句自言自语,问道:"你认识他?"

蒋甜说:"嗯,认识是认识,但……"

但扯不上任何关系。他们之间唯一的交集是之前她单独找花铭谈过一次话,邀请花铭来画室,不过被这个人果断地拒绝了。现在花铭出现在这里,难道是突然又想来了?

康万里对门口的情况毫不关注,他被围观了好一阵,闲得无聊,张口打了一个哈欠。

"门口的人,你们是不是有事?"指导老师边说边向着门口走过去,然而等她推开门,徐凤已经急匆匆地将花铭拖出了走廊。

花铭身高一米八八,身材是一等一的好,光看那一身腱子肉就知道他体重不轻。徐凤拖着花铭走出这十几步,累得头上冒出一层热汗。

看画室的老师没有跟上来,徐凤松了一口气,这才有时间发出哀号:"铭哥!你怎么个情况?"

徐黛娇也被花铭突如其来的举动弄得一头雾水,有些底气不足地问："是啊，花铭哥，你这是怎么了？"

徐黛娇早听人说过花铭脾气怪异，说他这个人对周围的一切都非常淡漠，前一刻还喜欢的东西下一刻说不要就不要，哪怕是学过几年的钢琴、散打，他都是说放弃就放弃。

但那也只是人比较冷漠、难以保持新鲜感的性格问题，可她从不知道花铭有病哪！是了，在她看来，花铭刚刚的举动就像是突然犯病一样。

此刻花铭的精神确实极度亢奋，徐凤和徐黛娇说什么他一个字都听不到。他脑子里轰轰作响，头皮一阵酥麻。

连从小和他一起长大的徐凤都不知道，花铭看人根本就不看颜值。他虽然有符合大众逻辑的审美观，分得清美与丑，但并不在乎人的模样。

他的关注点天生与人不同，他欣赏的是人腿部肌肉优美的线条和力量感，这样的线条天生适合作为绘画素材。

花铭站直身体，头也不回地走了出去。

徐凤和徐黛娇追上去，听到花铭的声音冷冷地传过来："谁都别跟着。"

这段时间对康万里而言有些漫长，做模特被围观还不能动，显然十分无趣。

虽说速写用的时间比其他画法短了很多，但康万里还是相当难受，等指导老师一宣布结束，画室的女孩子们开始交流，他立刻站起身左右活动了一下。

身体舒展，浑身上下都舒服很多，康万里赶紧挥挥手，向宁修示意："我去换衣服。"

有烘干机在，这么一会儿裤子应该也能穿了。穿裙子太挑战他的骄傲，康万里可不想再等。

"去吧，快点儿回来，别迷路了。"

康万里笑着说："这么两步迷什么路？"

女孩子中有人注意到他的动作:"你要去换衣服了?别啊,再穿一会儿吧!"

"是啊!你穿裙子那么好看!"

康万里快步跑出去,远离那群叽叽喳喳不想他走的姑娘。他早就听说学艺术的人都不太正常,不过一直不信,毕竟阿修一直是个优良典范,现在他却觉得这话非常有道理。

他这样怎么可能好看?好看个鬼!

才走出几步,康万里忽然察觉背后有脚步声。他以为是画室的女孩子,无奈地回头想告诉对方不要跟着,不料却瞥见一个陌生的身影。

那是个和他年龄相近的男生,身高比他还要高上一些,康万里匆匆瞥上一眼,重新转回身来。

原来不是画室的人,他还以为这人是在跟着他走,长得倒是够显眼的。

康万里没有多想,继续向更衣室走去,等转过一个弯,离更衣室越来越近,他这才发觉有些不对劲——那个男生还跟着他。

前方没别的房间,他又没在画室里见过这人,这人却一直跟着他走,搞什么鬼?

康万里停下来,等着那人超过他,可他一停下,那个男生也停下来,走廊里没了脚步声,一片寂静。

这人走是不走?什么毛病?

康万里转过身来,问道:"你有事?"

这里没别的路,只有一种可能——这人是在跟着他。

康万里疑惑地打量着眼前的男生,两个人的视线在空中相撞,康万里愣了愣,随即背后一凉,从脸颊到手臂浮起一层鸡皮疙瘩。详细的康万里说不出来,只有一种浓重的危机感不断攀升。

这人和他莫非有仇,来找他打架的,不然眼睛里怎么会充满血光?

康万里无意识地向后退了一步，问道："我们认识吗？"

那人紧紧地盯着他，并没有任何举动，只用眼神不停地打量着康万里，好半天才说："同学，你的线条真不错。"

康万里："……"

康万里用了三秒钟才反应过来男生说的是什么意思，后知后觉地低头看了自己的裙子一眼，在心里暗骂一声。

这个人……有病吧！

他原本以为这人是找碴的，现在听到这句话像是被人踩了尾巴一样，气得几乎跳起来。

这人是不是寻心找事儿？！

他就算穿着裙子，可体形摆在这里，身高也摆在这里，虽说有口罩遮着看不到脸，但一般情况下也不会有身高一米八还像他这么"粗壮"的女生吧！

康万里让人气蒙了。

"看清楚点儿好吗？我是个男的！"

这么直白的证明方式，一般人应该早就吓得抱头离开了，康万里甚至觉得，只要对面的男生脑子正常，一定会面红耳赤、后悔不已地走开。可这个人不知道怎么回事，只定定地看着他，毫无反应。没过几秒，这人竟然挑了挑眉，吹了一记口哨。

"你的肌肉线条很不错。"

康万里："……"

他突然就明白了，这哪里是认错人，这分明是跟踪狂啊！

康万里从小到大头一次遇到这种状况，一时也不知是气愤更多还是惊慌更多。待反应过来，他转身就跑，也不换衣服了，直奔电梯。

那个人果然继续跟了上来，康万里异常急躁，满脑子都是"远离这人"。可客梯太远，这会儿只有货梯，康万里急匆匆地登上去，狂按关门键。眼见着门缝越来越小，一只修长的手忽然插进来，挡住了电梯门。

这家伙怎么会跑得这么快？！

电梯门再度关闭，封闭狭小的空间里只有康万里和花铭两个人。康万里感觉自己要疯了，恨不得钻进墙里。他用力盯着身旁这个男生，眼神戒备，而成功追上来的花铭则感到无比舒畅。

花铭深深地吸了一口气，开口问道："你叫什么名字？"

康万里没有答话。

花铭："你多大了？"

花铭："你在哪里读书？"

花铭："你在这里学画画？"

康万里忍无可忍地说："我为什么要告诉你？关你什么事！"

花铭满眼都是笑意，这笑意让他生来疏离的双眼弯出一种特殊的弧度，他对康万里的强烈拒绝似乎毫无察觉，笑眯眯地说："我们很有缘，认识一下。"

康万里气得脸颊几乎要鼓起来："谁和你认识一下？你是不是有病？变态！"

刚见面第一眼，康万里还觉得这人的长相十分惊艳，现在再看，只觉得这人用生命诠释了什么叫作人不可貌相。

康万里顿了顿，又自我否定，不对，这人长得也不行！看他这个眉眼，一股坏劲儿都刻在表面上，就差在脑门儿上写个"坏"字了！

花铭低声说："变态？你叫我？"

康万里冷笑："不是你是谁？"

花铭悠然地说："我怎么成了变态？我又没穿裙子。"

康万里哽住，没想到这人竟然还倒打一耙："你……"

原本他和花铭挤在一个电梯里，内心是有点儿怵的，但花铭这边始终没有什么动作，康万里的胆子便大了回来。

"我穿裙子是因为……"康万里说着忽然停住，觉得自己完全没有必要和一个变态解释。他瞪了花铭一眼，蛮横地说，"穿裙子怎么了？碍你什么事？和你有关系吗？"

花铭笑着说："不碍事，你想穿什么都行。"

康万里当即感觉胸口堵了一口气，上不去也下不来。他气了一会儿，用力扭过头去，努力让自己贴在墙上。

花铭不在意他的态度，仍然喋喋不休地说："你下楼去哪儿？

"回家吗？

"我看你的鞋上有水点儿，你在刚才来的路上应该是走着来的，所以淋了雨，现在回去却没有带伞，所以你家离这里很近？

"是哪个小区？让我猜猜？XX还是AH？哦？看反应应该不是。那是HD？DY？"

康万里越听越心惊，不承想这人看上去年纪不大，业务倒是真娴熟。哪怕他不答话，这人还能继续猜测他的住址，虽然没有猜中他们家在哪儿，但他真怕这人下一个就叫到他家小区的名字。

直到此刻，康万里心里真的有些发毛。他硬着头皮喊道："你够了没？你有病是不是？！"

花铭没了声音，不再问，也不笑了，只用那双冷漠的眼睛盯着康万里被口罩遮掩得严严实实的脸。

花铭："你很怕我？"

康万里被这话刺到，像被人踩中了尾巴，声音不自觉变尖，仿佛在刻意掩饰自己心虚的样子。

"我怕你？我一个大老爷们儿我怕你？我告诉你，你敢过来一步我就揍你。"

于是花铭向康万里靠近一步。康万里肩膀一抖，当场就飙出好几句这么多年从来没说过的脏话。

"你离我远点儿啊！"

花铭噗地笑出声："你真有趣。"

康万里愤怒极了："我警告你不要太过分啊！"

023

花铭可不觉得自己过分，他只是想和康万里交个朋友，再说他什么都没做啊。他盯着康万里的一举一动，努力转动脑子，做出受伤的表情。

"你又叫我变态。"

康万里不明白自己为什么会这么尿，可就是感觉心慌得要死。发现花铭不再靠近后他松了一口气，缓了缓这才冷笑着说："你可不就是变态，还装？我这双眼已经看透你了！"

花铭仰头望天，说道："我真的不明白，要不你给我讲讲吧。"

康万里快把脏话写到脸上了："你刚刚在跟踪我，当我傻是不是？"

花铭诚心解释说："没跟踪，我只是想和你搭话。"

康万里顿了一下，随即皱眉："和我搭话？我又不认识你，你好端端地干吗和我搭话？"

花铭："我想和你交个朋友啊。"

康万里被堵住话头，愣了一下才说："我见都没见过你，你就说要和我做朋友？"

花铭耸肩表示自己很无辜："我们之间是没见过，可我们很有缘啊。我用我的良心发誓，我真的是想和你做朋友，这样不可以吗？"

这根本不是可不可以的问题，康万里被花铭的答案堵得严严实实，半天没反应过来，不知该做何表情。他本来应该立刻嗤之以鼻，可花铭的神态实在太过认真，他竟然有点儿信了。

康万里后知后觉，一脸蒙地问："等等，你……你为什么想和我交朋友？"

花铭认真地说："你很有特点。"

有什么特点？康万里疑惑。他戴着口罩，捂成这样了这人还能看出特点来？

哦——康万里顿悟了，估计这人是之前在画室里看到他，被他的帅气给折服了。

康万里愤愤地说:"肤浅!"

花铭点头:"我承认。"

康万里:"啧……"

康万里还从来没见过有人跟了别人半天只为了交个朋友的,这种经历实在太过离奇,康万里比刚刚更慌了,手和脚都不知道该往哪里放。

"我是挺帅挺有型,想和我交朋友的人多了,但你悄悄地跟着我,还冲我吹口哨!你明明就是变态,你有毛病!"抓住这一点,康万里迅速反击。

花铭神情受伤:"我真的没有跟踪你,而且刚才是你自己先跑的,跑之前你也没有问过我的意见。

"吹口哨是我看见你跑,不知该做何反应的行为。我只是想和你交个朋友,吹口哨难道就是有毛病?莫非你瞧不起会吹口哨的人?你一口一个变态,可我什么都没做。你仔细想想,我伤害你了吗?"

花铭这一番话说得诚诚恳恳、理直气壮,甚至还有点儿反向责备,康万里当即被花铭说得哑口无言。歧视人这么大的帽子扣在头上,康万里有点儿蒙,竟然真的开始反思了。

这个变态……呃,这个人好像……确实没有对他做什么,难道真是他误会了?

这人跟上来搭话,问那么多问题,从哪个角度看都没达到变态的程度,唯一能说的就是这人的神情太有攻击性。

这么一对比,反倒是自己的表现有点儿过激。这个男生只是想和他交朋友,而他一口一个变态,从头到尾都很不礼貌。

康万里有点儿尴尬,没意识到不知不觉间自己的内心防线已经逐渐瓦解。

花铭看着眼前的人表情逐渐变化,自己脸上仍表现得伤心难过、委委屈屈，内心则不由得暗暗感叹。

这个人……是真好骗啊，奓毛有趣，顺毛又乖。

花铭抓住机会继续问起来："你看起来年纪和我差不多，上大学了吗？"

康万里注意力没集中，回了一句："没有。"

花铭险些忍不住笑容，没上大学就是在读高中，非常好。

"你读几年级？

"在这附近吗？

"你的校服是什么颜色的？"

康万里一时难以答话，总觉得哪里怪怪的，但是又不好开口反驳。他第一次见到这样的人，虽然不想让对方难堪，但这人给他的感觉太危险，还是拒绝比较好。

康万里想了想，说道："我比较内向。"

言外之意就是：我不爱交朋友，你走吧。

花铭笑着说："我可以帮你改。"

康万里差点儿又想骂人，瞪着花铭，好半天说不出话。

这一趟电梯格外漫长，康万里只盼着电梯赶紧到一楼，他好立刻冲出去，以百米冲刺的速度将这个男生甩掉。然而事情偏偏不如他所愿，电梯行到三楼突然停了下来。

一个中年大叔推着一车纸箱走了进来，向两个人说："往里靠一靠。"

康万里本来就站得很靠近里面，这一箱货没碰到他，但是把花铭给挤了过来。

康万里压低声音吼道："你站远点儿！"

花铭的声音轻飘飘的："这可不怪我。"

康万里也知道这是不可抗力，不然肯定已经骂人了。他冷着脸忍耐着极近的距离，眼睫毛不停地乱颤。

花铭比他高，低头看去，正好能看到康万里的眼睛和掩在口罩下的半截秀气的鼻梁。

花铭轻轻停顿了一下,笑着问:"交个朋友你怕什么?"

康万里冷不丁地起了一身鸡皮疙瘩,这人说好话的感觉简直不要太可怕。

没等他回上一句话,他的身躯就僵硬了,随后脸色由白转黑,又由黑转白,整个人抖起来,眼眶泛红:"你把手给我拿下去!"

这人果然还是要找事吗?要动手了吗?这人抓住他的肩膀是要干吗?挟持他?

花铭轻轻地捏了捏康万里的肩膀,仔细打量着他的眼睛,赞美道:"你的眼睛真好看。你要哭吗?如果要哭你小声些,小心被别人听到。"

康万里用余光瞥到那位大叔,硬生生把眼泪憋了回去,骂道:"走开!你个变态!"

花铭摇了摇头,发出一声叹息:"我不是变态,我是真的想和你交朋友,你怎么就不相信呢?"

叮的一声,电梯到达一楼,那箱货物被大叔拖了出去,两个人终于有了放松的空间。大叔甫一离开,康万里就用尽全身力气弯曲手肘向花铭顶过去。花铭匆忙用手挡住,但依然被顶到了肋骨。

花铭不由得弯腰:"好疼。"

康万里愤怒至极,这一下根本不解恨。他用力踩在花铭的脚上,踩得花铭一下子坐在地上,这才拼了命地往外跑。

康万里临踏出电梯之际,花铭狠狠地伸手抓住了康万里的脚踝,商量着说:"等一下。"他可怜巴巴地说,"至少加个微信。"

花铭那模样真是相当可怜,康万里原本想踹人,可见到花铭的神情突然有些动摇。他正在犹豫,便见着花铭脸色一变,似乎看到了什么。

花铭说:"同学,你的裙子花色真不错。"

康万里:"……"

康万里的脸一点点僵硬,最后他化身为一只会武功的尖叫鸡,上去就是一记窝心脚。

"去你的吧!"

第二章
开学惊魂

花铭说走就走,等在画室门口的徐凤和徐黛娇都是一脸茫然的表情。徐凤无所事事,掏出手机新开了一局游戏,徐黛娇抱怨了好几句,都被徐凤顶了回来。

徐黛娇:"就知道玩儿,离开手机你能死啊?!"

徐凤说:"能死。"

"你……你倒是去找花铭哥啊。"

徐凤说:"你怎么不去找?没听见铭哥说别跟着吗?"

徐黛娇说:"那我们就在这里干等?"

"不然呢?要不你去找?我反正无所谓,你想招他讨厌你就去呗,铭哥又不打人,顶多以后不搭理你而已。"

徐黛娇的脸色变了,可她到底没有办法,哼了一声,最后还是老老实实地等在原地。二十多分钟后,画室里的教学课程似乎结束了,女生们三三两两地离开,画室里的人越来越少。

徐黛娇一面看着人散场,一面对自己主动拖着花铭来这里的行为产生了怀疑。她到底在干什么呀?怎么会变成现在这个莫名其妙的状态?

过了几分钟，花铭的身影终于出现在拐角处，徐黛娇立刻拍拍裙子站了起来，十分欣喜地说："回来了？"

徐黛娇特别想问花铭刚才干什么去了，但是眼神一触到花铭的脸，注意力迅速被转移。徐黛娇扯住她哥的两撮儿头发，徐凤被薅了起来。

徐凤："下手轻点儿！你这丫头知不知道轻重？"

徐黛娇使劲儿对着徐凤使眼色，徐凤这才看向花铭，笑嘻嘻地说："可回来了，我都等烦了。走啊，晚上想吃什么？我请。"

徐黛娇气得跺脚，徐凤假装没看到，而且他关注的重点和徐黛娇确实不在一条道儿上。他拿眼神一瞄，震惊地发现花铭的鞋面上多了一个清晰的脚印，还带泥的那种。

这可是花铭攒了一个多月零花钱才买的鞋，全部身家都穿脚上可不是说着玩儿的！鞋面脏了可是实打实地肉疼啊。

徐凤大惊失色："谁踩的？人呢？你告诉我，我去收拾他。"

花铭冷冷地看了他一眼，徐凤被他一瞥，登时感觉莫名其妙，不理解这到底是个什么意思。

徐凤转念一想，明白了："对，你哪儿用得着我替你找人，肯定自己解决了。"

花铭闷笑一声，并不说话。

徐黛娇见缝插针地说："花铭哥，你不用伤心，我一会儿就给你买一双一模一样的。"

花铭说："不用，区区一双鞋也值得我伤心？"

徐黛娇愣了愣，想到之前花铭为了这双鞋不肯下车的事，被堵得说不出话来，原来大家说花铭喜新厌旧的事都是真的。

他前一秒还疼得跟眼珠子似的，下一秒说不要就不要。从某种意义上来说，他真是凉薄得过了头。

花铭自己也盯着鞋面看了两眼，看着看着，他的表情便逐渐柔和起来。

"铭哥，我们走吧？"

花铭回过神，摆手示意徐凤再等一会儿，又迈步离去。

"铭哥？"

"花铭哥？"

这一次花铭没有走得太远，而是径直走向画室，推门而入。徐黛娇小跑着跟上去，看见花铭没有停顿，直接走向了蒋甜。

徐黛娇一惊，心高高地提了起来。蒋甜？他为什么突然找蒋甜？他不是对蒋甜没意思吗？

徐凤急忙摊手表示自己也一无所知。

除了徐黛娇和徐凤两个人，蒋甜自己也十分不解，直到花铭走到她身前敲了敲她的画板。

花铭说："我有话问你。"

这个时候画室里的人已经走得差不多了，因此花铭的到来并没有造成什么骚动。

蒋甜顿了一下，冷静地问："是画画的事？"他改变主意想来画画了？

花铭不答反问："刚刚坐在这里的那个人，我看见他和你说话，你认识他？"

蒋甜立刻反应过来花铭说的人是康万里，她和康万里交谈是因为宁修方才介绍他们认识。这场景被花铭看到了？可花铭为什么会问到康万里呢？

虽然外界有谣言说花铭和她独处过且关系不同寻常，但蒋甜非常清楚花铭对自己没有意思。仰慕她的人很多，别人对她有没有意思她一眼就能分清。

花铭一定是找康万里有事，但康万里和宁修一样是三中的学生，和花铭扯不上关系，应该是刚才两个人之间发生了什么，且多半不是什么好事。

刹那间，蒋甜迅速思考。她不知道花铭为什么找康万里，但直觉告诉她不能透露康万里的信息。康万里是宁修的好朋友,她自然会像保护宁修一样保护他。

蒋甜露出礼貌的微笑,摇头说:"不认识,他是来参观的,因为长得漂亮被老师留下来做了一会儿模特,我今天也是第一次见他。"

"他有没有说会不会来这里学习?"

蒋甜摇头说:"他不是很感兴趣,应该不会再来了。"

花铭略加思索,问道:"人总不会突然对什么事情感兴趣,他来画室多半是有人介绍的。介绍人是谁?名字告诉我。"

那个人能是谁?就是在更衣室里换衣服的宁修啊。

蒋甜的眼皮一跳,她微笑着说:"这个没听说,他可能是在哪里看到我们的宣传自己过来的吧。"

花铭并不言语,审视着蒋甜的神情,眼神中逐渐透露出失望之色。在他看来,蒋甜没有必要骗他,因此他并没有怀疑蒋甜说了谎话。

确认了康万里不是这里的学生之后,花铭打消了来画室蹲点的念头。那个人不是画室的学生,而且他刚刚反应很大,短时间内应该不会再来这里。

花铭想了想,收敛神情,问道:"他的名字你知道吗?"

蒋甜微笑:"不太清楚。"

这人一问三不知,毫无用处。花铭转身就走,但刚走出两步忽然又转了回来。

蒋甜被他吓了一跳,勉强维持住了表情:"还有事?"

花铭问:"画呢?"

蒋甜没有反应过来:"什么画?"

不等蒋甜反应,花铭自己扯开蒋甜的书包,略微翻了一下,找到蒋甜刚才为康万里画的那张速写。

康万里很乖巧地坐在椅子上,脊背挺直,脸上戴着口罩,看不清样子。蒋甜画画的水平很高，这一张速写把康万里的身形勾勒得恰到好处，已有几分精髓。

"把画送我。"

蒋甜顿了顿，最后应道："好。"

花铭，人人都知道的校园风云人物，生在富贵人家，精通美术、钢琴的艺术全才。然而这些都不是最要紧的，在蒋甜看来，花铭最令人惊讶的就是他的魅力。他说的话别人都会听，哪怕蒋甜心有所属，依旧觉得自己无法拒绝他的要求。

想要的东西到了手，总算不是一无所获，花铭淡然离去，门口的徐凤和徐黛娇快步跟了上去。

徐凤好奇地问："铭哥，你刚才和蒋甜说什么呢？你不是说和她没关系吗？那你手里拿的是什么？给我看一眼，铭哥？"

花铭凉凉地说："少问。"

徐黛娇看不到画的内容，却能看到角落里蒋甜的签名。她脸色一白，委屈地咬住了嘴唇。

她之前竟然以为花铭不在乎蒋甜，真是傻透了，如果他不在乎蒋甜，怎么会专门去要蒋甜画的画？！原来乔怡然告诉她的话是真的……怎么会这样啊？！

门外三个人逐渐远去，过了一会儿宁修推门进来。看到他的脸，蒋甜忽然安下心来，露出放松的神情。

宁修奇怪地笑着问："怎么了？"

蒋甜问道："你的朋友呢？"

宁修说："不知道，我以为他在更衣室里，但是去了没见到人。他应该是回家了，他家离这里挺近的。"

康万里没通知宁修就离开了，看来确实和花铭发生了什么摩擦。蒋甜想了想，没把刚刚的事情告诉宁修。

花铭和康万里毕竟不在一个学校上学，以后应该没有机会再见到，她又何必把这种事转告康万里，平白让他担心？

蒋甜这么想着，宁修突然开口说："甜甜，你有时间吗？我有话想和你说。"

蒋甜愣了愣，随后心有所感，微微红了脸颊："有的……"

康万里一路风驰电掣，踩着深深浅浅的水坑跑回家。这短短十几分钟的路程被他跑得好像逃命一样，等到了家门口，他喘着粗气，一屁股坐在地上。

心脏急速地跳个不停，康万里抱住头，过了好久还是缓不过来，直等到一阵风凉飕飕地吹过他的大腿，他才发觉自己还穿着那条短裙。

他一个大老爷们儿，竟然穿着裙子跑了一路！路上的人该怎么看他呀？！

康万里后知后觉，又是羞耻又是气愤，刚刚发生的一切浮上心头，他不由得涌出一股这么多年从来没感受过的强烈的委屈感。

他这是倒了什么霉呀？怎么会遇上这种事？！

康万里之前勉强忍住的感觉细细密密地冒了出来，那双眼睛一眨巴，转眼就要掉下泪来。他正难受着，门忽地被推开，一下子把康万里拍到了草坪上。

康万里一膝盖跪到刚下过雨的草地上，腿和手上全是泥。他被拍蒙了，推门的张阿姨也蒙了。

"万里？你什么时候回来的？怎么不进屋啊？哎哟，你跪在地上干什么？脏不脏……你怎么穿着裙子？"

康万里闷声说："借的。"

张阿姨完全没多想，立刻说："那你还不起来？别把借的裙子给人家弄脏了，赶紧进屋脱下来。不行，这裙子我晚上还是再给你洗一洗，小姑娘的东西可得爱护。"

比起跪着的自己，张阿姨更在乎这条裙子，康万里一时间被噎得说不出话，尤其看到张阿姨身后的哈士奇，康万里更难受了。

即将要出门遛狗的张阿姨竟然给大花穿上了雨衣和脚套,这一常规操作给康万里带来了严重的心理打击。大花都有衣服穿,他却穿着裙子!还遇到一个浑蛋!

难以言喻的滋味涌上心头,康万里委屈得不得了,一抽鼻子,气呼呼地冲进了门里。

张阿姨感觉莫名其妙,忙喊了一声:"万里,你上楼小声点儿,楼上有……"

后面的话康万里根本没听到,他冲上楼后先进卫生间换衣服、洗手、洗脚,随后便一头扎到了床上,抱起枕头拼命乱摔。他一连砸了好几下,又抱着枕头沉默下来,开始一抽一抽地啜泣。

他要被气死了!

这世上有一种人,经常在吵架之后后悔自己没发挥好,后悔到过了好些天还念念不忘,显然康万里就是这其中的典型。

刚刚在电梯里他不受控制地害怕,可回到家后,他的害怕感没了。他越想越气,只恨自己当时没有上去贡献一套咏春拳!

康万里后悔死了,越想越难受,直气得自己吧嗒吧嗒地掉眼泪。康万里的啜泣声在房间里一声接一声地响起来,原本正打算发脾气的康千风在床铺上层僵住了动作。

康家住的是三层别墅,别墅里房间很多,但在康万里的强烈要求下,兄弟两个人住的是同一间房,上下层床铺。

康千风才回来不久,刚在床上躺出睡意就被康万里给吵醒了,紧接着便听到了康万里的啜泣声。康千风沉默着,一时不知道在这个情况下该如何是好。

康千风对哥哥刚才的"非凡"经历一无所知,自然想不到康万里在外面受了委屈,还只当是自己和父母这些天对康万里的冷淡对待给他造成了伤害。

看康万里平时不痛不痒还在微信上轰炸自己的样子,康千风还以为康万里对高考交白卷的事情毫无反省,没想到原来私底下,他那个倔强的哥哥竟然会独自掉眼泪。这样的认知让从来没想过康万里会知错的康千风内心动摇。

莫非他的冷漠对待给康万里造成了这么大的伤害？他确实知道哥哥从小就爱追着他，可有严重到男儿垂泪的地步吗？康千风陷入了自我怀疑之中。

康千风正想着，忽听康万里在下铺一边捶床一边说："我好后悔！后悔死了！"

康千风惊了，半晌没话说，过了会儿问道："你说的是真的？真的后悔了？"

小风的声音忽然出现在上方，康万里吓了一大跳，噌地从床上跳起来，眼泪都没来得及擦："小风？你怎么在家？不是说出去玩儿吗？"

康千风定定地看着康万里，康万里反应过来，急忙擦了擦眼泪。他才不要让小风看见自己被人气哭的样子呢！

这个动作在康千风看来就是欲盖弥彰，他震惊地想，原来康万里已经诚心诚意地为交白卷的事情后悔了，还后悔到偷偷落泪的地步。

如此对比，康千风不由得觉得自己坚持冷战的行为有些孩子气。哥哥已经后悔了，他做弟弟的干吗还要揪着不放呢？

不过话说回来，那个凡事撞了南墙都不回头的康万里竟然会悔改！康千风在这个盼望许久的现实面前有些不敢相信。

气氛有些尴尬，康千风顿了顿，冷漠了许久的态度有些缓和。他从床上下来，主动转移话题："新买的奥数题做完了吗？有没有有趣的题？"

冷战的小风竟然主动和自己搭话！康万里惊喜万分，认定小风是看到他哭，心疼他，想安慰他。

小风太温柔了啊！他的弟弟是多么完美呀！

有弟弟在，他的心终于活了过来，他当即提起精神，努力微笑着说："有！我发现好几道很有意思的题，给你看看！"

兄弟二人时隔许久围着书桌聊起天来，虽然是在讨论数学题，但对学霸兄弟而言，这就是最爽的交流方式。

到了晚上，张阿姨遛狗回来，康家父母也难得一起回了家。今天是康千风报考京大成功的大喜日子，他们怎么着都得回家给儿子庆祝一下。

一提到报考的事，康向秋和范欣的心情都有些复杂。如果不是康万里突发奇想，他们现在本应该庆祝两个孩子一起上名校，而现在……

作为对康万里缺考的惩罚，夫妻两个冷落了他好几天，可一想到今晚要见到大儿子，还是不知道该用什么表情面对这个皮孩子。夫妻俩有些犯愁，不想回到家竟然看到康万里和康千风做题正做到兴头上。

康家夫妻茫然不解，这个家里最生万里的气的人不就是千风吗？这俩孩子已经和好了？康向秋回不过神，满脸问号，范欣也愣住了，一家人就在这种诡异的气氛中凑在了一起。

一直到晚餐前康千风才找到机会偷偷和父母小声述说今天的见闻："他哭了。"

康向秋："啊？"

范欣无法相信："哭？你说的是万里？"

康千风点了点头，康家父母陷入深思之中。作为这孩子的亲生父母，康向秋和范欣难以相信康万里会低头认错。

"不是你看错了？"

康千风摇头："没有，是真的，我觉得哥哥已经反省了。"因为亲眼看到，康千风对这件事非常肯定。

一向实事求是的小儿子都这么说，康向秋和范欣就没有反驳。两个人互相看看，勉强接受了万里后悔的事实。于是在不知不觉中，冷淡许久的一家人气氛在今夜恢复如初。

康万里不知道这其中的细节,只觉得今天一家人都特别温柔,选择在同一时间和他和好,他受伤的心在亲情的温暖下复苏。

他主动举杯说:"爸、妈、小风,过去的事情就过去了,等明年高考,我一定会考上京大,和小风上一个学校。"

过去的事情就过去了,这话无论如何也轮不到犯错的人来说,康家父母两个人气得想笑,但最后还是笑着无视了这段话,大家一起祝贺康千风考上京大。

康万里说:"小风,京大离咱们市不远,你平时来往也方便,放假常回来。"

康千风说:"现在说这些太早了。"

"才不早。"康万里噘起嘴巴,"等你开学了,一定要每天跟哥哥视频,就算没时间也要发微信,不然我怎么放得下心?"

康千风和康万里是双胞胎,出生时间只相差几分钟。康千风实在不明白康万里为什么总觉得自己更成熟,回道:"就算我有时间,你未必有。高三的课程紧,你哪儿来的时间和我视频?"

康万里轻松地说:"高三的课程那么简单,随便学学就好啦。"

提起高三这个话题,一直被忽视的复读问题便被提上了桌面,范欣皱着眉说:"复读的手续也该办了,听说三中复读挺麻烦的,你给万里问了没有?"

康向秋放下了筷子,不知何故神情有些严肃,顿了顿才说:"我早就问了,一直没说……万里这次没办法去三中复读。"

康万里:"为什么?"

康向秋瞪着康万里,又气又无奈:"你自己考的分数你忘了?你没过三中的分数线!别说三中,那几个升学率高的学校你一个都进不去,全市可以收你的学校就只有靖博高中。"

靖博高中,连续二十年升学率在全市垫底的私立高中,艺术生的天堂,文化生混日子的地方。

范欣和康千风都皱起眉头，只有康万里快速冷静下来，毫不在意地说："我在哪个学校都无所谓啦，在哪儿我考京大都没问题，我相信我自己。"

这话说得十分自信，他们原本都十分担心，结果和康万里只对视一眼便纷纷败下阵来。

这个孩子……真是服了他了。他们能拿他怎么办？没办法啊！

复读的事情就这么定了下来，从三中转战靖博对康万里没造成任何影响。他熟悉的那一届同学已经高考结束，他最惦记的小风也考上了京大，他在哪个学校读高三都没区别。

康万里把办手续的事情交给父母，什么心思都不用费。他吃了一顿安心的饭，暂时把不愉快的事情抛在脑后。当然，遇到坏人的事情他才不会向小风和爸妈说，太丢脸了！

吃完晚饭，康万里接到了宁修的电话。

宁修的声音听上去很开心，他开口便说："万里，我有个消息要告诉你。"

如果不是宁修主动和他通电话，康万里差点儿把这事给忘了。他提起兴致，问道："你告白了？"

宁修："也不算吧，就是表达了我的欣赏之情。"

康万里又问："她怎么说？"

宁修的喜悦之情慢慢从声音中溢出来："她说现在以学业为重，其他的事以后再说。"

康万里的感觉果然没错，那位蒋甜姑娘对阿修也有好感："哇！那说明你还是有机会的！"

宁修很开心，也很腼腆："谢谢。"

康万里真的很开心："对了，你不是要出国吗？你出国了她怎么办？"

宁修说："我出国的事情她知道，她也有意愿去英国深造，听说已经在申请留学了。她的成绩不错，我觉得应该没什么问题。"

"那就是两个人可以一起在国外念大学，然后就正式开始交往，真棒啊。"

宁修从心底里高兴，说了几句又有些不舍："不过我比她早去半年，她来的时候是下学期。留她一个人在国内，我有些担心。"

"担心什么？"

"你不知道，她很漂亮，他们学校里的学生家世普遍比较好。"

说到家世，宁修的家庭也很不错，康万里完全不知道好友是因为和他对比才没有自信。

他用心安慰道："你别担心，你家也不错啊，这不还有我吗？我可以帮你照顾她。你放心，你不在的这段时间，我绝对不会喜欢她，也不会让任何人接近她。"

宁修被逗得笑出声来。

康万里问："她是哪个学校的？"

宁修说："靖博高中。"

康万里说："太巧了，我开学也去靖博复读，这下你可以放心了。"

康万里把自己要去靖博复读的事和宁修略微一说，宁修跟着感慨了几句，不过他知道康万里的犟劲儿，并不担心康万里的成绩会受影响。这个人说要上京大，那京大肯定会收他。

宁修笑着说："那就好，你自己有主意就行。你今天怎么没说一声就走了？我在更衣室里找了你好久。"

一说到更衣室，康万里的脑子里立刻浮现一张脸，他登时被噎住，情绪急速低落。康万里闷声挂了电话，滚了许久才进入梦乡。

然而他太倒霉，在梦里依旧被那个人追着跑，气得他一面睡觉一面蹬腿，还少见地说了句梦话："看老子不揍你。"

高三开学的时间还早，康万里能盼望的只有开学。

他想上学！他想上课！他想做作业啊！没有学习和考试的生活真是毫无激情！

　　康万里日日期盼，总算迎来了开学的日子，不过在开学之前发生了一件对康万里来说很重要很重要的事——小风他近视了！

　　原本康千风的视力便有些问题，而在假期里，因为兄弟俩自学了高等数学和大学物理，康千风的近视从两百度变成了三百度。一百度的涨幅给康千风的生活造成了不便，亲爱的弟弟不得不去配眼镜。

　　康万里对这件事极度重视，配眼镜那天缠着康千风一定要一起去。最后他亲眼看着康千风在无数类型的眼镜中选择了一副最普通的黑框眼镜，弟弟的理由是可以让自己看上去朴素些，不用像高中一样走到哪里都被人包围。

　　康万里本来觉得黑框眼镜太普通，但小风一戴上，他当即看到新世界的大门对他徐徐敞开。

　　小风戴眼镜怎么会这么帅啊？谁说黑框眼镜普通了？小风明明就帅极了！

　　康万里说："给我也配一副！"

　　康千风："你不是近视。"

　　康万里说："那我想办法近视。"

　　一想到康万里高考的事，康千风眼皮一跳。他二话不说就付了款："马上给他配，配一副平光镜。"

　　于是兄弟两个人都进入了戴眼镜的行列。康千风长相帅气，比康万里英气硬朗，戴上眼镜别有一番斯文气。康万里却刚好被这副眼镜遮挡住一双漂亮的眼睛，颜值霎时下降两分。

　　迎来了开学的日子，康万里盛装打扮，挑了件很酷的上衣，穿上蓝色哈伦裤，戴上黑框眼镜出发去新学校。

　　张阿姨牵着大花送他，被他的打扮惊得半晌说不出一个字。这孩子是跟他自己有仇吧？为什么每天都在想方设法糟蹋自己的容颜？

"你想好了？就这么去学校？"

大花配合地叫个不停："嗷——嗷——嗷！"

康万里拍拍大花的狗头，开开心心地告别小风和张阿姨："你们不用管我，我走了。"

新高三，新生活，他来了！

换了新学校，康万里上学的方式从步行换成了骑自行车。靖博高中离他家的距离有些远，家中又没有派车接送他们上学的习惯，于是这次开学，康万里就自己骑着自行车慢悠悠地赶往学校。

因为重归学校生活，康万里心情很好，历经二十多分钟的骑行也不觉得累。到了靖博高中的门口，康万里不由得在高大的校门前面停下来多看了几眼。

靖博高中号称全市环境最好的私立中学，这不是虚言，他光是站在门口往里望去，便能感觉到这个学校比三中起码大了两三倍，确实比三中大气不少。不过学校的面积是全市最大的，学生人数却是全市最少的，难怪靖博会被戏称为有钱人上的学校。

康万里心情明朗，踩下脚蹬，迫不及待地想骑车进去观赏一下校园内景，然而刚刚起步就被人从身后拉住了车座。

一个女生叫道："妈呀，你要疯啊？"

康万里疑惑地转过头，那个女孩子看清他的面貌时愣了一下。虽然康万里的眼镜让他低调了一些，但颜值还摆在那里，凑近了看一样帅得惊心动魄。

女生惊了惊，毫不犹豫地夸赞道："同学，你长得真好看！"

这女孩儿梳着波波头，看上去阳光明媚，可康万里非常确定他并不认识这个人。

康万里奇怪地问："你有事？"

女孩子回过神来："我没事，啊，是你有事啊。学校规定不可以骑车进校，你要是骑进去一会儿被老谷抓住，开学第一天就要被通报批评的。"

康万里今天刚来，自然不知道这些规定，女孩子好心提醒他，他说了声谢谢，下了自行车，顺势问道："老谷是谁？"

女孩子奇怪地说："老谷你都不知道？咱们学校的教务处主任，专门抓学生纪律的。我知道了，你是新生吧！"

但康万里的年纪又不像是初中新上来的小朋友，女孩子的表情写满疑惑。

康万里主动解释说："我是转校生，今天刚来。"

"怪不得！"她就说嘛，如果学校里有这么好看的男生，肯定早就全校皆知了，她怎么可能不知道？

女孩子说完仔细打量康万里的脸，越看越觉得好看。她没注意康万里的衣着搭配，只专注于这副明显阻碍了他的颜值的眼镜。

"你近视眼？"

康万里视力没什么问题，不过还是应道："嗯。"

女孩子诚心感慨："太可惜了。"

他明明长得那么好看，怎么非得戴眼镜呢？

于是她建议："其实你可以试试戴隐形眼镜。"

康万里含糊地说："太麻烦了。"

男生没有女生那么爱美，怕麻烦也在情理之中，可女孩儿还是觉得很惋惜。

不知不觉间她和康万里并肩走在一起，热络地聊了起来。

"同学，你是几年级的？"

"高三。"

"哇，太巧了，我也是高三！说不定我们是一个班的呢！"女孩子有些激动，主动自我介绍，"我姓王，叫王可心。"

康万里说："我是康万里。"

和这么好看的男生交换了名字，王可心的心情极好。虽然不知道他们两个是不是一个班,但就算不是一个班,高三都在一栋楼,他们早晚能碰见,认识是好事。

王可心笑眯眯的,波波头跟着脚步一晃一晃:"每年开学学校都要重新分班,万里同学,你成绩怎么样?"

康万里一脸正经的表情:"特别好。"

王可心险些被他这份自信逗得笑出声。她并未在意,只当康万里在开玩笑,或者是以靖博高中的标准为前提说的。

"成绩好的话估计是前两个班,我去年期末成绩超差,这次估计不是七班就是八班。"

康万里多问了一句:"你们是按成绩分的班?"

王可心笑着说:"毕竟高三了,今年成绩不错的学生基本都会集中在一班和二班,其他几个班不能说绝对没有好学生,但有升学意愿的人肯定会被送到一、二班去。"

总而言之,就是一班、二班群英荟萃,剩下越往后的班级学生成绩越差,可能会有零星几个成绩好的学生。

康万里了然地点了点头,十分自信地说:"嗯,看来我应该是在一班。"

王可心被他这份自信感染,一时间产生了这个男生好像很厉害的感觉。她打算多说几句,忽然看见有人和她招手。

王可心惋惜地说:"那我先走了。都在高三,我们以后见。"

康万里挥挥手,目送着王可心走远,自己推着车走向车棚。他在路上看到一个中年男老师在四处抓人,几个男生被他吓得从自行车上跳下来抱头鼠窜,看样子那人应该就是王可心口中的"老谷"了。

幸好被王可心提醒了一句,康万里心里有些感激,他慢悠悠地锁了车,非常有兴致地开始在校园里散步。

报到的时间在十点,时间还有很多,康万里打算在学校里好好转转。这一走就是十来分钟，康万里发现靖博不仅有常规的足球场、篮球场、体育馆，甚至还有网球场和游泳池。

厉害！这个高中竟然会给学生设置游泳课！

康万里被三中的规矩束缚了三年，来到靖博突然有点儿解放的感觉。他兴奋地想，复读不是挺好的嘛！还能上游泳课！来靖博看来不仅仅是阴错阳差，还是他的缘分嘛！

康万里的心情更好了，他看周围的一切都满意得不得了。康万里将学校转了一个遍，最后往篮球场的方向走去。因为康千风喜欢打篮球，连带着康万里对篮球的好感度也很高，此刻球场上有不少人在打球，他心痒去围观了两眼。

球场上的人打得正激烈，一个高大的男生背对着他守在篮板前，漂亮的肌肉仿佛散发着肉眼可见的热量。

有人喊道："传球！传球！小凤儿！快投！"

一个男生不耐烦地回应："谁叫我凤儿呢？今天中午别吃饭了！"

叫作"小凤儿"的男生一边喊着一边向篮板冲过来，然而他无论是跳投还是后仰三分，都被那个高大的男生用力拍落。篮球砸在地面上发出极大的响声，一听就知道男生用的力气极大。

徐凤被扣了三回，汗流浃背，呼呼喘息："亲哥！你这太狠了吧？一直守着篮板还叫别人怎么玩儿？求求你下场吧！"

其他人纷纷笑起来，但并没有跟着徐凤的话走，大家似乎笑归笑，可并不敢顶撞那个守篮板的男生。

康万里围观了一会儿，觉得那守篮板的男生虽然打得狠，但动作确实不错，来回很有气势，倒有点儿帅的意思。他懒洋洋地想着，冷不丁看见那个高大的男生侧过头，露出一张帅得华丽的俊脸。

康万里浑身一震，僵在原地，表情极为难看，这……这不是那个浑蛋吗？那个让他做了好几天噩梦的大浑蛋！

花铭在徐凤的哀号声中下了场，在阴凉处坐着的杨复递给他一瓶水，紧接着又递上毛巾。花铭喘了口气，拉扯下箍着头发的发带，随手抓了下被汗水浸湿的头发。

杨复默不作声地看着他的动作，这才问道："还烦呢？"

自从上一次花铭和徐凤带着徐黛娇去了一趟画室，回来后花铭就发生了一些变化，总是心不在焉，做什么事都比平时少了很多耐性。

花铭神情淡淡地擦脸，问道："打听到了吗？"

杨复摇头："按你说的条件，没有。"

花铭的表情有些不好看，他本身的容貌就"清冷"，一旦不高兴看起来更是不近人情。

杨复越发不明白发生了什么事。他只是刚好那一天没在花铭身边，怎么就让人招惹了花铭？花铭还破天荒地托他在全市的高中里四处打听。这到底是什么情况？

别说杨复不知道发生了什么事，就连场上的徐凤也不知道发生了什么事，他闹着叫花铭下场，但花铭下场后他又觉得没意思，不到一分钟便凑了过来。

"你们在说什么呢？"

杨复说："问小花。"

徐凤知道这些日子花铭叫杨复办了件什么事，好像是在找人，具体的情况并不清楚，早就好奇得不得了，正好趁这个机会问问。

"铭哥，你找人怎么不叫我一起啊？你找谁？学生？咱们市里的高中我熟呀，你叫这个愣头青有什么用？这种事就应该找我。"

被叫作愣头青的杨复嗤笑了一声，没说话，徐凤却被他这个反应弄得直接跳脚："你什么意思？你笑话我？你转过来，我说你呢你转过来！"

杨复不为所动，理都不理他。

花铭对两位友人的情况全然不在意，心里只有烦躁感。

这事说起来也怪他,他连那个人的声音都没记住。脸没看清,声音也没记住,什么特征都没有,别说杨复找不到,就是他亲自去找也不可能有结果。

果然是因为给出的信息太模糊,已经过了十多天了,他却还是找不到那个人的踪迹。

他唯一能辨认的就是那个人充满力量感的小腿,可那也只有他自己一个人能分辨出来,他总不能一个挨一个地去扒人家的裤腿……

花铭非常懊悔,在思考中又一次深刻地明白了人应该抓住机会。

徐凤没有放弃,继续劝说:"铭哥,你就告诉我吧,我找人真的在行,就算不行起码我还能帮你缩小一下范围。"

花铭自己静了一会儿,冷淡地开口说:"是个男生,高中在读,身高一米八,不,准确地说是一米七九点六。"

徐凤本来很激动,一听他这么说忽然愣住:"啊?男的?"

亏他好奇了那么久,结果铭哥找的人竟然是男生?铭哥找男生干什么啊?

花铭瞥了徐凤一眼,徐凤立刻捂住嘴:"你说,你说。"

花铭回想起那天穿着白卫衣和小短裙、眼眶泛红的康万里,总结道:"他的胆子应该不太大,衣品正常,可能有点儿女装癖。"

徐凤问:"什么癖?"

花铭:"女装癖。"

徐凤说:"变态啊!"

一说到变态这个词,花铭的脑海中立刻浮现那个人骂他的身影,他皱起眉。

徐凤下一秒便听到花铭叫道:"凤儿。"

徐凤:"哥!亲哥!我错了!别叫我凤儿!"

话题被拐跑,徐凤再没了心情问花铭为什么要找那个男生,自动转移话题说:"最近论坛里都在说你和蒋甜的事,要不要我替你买点儿礼物啊？你的零花钱够吗？"

花铭问："我和蒋甜有什么事？"

徐凤笑道："和我还保密是不是？我都看见了，你的钱包里放着上次从蒋甜那里要来的画，天天宝贝得不得了。学校论坛里也说你假期去画室看蒋甜，现在全校学生都知道你和蒋甜关系不一般。"

花铭不在意地说："胡编乱造。"

听到花铭这么说，徐凤严肃起来："铭哥，你说真的？你真不喜欢蒋甜啊？"

花铭的目光不自觉放远，他坦坦荡荡地说："当然是真的。将来我总会遇到我的爱情。"

可是徐凤天天和花铭在一起，他觉得只有蒋甜的嫌疑最大，但铭哥亲口否认不是蒋甜，那还能是谁？不过不管是谁，都意味着自己家里那丫头确实没机会了。

徐凤想了想，忍不住去敲杨复："你怎么不说话啊？你就不好奇？"

杨复说："不好奇，无所谓。"

徐凤："我不信！"不好奇是骗鬼呢？明明刚才听得很认真！

杨复问："小花配谁配不上？"

这话倒是说得扎心了，是的，花铭配谁配不上？徐凤没想到杨复这个二愣子平时不说话，马屁倒是拍得够响。

徐凤喊了一声，说道："那是，也不看看我们铭哥多优秀。别的不说，就看这张脸，谁看了都得动心。"

说着，徐凤上场投球，他这一球用力过猛，球磕在篮圈上飞了出去，正好滚到围观的人群中。那边正站着一个男生，穿着紫色上衣、蓝色裤子，看不清脸，但衣品实在让人难以直视。

徐凤招手喊道："那边那个！把球传过来！"

捡起球的那个人不是别人，正是康万里。徐凤喊他的瞬间，坐在地上的花铭也向着他的方向看过来。康万里浑身一抖，几乎是用光速从衣服里掏出一个口罩，将脸遮住。

谢天谢地，谢谢张阿姨，这个口罩救了他的命啊！康万里挡住脸，姑且松了一口气，但在把球传回去之前，忽然止住动作，改变了主意。

等等，他为什么要这么尿？他不是早就决定见到那个浑蛋要教训对方吗？

康万里顿了顿，开口喊道："要球就过来拿！我不传！"

徐凤愣住了，没想到竟然会有人做出这个反应。他难以置信地问："那人说什么？他叫我过去拿？"

杨复平时不出声，这会儿却说："是啊，你还不快去？"

徐凤被气笑了，十分无语："行，我过去。我倒要看看这个人是谁，敢和我这么说话。"

徐凤迈步就走，然而刚迈出一步，便听康万里喊道："不要你，叫那个中分的人过来拿！"

徐凤："啥？"

中分？你叫谁呢？再说你照镜子看看，你自己不也是中分？

全场留中分头的人就只有花铭一个，这个发型非常考验颜值，男生里只有花铭敢这么搞。

杨复说："小花，那个人叫你。"

花铭说："我听到了。"

徐凤摆手："铭哥你别动，我非要过去……"

徐凤话音未落，花铭忽然从地上站起来，一言不发地向着康万里走去。

花铭倒没什么收拾人的意思，当真是闲得无聊，有人叫他，他便去看看叫他做什么。毕竟在这个学校里，很少有人敢这么叫他。

花铭越走越近，康万里的身体越来越僵硬。他在心里不停地给自己打气,脑子里却响起危险警报——

来了,来了,来了!

那个浑蛋过来了!

人已经叫了,这个时候他不可能往后退。康万里无意识地将身板站得挺直,试图让自己看起来很有气势。

然而随着花铭越走越近,康万里每一秒都慌得不得了。要是这人认出他直接扑上来怎么办?虽说他现在戴着口罩和眼镜,不是很好辨认,可不怕一万就怕万一。

幸好花铭在离康万里两步远的地方停下,平淡地问:"叫我?"

他的声音毫无波动,要不是康万里见识过他的本性,还真要以为他是个正常人。康万里仔细打量着花铭的神色,有些不确定花铭这个反应的真实性。

他保持着戒备的心理,问道:"你……你不认识我?"

康万里问完这话就后悔得想咬舌头,果然,那人看他的眼神略微认真了些。

花铭挑眉,他应该认识眼前的人吗?

花铭放在眼前的人身上的目光逐渐严肃,他从头到脚打量着康万里,随后发现这人的衣品极差,戴着土里土气的黑框眼镜,一张脸被口罩捂得严实,完全看不到长相。

脸其实无所谓,可最让人产生怀疑的是他的裤子。他穿了一条蓝色的哈伦裤,裤腿肥大,将一双腿藏得密不透风,品位非常难以入眼。

花铭想了又想,对这人毫无印象,可好端端地这人应该不会来这么一句,莫非是他忘了什么?花铭难得提起精神思索,康万里那边急忙做出自我拯救。

康万里大声说:"你不认识就对了,我也不认识你。我专门逗你玩儿的!"

花铭顿了顿，忽然感觉自己被摆了一道。

花铭的神情落在康万里眼中，康万里莫名其妙有种解气的感觉，同时在心里对他嗤之以鼻。上次他追着自己不放，现在自己站在他眼前他却没认出来，也就是个睁眼瞎嘛。对，没什么好怕的。

花铭明明看不到眼前这人的表情，却能察觉出这人在扬扬自得，具体得意什么不知道，就是让人觉得有些欠揍的。

花铭抬眼说："你是新来的学生吧？"

康万里高高扬着头说："是啊。"

花铭平淡地说："那就是了，靖博一向没有打扮得像你这么丑的学生。"

康万里："……"

丑？这人说他丑？康万里有点儿不敢相信自己听到了什么。他从小到大还没被人说过丑！

康万里当即感觉受到了莫大的侮辱，不仅是因为自己的衣品受到了质疑，更是因为说他丑的是这个人。康万里要被气死了。

他正要发作，花铭向他伸出手来。他一见着花铭动，条件反射地后退一步，警惕地问："你干什么？"

花铭没看懂这人为什么反应这么大，心里奇怪，但脸上毫无反应："球。"

球？什么球？康万里顺着花铭的视线看到自己右手里的球，这才反应过来是他自己叫花铭过来拿球的。他刚才怎么打算的来着？对了，他要把这人叫过来，然后一球敲在这人的脑壳上。

想是这么想，可要出手何其艰难？康万里犹豫不决，抱着球愤愤地说："你要我给我就给你？"

花铭说："不给我你叫我过来干什么？"

康万里咬牙切齿地说："我叫你过来是为了……哦，为了告诉你，你这个败类，我看你不顺眼！"

花铭："……"

花铭没想到会遇到这种操作，这人说的每个字他都能听懂，连在一起他却不明白是什么意思。他望着康万里的脸，能看到眼镜后的一双黑眼睛炯炯有神。

这人是在向他挑衅？这种经历他还从未有过。

花铭问："你知道我是谁吗？"

康万里："太知道了！你的真面目我了解得一清二楚！"

色厉内荏的康万里终于做足了心理准备，将球放在地上，向着球场的方向一脚踢出："看见没？就不给你！"

那颗球从花铭的身边滚过，速度很快地滚回到篮球场上，康万里心情舒畅地看着球越滚越远，眼见着要停下，一个人影忽然跑到球边抬脚用力一踢——那颗球化作弧线飞回来，稳稳落在了花铭的怀里。

花铭说："谢了。"

杨复远远地挥挥手，示意不用客气。

花铭抱着球，抬眼对康万里说："小同学，你踢得真准。"

康万里哪里预料到会有这个转折，只能目瞪口呆地站在原地，脸上火辣辣地烧起来。尽管知道这人看不到他的脸，可康万里还是被强烈的羞耻感弄得上头。

他气鼓鼓地瞪了花铭好几眼，放了自认为最可怕的狠话："要不是我今天有事，你就完了！我告诉你，下次我再见到你，非让你好看！"

花铭完全没有害怕，只问："为什么？"

康万里坚持认为这人能这么浑蛋绝不是一日之功，一定有很多"受害者"。

他正气凛然地说："你自己做过的事自己心里清楚！"

花铭果然还是听不懂，不过看不惯他的人很多，他并不计较。

撂下狠话，康万里转身就跑，怕自己看上去像落荒而逃，特意回头："吓！"

花铭："……"这人戴着口罩还吓？不都吓在口罩上了？

康万里一溜烟跑没了影，留下花铭静静望着那个背影。康万里转过身花铭才发现，原来除了紫上衣和蓝裤子，这人还背了个黄书包。

徐凤和杨复相继走了过来。

徐凤问："铭哥，怎么说这么半天？"

徐凤没听到两个人的交谈内容，旁观到的画面更是让人莫名其妙。明明是传个球，怎么搞得像是两军对峙？

徐凤："你们认识啊？有矛盾？"

杨复没说话，只向花铭看过来。

花铭说："不认识，但他好像……"

徐凤："嗯？"

花铭停了一下才说："有点儿缺心眼儿。"

徐凤："……"啥东西？

花铭说："走吧。"

徐凤有点儿呆："哦，走，走。"

三个人重回篮球场上，但走出几步，花铭忽然止住了动作。他先是抿着唇回味了一下，随后噗的一声笑了出来。

"哼哼……哈哈……"

徐凤一头雾水，疑惑地看着花铭突然犯病。

花铭越笑越停不下来，越笑越放肆。他想着刚才那人浑身害怕还警告他的样子，感觉被戳中了笑点，完全停不下来。

等笑够了，花铭才捂着眼睛喘息着说："给我打听一下。"

徐凤："放心吧，我一定给你打听那个女装癖。"

杨复叹气："小花现在说的不是女装癖。"

徐凤："啊？那是……"难道是刚才那个傻子？铭哥打听他干什么？

花铭:"啰唆,闭嘴少问。"

话音落下,花铭又开始笑,这一次比刚才更夸张,简直笑得他肚子痛。时隔半个多月,就在刚刚,他的心情终于好了一点儿。

到底从哪里来的小尿包?这个学开得倒算有点儿意思。

第三章
同桌你好

康万里跑远了,确定这人没有追上来,才堪堪喘了一口气。他的心跳得厉害,过了好半天他突然发现自己已经错过了集合报到的时间。他在球场上耽误的时间太多,现在已经十点十分了。

他迟到了!都怪那个死浑蛋!

康万里一边生气一边急匆匆地赶往高三所在的撷英楼,安静的一楼大厅里摆着一面宽阔的黑板,上面贴着八张分班表。康万里快速在一班的名单上浏览了一遍,毫不惊讶地发现上面没有他的名字。

等等!没他的名字?啊?他竟然不在一班!

按照他的成绩,除了一班竟然还有别的选项?

康万里转念一想,他不是靖博的学生,没有历史分数可以参考,莫非学校按照他高考的成绩一次性给定了?也不是没有这个可能。

就这么错失一班,康万里心情微妙,不过到底是学神,自信作祟,他很快用"自己这么厉害在哪里都不会受影响"的理由说服了自己。

高考成绩就高考成绩,虽然他也不知道自己多少分,但应该没有那么差吧。他一路看过去,最后发现高三理科一共八个班,前七个班里都没有自己。

四科卷子他不是答了一张吗?分数有这么低吗?

康万里被分在理科八班,好巧不巧,他还在班级名单里看到了刚刚那位女孩子的名字,这就有点儿尴尬了。

康万里尴尬了一阵,心情复杂地寻到理科八班的教室。教室里已经坐着满满的人,一位长相清秀且很有气质的女老师正站在讲台上。

教室里的环境有些嘈杂,大家都在三三两两地说话,看起来似乎人还没有到齐。大家不会都在等自己吧?康万里读惯了三中,遵守纪律的意识十分强烈。

他进门先道了个歉:"对不起。"

谁知那位女老师的脾气十分温和,脸上没有半分生气的样子:"进来吧,找位子坐一下。"

康万里进门,一个女生向着他用力挥手,叫道:"万里,过来坐这里。"

那女孩子正是王可心,由于康万里的打扮特殊,她一眼就认出来了。

王可心没想到能和康万里在一个班里,十分开心:"好巧啊!"

康万里点了点头,有点儿不好意思,幸好王可心并没有提分班的事,她的注意力被康万里的口罩吸引了。

她奇怪地问:"你戴口罩干什么?"

康万里一脸正经的表情:"防毒。"

王可心笑着问:"哪儿来的毒?"

康万里说:"浑蛋放毒,防不胜防。"

王可心不解,心里留恋康万里的颜值:"教室里人这么多,戴口罩多闷啊,要不先摘了吧?"

康万里摇头,坚持再戴一会儿。现在这口罩好似他的保命符,不戴着他不安心。

教室里依旧有些乱，旁边的人都在说话，老师也没有要发言的意思。康万里小声问："人还没到齐？"

王可心说："没呢，还差三个重量级人物。"

康万里疑惑地问："重量级？"

都是学生，学生还分什么重量级？

王可心神秘一笑，露出八卦的神情："你不知道？哦对了，你是转校生嘛！悄悄告诉你，没到的那三个人在学校可有名了！他们三个就是我们学校的"风云人物"，没人能挤进他们的圈子。"

什么？康万里完全听不懂，更感觉不到王可心激动的原因，只能乖乖地听着王可心"科普"。

"我刚才一看分班表差点儿疯掉，想不到我高中三年，最后竟然会和花铭他们在一个班里。那可是花铭啊！他那么有名，全校有好多女生仰慕他！"

康万里不解："为什么？他长得帅？"

王可心说："当然了，不是一般帅，他特别帅！而且他不仅帅，还什么都会，听说靖博所有艺术科目他都拿了满分。"

所有艺术课满分通过，那这人怎么会来理科八班当个成绩垫后的文化生？康万里差点儿拆台，十分勉强才忍住，心里对此并不是很相信。

王可心继续说："他家境也不错，花氏钟楼你知道吗？那个咱们市里最有名的别墅区，被不少人称为咱们市的地标，那就是花铭他们家的！花铭是他们家的独生子。"

这回康万里倒是有些惊讶，花氏地产确实有名。

"最主要的是，花铭长得是真帅啊！那样一张脸，谁不欣赏？"

康万里问："你也欣赏他？"

王可心理直气壮地说："当然！爱美之心嘛。"

康万里顿时失笑。

王可心弯着唇说:"他可是学校里的风云人物,身边还跟着徐凤和杨复,谁都不敢惹他,他到哪儿大家都得让着走。

"咱们学校的男生不是家里条件都比较好吗?他们平时谁都不服谁,可和花铭一比,根本不够看!你看咱们班的男生,一听说花铭在八班,是不是都蔫儿了?"

康万里打量过后,发现班里的气氛确实有些压抑。

"其实花铭还好,大家对他了解不算多,就知道他比较冷淡,但他身边的徐凤真的是少爷脾气,还有杨复……这个人我不太清楚,听说他毕业了要去读军校。

"他们仨一直在一起,我看见花铭的名字就有预感了,往后一看,果然!徐凤和杨复都被分到八班了。哇,高三真棒啊,我再也不抱怨学习紧张了,能欣赏帅哥的脸多幸福啊。"

康万里听完这话神情还是很冷淡,王可心惊讶地问:"万里,我说了这么多,你对他们都不好奇?"

康万里反问:"有什么值得好奇的?"

王可心想了想,说道:"他们长得那么帅……"

康万里说:"我也挺帅的。"

那倒是,王可心停了一下,觉得男生可能和女生不一样,对同性的颜值没那么在意。她改口说:"他们还富有呀。"

康万里不在意地说:"我也富有。"

"嗯?"王可心愣住了,从头到脚打量康万里,没见到一件名牌。她再认真一想,康万里刚才骑着自行车上学,哪里像是有钱的样子?

"你又开玩笑。"

康万里认真地说:"没有啊。"

王可心笑着说:"我真的看不出来。"

康万里点头:"那就对了,我们家崇尚知识,视金钱如粪土。"

王可心忍不住笑出声来,不过笑归笑,她心里认定康万里是在随口闹着玩儿。

　　大家聊了这么一会儿,女老师似乎等急了,看了看时间,剩下的三个学生还没到齐。她无奈地敲了敲黑板:"大家肃静。"

　　同学们说话的声音慢慢小了下来,女老师清了清嗓子,开始自我介绍:"我叫许娉,是大家高三这一年的班主任,教的科目是英语。接下来这一年,由我来陪大家度过这最重要的时光。

　　"高考离我们已经很近了,希望大家能够紧张起来,我一定会尽自己最大的努力,和大家一起冲过高考这一关。"

　　教室里依旧很安静,学生都没有什么大的反应,但也没有藐视纪律的刺儿头学生,许娉松了一口气。

　　这是她做老师的第三年,也是担任班主任的第一年,她实在是没什么经验。但她有自己的信念,她决心要让这个班级的学生拿出成绩,让这群孩子真正有所成长。

　　秉着这种想法,许娉对未来一年的辛苦已经做好了心理准备。她拿起粉笔,在黑板一侧写下一句话——高考倒计时 301 天。

　　"从今天开始,这句话就放在这里一直不擦。时间紧迫,大家一定要充分调动自己的……"

　　许娉正说着,门外走廊里传来脚步声,声音逐渐靠近,康万里能听到一个男生在嘻嘻哈哈地笑着。

　　王可心精神起来:"来了,来了。"

　　康万里不是很感兴趣地看过去。

　　一个男生在门口冒出头,笑嘻嘻地说:"报告。"

　　康万里瞳孔一缩,他还没来得及惊讶他刚刚在操场上见过这个男生,另外一道眼熟的身影便缓缓走进来,声音慵懒:"报告。"

　　康万里:世界这么大,怎么就能这么巧?!

　　康万里怀疑命运女神在折磨他,他还没抽空抱怨他和浑蛋在一个学校,现在竟然还要和浑蛋在一个班,以后还要度过整整一年?受刑都没有这么惨!

他期待了这么久的第二次高三生活，怎么能让它毁在一个浑蛋手里？康万里身体僵硬，皱着眉头，怒气不停地涌上来。

许是他的目光充满敌意，门口的花铭有所感应，向他看过来。视线对上，花铭轻轻一顿，嘴角轻轻勾了起来。

花铭笑了，那笑容在康万里看来相当不怀好意。徐凤顺着花铭的视线看过去，也看到了那位衣着奇怪的"奇葩"。

徐凤惊讶地说："这不是那个……"

他话没说完，最后进来的杨复不轻不重地用手肘顶在了他的肚子上，徐凤痛哼一声，闭上了嘴。

干什么？徐凤用视线控诉杨复，然而杨复并未理他，只对着讲台上的许娉说："报告。"

许娉的神情这才好看了一点儿，由于这三位学生在全校老师那里都很有名，许娉对他们的期待并不高，见他们迟到这么久也不动气，不过看到杨复主动制止徐凤在门口说话，她有种松了一口气的感觉。

许娉虽然想尽可能改改他们这种无视规矩的性格，但开学第一天并不想和他们闹得太僵，于是只公式化地问了问为什么迟到，随后放行："进来吧。"

徐凤先一步进来，看到班里只有最后一排还剩下三个位子，有些不高兴，轻轻地咂了咂嘴。

班级的同学脸色都有些变动，只有王可心开开心心地向康万里介绍："咂嘴的那个是徐凤，个子高、梳背头的那个是杨复，剩下那个最好看的就是……"

"花铭"两个字没来得及说出口，王可心就硬生生把话咽了回去，因为那位花少爷笔直地走到她面前，然后不轻不重地敲了一下她的桌子。确切来说是花铭敲的是康万里的桌子，因为他的视线只落在了康万里身上，神情看起来有些难以言说的意味。

不过花铭什么也没说，只是随手一敲，敲得康万里用力瞪了他一眼。他跟没事人似的云淡风轻地路过，走到后面坐下，仿佛真的只是随便做了个动作。

但王可心不那么认为。那可是花铭啊，花铭怎么会那么闲？她反应过来，压着声音，震惊地问："万里，你认识花铭？"

原来那个浑蛋就是花铭？还敲他的桌子？威胁他啊？

康万里咬牙切齿地说："我才不认识他！"

姗姗来迟的三个人落座以后，教室里重归寂静，但学生们都有了或多或少的变化，看起来似乎有点儿紧张。

许娉拍拍手，开口说："人已经到齐了，我们来点个名吧，以后大家都是八班的学生，正好借此机会互相认识一下。"

"张一虹。"

"到。"

"詹英才。"

"到。"

"王可心。"

王可心清脆地应道："到！"

点名的时候，康万里坐立难安，总觉得背后有种窥视感。一想到可能是花铭在看他，他浑身都难受。

"康万里。"

康万里大声回答："到！"

原来他叫康万里，花铭在心里念了一遍这个名字，觉得这名字和康万里本人的打扮明显不是一个风格。

徐凤问："铭哥听见了没？他叫康万里，这下不用我打听了，多省事。"

杨复说："徐凤，闭一会儿嘴。"

徐凤："杨复！你烦不烦？"

花铭对这些话充耳不闻，只望着康万里的背影。

点完全班人名，许娉看着花名册说："现在我对大家的了解还不多，为了方便管理工作，还是要先选出一名代理班长，同学们有没有人自荐或者推荐合适的人选？"

班里无人答话。和注重升学率的其他学校不同，靖博的学生对班级职务没有太大积极性。

许娉心里有准备，接着说道："如果没人举手，那就由我决定。这样，班长暂时由杨复同学担任，同学们有没有意见？"

三人组的一员竟然能当班长？

康万里不解，王可心却毫不感到意外："杨复成绩挺好的，要不是和花铭形影不离，估计能被分到一班。别人都是找关系去一班，杨复却想办法来了八班，兄弟情好到让人感动啊！"

康万里说出了极其不符合自己的作风的话："成绩好有什么用？班长是要做事的。"

王可心说："他做事应该也行，你想，杨复找你交作业，找你收钱，你敢不给吗？哇，许老师好聪明啊，知道花铭和徐凤都不可能当班长，就找最正常的杨复……"

康万里听不进去她的话，因为他感觉背后一阵不舒服，芒刺在背。那个花铭肯定在看他！

"杨复，你觉得呢？"

杨复站起来，视线在花铭身上停了下，见后者毫无反应，他这才回道："我没意见。"

"那就先这么定了。"许娉看了一眼时间说，"还有点儿时间，我们把高二学的知识点总结一下，大家拿出笔记本……"

老师在报到的第一天就见缝插针地上课，康万里终于找到了点儿学校的感觉。他将注意力集中在许娉的讲课内容上，得到了精神上的解脱。

上课真好！上课万岁啊！

许娉是一位很称职的老师，把高二的知识点总结得十分全面详细。康万里本来以为靖博的升学率不高和老师的教学水平差有很大关系,但听了课才发现老师其实讲得很好,条理清晰。

时间飞快流逝,康万里沉迷于英语课中不能自拔,一眨眼便写了三页笔记。

许娉讲得很投入,投入之余,不忘仔细观察班级里的学生,这一看不由得心下一凉。班里的学生大多心不在焉,那位花铭还算规矩,一双眼望着前方,不过看的并不是黑板,不知道在想什么,而徐凤的眼睛盯着桌子下面,双手如飞。

她统计下来,认真听讲的学生根本没几个。许娉难受地从后排看到前排,对上了一双亮闪闪的眼睛。

那双藏在眼镜后面的眼睛里满是对学习的热情,看得许娉都有些不敢相信。许娉心里震惊,紧接着又讲了三个例句,果然看见这孩子认认真真地动笔写了下来。

天哪,班里竟然还有如此好学的人!

许娉的教学热情被点燃,她讲得非常认真,等彻底讲完备课内容之后,才心满意足地放下粉笔,抽空看了一眼花名册。

让她看看,这孩子叫什么来着?康万里,上学期在三中上学,今年来靖博复读,高考考了……一百五?

满分七百五,他考了一百五?行吧,她在瞎抱什么希望,还是按部就班吧,至少这孩子……还有学习热情。

这厢许娉自我安慰,那边王可心已经急得心痒难耐,她实在是好奇康万里和花铭是什么关系了,这节课怎么还不结束啊?

她看康万里的样子,他之前应该不知道谁是花铭,花铭却偏偏敲他的桌子。难道就在刚刚他们之间发生了什么事?究竟是什么事呀?这也太让人好奇了!

好不容易熬到许娉宣布下课,王可心迫不及待地拉住康万里,连声问道:"万里,万里,你是不是和花铭有什么摩擦啊?"

康万里沉浸在学习中,随口回道:"我们有仇。"

王可心精神了,果然是有事!想想她又有点儿慌:"你得罪花铭了？不能吧？不是说他拒人于千里之外吗？"就算你想得罪也很难得逞吧？

王可心正说着话，康万里忽然抬手示意她安静，然后高高举起手，叫道："老师！"

已经收拾好东西准备走人的许娉转头："嗯？怎么了？"

康万里严肃地说："老师，你没留作业。"

全班同学躁动起来，瞬间记住了康万里的名字。如果不是许娉在场，估计躁动就要演变成一场惊天动地的群殴行为了。

王可心可算懂了康万里怎么能得罪花铭了，因为现在就连她也被得罪了呢！

徐凤听到这句话也笑了一下，不由得抬头说："牛啊！"

说完他看向花铭，花铭则把头埋在胳膊里，动也不动。他发现花铭的肩膀在微弱地颤抖，靠近了才听见哼笑声。

花铭笑得断断续续，像是要断气一样。

徐凤：有这么好笑吗？

花铭在操场上的那个状态又出现了，他越笑越夸张，笑到最后还抽了抽，眼角都要笑出泪来。徐凤理解不了花铭，摇了摇头。

花铭笑着说："真有意思。"

徐凤：得，告辞了亲哥。

班级里没有人说话，被康万里一句"没留作业"挽留下来的许娉心情复杂，又想笑，又感慨。她手头正好准备了几张卷子，想测试一下大家的水平，康万里算是提醒了她。

不过为了不给康万里拉太多仇恨，许娉笑着留下一套只有单选、完形填空和阅读理解，全是选择题的卷子。

"把这套卷子发下去，明天上课的时候讲。"

教室里响起整齐的哀叹声，康万里也唉声叹气。别人自然是嫌多，而他是嫌少。

康万里失望地说："根本不够塞牙缝儿，我十分钟就做完了。"

王可心静静地看着他,好半天才冷静下来。看在康万里的颜值的分儿上,王可心勉强和他恢复友谊。

"万里,你刚才差那么一点点就失去我这个朋友了。"

康万里茫然地问:"为什么?"

王可心露出一言难尽的神情。

他们正说着话,门口有人探进脑袋冲着教室里的人喊:"理科八班,叫几个男生去搬书。"

班里没什么人响应。搬书是苦力活儿,靖博的学生都娇生惯养的,谁都懒得动。众人互相看看,没人跟着去。

杨复得了班长头衔,自发地站起来,随手点了两个人:"你们俩,跟我走。"

被点到的人不得不跟随。

不过三个人哪里搬得了三十个人的书,康万里收拾收拾站了起来:"我去。"

除了康万里,还有另外一个戴眼镜的男生也站了起来,加入搬书行列:"我也去。"

五个人相继离开,徐凤抬眼瞥了瞥杨复的背影,嗤笑了一声:"叫他吃饱了撑的做班长,净给人干活儿。铭哥,你说……咦?铭哥?"

徐凤一句话还没说完,花铭已经起身,竟是跟着那几个人走了出去。徐凤愣了一下,铭哥怎么也去啊?

徐凤不得不跑出去,边跑边说:"等等我!搬书那种粗活儿是你能干的吗?放着让我来!"

"靖博三大风云人物"倾巢而出,班里的男生哪里还坐得住?万一花铭他们搬累了来了脾气,还不是同班同学最容易遭殃。一时间八班的学生全体行动,搬书的地方被八班拥来的学生挤满了。

办公室里,看到此盛况的老师对许娉赞叹道:"许老师,你们班的学生可真团结。"

065

许娉一头雾水,只能笑着应道:"啊?是吗?啊……哈哈……"

康万里主动搬书自然是为了远离那个有花铭"出没"的教室。他已经决定了,必须和花铭保持距离,所以能离多远就离多远。

虽然搬书很累,但没有花铭在后面偷窥。康万里抱起高高的一摞书,感叹道:"舒服啊。"

发书的老师看着康万里因为负重而微微颤抖的手臂,默默又往上放了两本,康万里手臂一沉,差点儿抱不住。

老师露出满意的表情:重不重?重就对了!靖博的学生就这点不好,念书不太行,惯会吹牛!

康万里抱着高高一摞书往回走,书高得几乎遮住了他的视线。他走走停停,胳膊逐渐坚持不住,眼见着要松手,眼前忽然一亮,书被人抱去大半。

康万里手上骤然一轻:"啊,谢谢。"话说出口,康万里才看见帮他的人,话头立刻一转,"你怎么在这儿?"

花铭笑意盈盈地望着他,说道:"我搬书啊。"

花铭会好心过来搬书?康万里才不信呢,这人一定是趁机来欺负他的!他绝不能给这人机会!

康万里心里这么想着,脚上的动作更快了,恨不得把花铭远远地甩开。可康万里加速,花铭也跟着加速,两个人始终保持着一步的距离,在走廊间飞快地移动着。

康万里急了:"你别跟着我。"

花铭说:"我没跟着你,我这是送书回教室。"

康万里停下来:"那你先走!"

花铭摇头:"不,我先走就没意思了。"

康万里气急了,花铭还说是搬书,明明就是过来欺负他!

"你有病啊?"

花铭盯着康万里的反应,越看越觉得有趣。他跟出来就是为了逗一逗康万里,不知道为什么,虽然不清楚康万里对他警惕又排斥甚至有点儿讨厌的原因，但就是觉得有意思。

康万里不知道是他的时候还向他道谢，看见他的脸就气得不行，为什么？于是花铭问："我们是不是见过？我对你做过什么？"

之前康万里也说过类似的话，但他说出这话的杀伤力和花铭的完全不是一个级别。他有些紧张，不自觉地摸了摸口罩。

这个动作吸引了花铭的注意力，花铭反应过来问："你在室内还戴着口罩？"

康万里说："关你什么事？"

花铭说："摘了。"

两个字，言简意赅，还有一种命令感。

康万里当即十分不爽："你让我摘我就摘？我就不！我告诉你，我不摘是为你好。"

花铭有点儿想笑："为我好？怎么说？"

康万里嘲讽道："是啊，因为我长得俊逸非凡，你一看见我的脸就会自惭形秽。"

康万里一边说一边有点儿解恨似的得意，他说的可是实话。

花铭看着康万里一脸认真的表情，半天没有反应。过了一会儿，他望着康万里笑到岔气："同学，你脑子是不是有点儿问题？"

你脑子才有问题！要不是为了保障自身安全，康万里气得想把口罩甩下来拍在花铭的脸上，让他看看他自己多么离谱。

上次因为我好看疯狂追着我要做朋友的人可是你呀，你忘了我可没忘！

康万里在心里疯狂生气，但到底不敢露脸，只能气呼呼地说："你就嘴硬吧。"

花铭愣了一下，然后笑得更厉害了。康万里脸上挂不住，花铭的笑声在背后萦绕不散，他快跑几步，一路奔回了理科八班。

背后的笑声不知道什么时候消失了，康万里在讲台上放下书，揉着胳膊抱怨："浑蛋就是浑蛋，连笑声都这么烦人。"

067

王可心正好放下书,问道:"你说什么?谁笑得烦人?"

康万里说:"能有谁?花铭!"

康万里随口一答,王可心则是一头雾水。花铭的笑声烦人?怎么可能?学校里还没人见过花铭大笑呢。

她正想着,花铭慢悠悠地从门口走进来,神色淡淡的,和传闻中一样浑身写满距离感。

王可心心里慌乱,看着花铭越走越近,她一缩肩膀,快速躲到康万里的身后。喜欢看帅哥是一回事,但真叫她和花铭面对面,她可不行。

幸而花铭也没有注意她,只对康万里说:"走这么快,你的胆子呢?之前你不是说下次见到我非要我好看吗?"

康万里原本不想搭理他,可一听这话又实在无法置之不理。怒火燃烧,康万里也不尿了,左右一打量,快速在黑板上蹭了一手粉笔灰,用力抹在花铭的脸上。

花铭没有躲闪,两边脸颊白了一片。

康万里气愤地问:"怎么样?够不够好看?"

王可心的心都要跳出来了,康万里知不知道他在干什么呀?那可是花铭!康万里竟然敢这么动手挑衅,这个高三他难道不想好好过了吗?

气氛一下子降至冰点,除了王可心,班级里的其他人也都看到了康万里的举动,教室一时鸦雀无声,谁都没说话。

唯有花铭抬手蹭了蹭自己的脸,花了点儿时间反应了一下康万里对他做了什么。随后,他忽然哼笑一声,效仿康万里在黑板上抹了一手的粉笔灰。

他这是要抹回来?康万里看见花铭向着自己的口罩伸过手来,迅速反应。绝对不能被花铭看到脸,一瞬间,康万里迅速按住自己的口罩。

然而花铭伸向口罩的手只是声东击西,一双大手改为笔直向下。然后,他十分用力地将粉笔灰尽数抹在了康万里的胸口上。

康万里一蹦三尺高,大声尖叫,班里同学都笑起来,连王可心也没忍住。

事情没有演变成争吵和打架,王可心当真松了一口气,同时对花铭有所改观,觉得他的脾气似乎还蛮好的。只有康万里像是被人踩了尾巴,疯狂奓毛。

这时徐凤正搬了一趟书回到花铭身边,感觉气氛似乎有点儿奇怪,便问道:"怎么了?"

花铭心满意足,姑且放过康万里,头也不回地走掉了。

徐凤边追边问花铭:"铭哥,你的脸怎么了?嗯?你好像心情不错?"

班里的同学开始热热闹闹地发书,刚刚的插曲被一带而过。

康万里对着花铭的背影深深唾弃了一秒,还没泄愤便立刻陷入了被抹粉笔灰的心理阴影中,他突然好想回家。

康万里难受了好久,在王可心的召唤声中回过神来。

王可心说:"万里,赶紧的,座位表出来了,许老师的速度好快啊。"

杨复带回了许婶刚刚排出来的座位表,宣布:"今天把座位排完就没事了,下午大家不用来,明天再开始正常上课。"

只要是假期,半天也是好的,众人一阵欢呼,纷纷抱起书包,按照座位表转移位置。康万里心情抑郁地过去查看名单,看见自己在中间排靠后的位置,而王可心则在前排。

王可心不由得感叹:"我们的缘分怎么这么浅?"

缘分自然是浅的,毕竟身高摆在那里,康万里肯定要往后坐。他对这个分配没什么意见,可往下一看,立刻脸色大变。

花铭的名字紧挨着他的名字排在后面,他们两个人竟然是前后桌!这还能得了?

康万里急忙向目标座位看过去，花铭已经到位。两个人对上视线，后者轻轻巧巧地扬了扬手，康万里硬是从那个再平常不过的动作里看到了对他的嘲讽。

不行，这样绝对不行！

杨复问："有没有人对座位表有意见？如果有意见……"

康万里当即举手："我有意见！"

杨复瞥他一眼，淡淡地说完后半句话："我建议你憋回去。"

康万里：不！我就不憋！他才不要和花铭坐前后桌，一想到每天上课花铭就近在咫尺，他的脑子都要蒙了。

杨复说："先入座，别影响其他人换位置，有事一会儿再说。"

这话倒是有道理，康万里慢腾腾地移到自己的位置，一坐下立刻转过头。

花铭任由他瞪着，说道："看来是缘分。"

康万里不屑地说："这叫作天罚。"

花铭失笑："这么讨厌我？我到底对你做什么了？"

康万里唯恐花铭想起什么来，忙说："我是怕你影响我学习。"

花铭说："我在你后面，你看不见我，我怎么影响你？"

康万里说："万一……万一你抄我的作业呢？"

花铭坦坦荡荡地说："我从来不抄作业。"

康万里好想骂人，而此时站在讲台上的杨复也第一次生出了想嘲讽人的强烈心情。

别人不知道康万里的成绩，他却是知道的。他刚才在办公室里特意看了一眼，康万里的成绩是全班倒数第一名，不，不只是全班，他是全校倒数第一名。

作为全市升学率垫底的靖博高中的倒数第一名，康万里怎么就有勇气说出别人影响他学习这种话呢？杨复脸上没什么表情，心里已经有点儿服气了，现在在花铭面前还这么有自信的人已经很少见了。

康万里还在和花铭争执："别说这么多，你换座位吧。"

花铭说："老师安排我在这里，我怎么能走？"

康万里真心觉得那自己走也行，不过面子上有点儿过不去，就在他犹豫的刹那，看不懂花铭为什么如此好声好气的徐凤开始插嘴。

"你这人跟谁说话呢？你让换就换？瞧不起谁啊？你还不想挨着铭哥，你不想你让给我啊。还瞪！有本事你上这儿来，不是尿包我们就用男人的方式解决问题。"

三人组之中，脾气最暴躁、最经常闹事的人就是徐凤，徐凤这么说，明摆着是要打架的意思。

教室里又出现一阵谜之安静，众人都屏住了呼吸，只有康万里脸上毫无畏惧之色。

他硬气地说："你说话可别反悔。"

徐凤："反悔我就是小狗。"

康万里转身从书包里掏出许娉刚留的那张卷子拍在桌面上，大声地说："你过来啊！"

空气安静了两秒，徐凤的脸上浮现了一种类似于痴呆的神情。他还没想明白康万里为什么突然掏出一张卷子，旁边的花铭已经用双手捂住了脸，浑身抽动。

别人看不懂，徐凤看懂了，铭哥这是已经笑抽了。这又是在笑什么？谁能告诉他笑点在哪儿？笑点在哪儿？！

花铭抽了两下放下手，脸上已经神色如常。他制止徐凤，问康万里："男人的方式就是做题？"

康万里认真地说："是啊，不会做题算什么男人？"

花铭顿了顿，又想笑，终于搞明白状况的徐凤恼羞成怒地骂了一声："耍我啊？你脑子是不是有问题？！"

围观的人都被这突如其来的转折闹得哭笑不得，康万里却还在坚持："你比不比？"

徐凤："比个鬼！"

康万里像是抓住了徐凤的小辫子："你反悔了，你是小狗。"

徐凤："我！"别拦他，他要教训这个小子！

徐凤还要骂人，花铭单手将他堵了回去，兴致盎然地说："我和你比。"

康万里不太相信："你和我比？你确定？"

花铭说："确定。"

和花铭比分数，康万里有种天上掉馅饼的感觉，他惊喜地说："这可是你说的，你要是输了，你就换座位。"

花铭反问道："你要是输了呢？"

康万里说："那我就换座位！"

敢情不管输赢康万里都能从这个位置逃跑，花铭摇头说："不行，你要是输了，我们就谁都别动。"

徐凤听不下去了。谁都不动，也就是说铭哥赢了一点儿好处都没有，那还比什么？铭哥干什么这么来劲？！

康万里怎么可能输？他当场应下来："那我们就比做卷子，谁分数高谁就赢。"

花铭点了点头，赛制就此确定。班里的人对这个发展越来越感到迷茫，都呆呆地看着康万里在花铭旁边的座位上坐下来，

两个人以二十分钟为限准备做题。

花铭会和人比做卷子？这简直闻所未闻！众人互相看看，纷纷开始思索。

花铭名声虽大，文化成绩好像很一般吧，至于这个转校生是什么成绩，不清楚啊。这是要"菜鸡互啄"？

比赛即将开始，花铭忽然说道："开卷吗？"

康万里对这些根本无所谓，自信地说："随便你。"

杨复对康万里的自信模样深感心情复杂，不过很快，他就没有兴趣再关注康万里，因为花铭对他招手，叫他过去。

"怎么了，小花？"杨复走到花铭身边，计时刚好开始。

花铭懒懒地拿起笔，在第一题上点了一下，问道："选什么？"

杨复毫不犹豫地说："C。"

班级里的众人：等等！开卷原来是这么开的吗？

所有人都在一瞬间产生了共同的想法……这人就不能收敛一点儿吗？起码伪装一下嘛。

王可心有点儿看不过去，但又不敢制止，只能小声说："是不是不出声比较好？"

杨复冷不防看了王可心一眼，王可心被吓到，以为杨复会生气，但下一秒，这人就在花铭的桌子面前蹲下来，不再出声，只用两只手做手势，同时用口型示意——C。

王可心：区别在哪里？当她看不见吗？糊弄人也要认真点儿啊！

虽说梳着背头、身高一米九的杨复把头搭在花铭的桌子上的样子有种诡异的可爱感，可眼下这个情况对康万里实在不利。

花铭身后的徐凤更是不闲着。他对花铭只问杨复不问自己的行为非常不满，转过去抓了几个围观的人，催促道："看什么看？赶紧给我做卷子，铭哥他们从前做你们给我从后做，快点儿！"

比赛的时间有限，但是卷子上的题量不小，也就是说，答得更多的人将有机会获得更多的分数。

本来只是看热闹的无辜群众顿时被徐凤牵扯进去，大家不得不凑在一张桌子边做阅读题。没过一会儿，传答案的字条像雪片一样飘落到花铭的桌子上。

开学第一天，全校成绩最差的理科八班学生竟然会聚在一起做题，这画面即便被人看见，也一定没人相信。但他们不仅在做，还前所未有地认真，大家互相讨论，生怕选错答案惹来麻烦。

"这个选什么？"

"我怎么知道？"

"你咋这么没用。"

"还说我！你行你上啊。"

一群人愁眉苦脸，没想到竟然会在这种情况下遇到"书到用时方恨少"的窘况。

班里的学生们很难受，王可心也很难受。她看着花铭在十多个"外挂"的帮助下运笔如飞，心里要急死了。

这么多人在帮花铭，可康万里只有一个人呀。王可心实在顾不上那么多，康万里是她的朋友，她必须帮他，被花铭看到、记住也没办法。

王可心凑过来说："万里，我和你一起……"

康万里淡然地说："不用。"

王可心不敢相信她竟然遭到拒绝："你说什么？"

康万里仰起头，脸上满是自信与高贵之色，他刚强地说："你看着，我一个打他们十个。"

王可心：你就不能不装吗朋友？！

康万里浑身散发着自信的光芒，但那光芒一点儿都说服不了王可心，因为康万里嘴上说得很确定，可做题一点儿都不认真。

一道题他看一眼就直接填答案，那两秒钟的时间还不够王可心审题的呢。那哪儿是做题？他明明是在撞大运，能对就怪了，蒙也不能这么蒙啊。

王可心着急，其他人看见康万里做题的状态，也都认定康万里必输无疑。

徐凤亦在旁观中嗤笑好几声，只觉得康万里嘴上厉害，实际上根本就不行。就没见过有人做题能那么快的，简直是在瞎玩儿，和他比真是浪费铭哥的时间。

徐凤收回视线望向花铭，忽然咦了一声，眼皮一跳。是他看错了吗？为什么他感觉铭哥好像故意填错了几个答案？

徐凤顿了顿，小声叫道："铭哥？"

花铭似乎知道他想说什么,一边转笔一边说:"别多事。"

徐凤:行,他不说话行了吧?

时间静悄悄地走着,二十分钟转瞬即逝,王可心心急如焚地看着比赛结束。两个人同时把卷子交上来,两张卷子都写得满满当当的,光从表面看不出上下。

"怎么判卷?"

"这套卷子隔壁班的人去年就做完了,我可以去借答案。"

徐凤来了精神:"那你还等什么?快去!"

八班的学生出动,比赛进入判分阶段。花铭神色从容地看着康万里,只见这人捂得严严实实,可又不知不觉散发出一种得意扬扬的感觉。花铭忍不住想看他跳脚。

花铭问道:"你这么自信?"

康万里说:"当然。"

花铭用手揉了揉脸颊,挡住嘴角的淡淡笑意。另一边,匆忙判分的王可心脸色逐渐变化,她先算完了花铭的分数,一张卷子对了十之八九,全算下来将近九十分。

她本以为按照康万里刚才做题的状态,分数一定不堪入目,可没想到一道道题看下去,竟然全是对号。选对了,这个也选对了,一张卷子全部判完,康万里只错了两个题。

九十八分!

王可心难以置信:"我的天!万里你怎么做到的?"

这句话吸引了全班人的视线,众人看过去,登时脸色变化,一个个全都表情怪异。九十八分?竟然是康万里的分数更高?

同学们一时说不出话,一方面是不敢相信康万里的分数这么高,另一方面是合全班之力一起做题,竟然输给康万里一个人。他们总感觉丢脸的不是花铭,而是自己。脸有点儿疼。

徐凤也不敢相信,一把抢过卷子看了好几眼。他用力拉扯着卷子:"真的假的?你该不会提前知道答案吧?你是不是做过这张卷子？"

康万里懒得用语言证明自己，简短地说："你管我那么多？反正我赢了。"

康万里随口一说，周围的人却都静默了一瞬，以为康万里是在默认。大家的脑海里闪过同一个想法：难怪他的分数会这么高，原来他提前做过这张卷子。咦！这小子好阴啊。

杨复顿了一下，暂时排除了心里的疑惑，而王可心则如释重负，在心里无奈地抱怨康万里知道答案不偷偷告诉她。

康万里不知道全班同学已经出现了认知偏差，此刻只顾着获取胜利果实。

他站起身摆出赢家的姿态："你输了，你换座位吧！"

徐凤好生气："你这不是作弊吗？"

王可心："……"你怎么好意思说别人作弊？

幸好三人组中还有个思维正常的杨复，他一把捂住徐凤的嘴将他推了回去。

花铭并没有太大的反应，作为比赛的当事人，他既没有惋惜也没有愤怒，只是悠闲地望着康万里，问道："非得换？"

康万里问："你想反悔？"

花铭点头："是啊。"

康万里还没见过能这么正大光明地反悔的人，瞪大了眼睛问："你什么意思？你不换了？"

花铭说："我可没说不换。"

康万里有点儿迷糊了："你到底是什么意思？"

花铭："意思是，我可以换，但是我不想换，如果你非要我换，我也不是非赖着不走，但换了以后有什么后果，你可要自己承担。"

这话已经充满了明明白白的威胁之意，王可心白了脸，徐凤露出解气的神情，周围安安静静的，气氛刹那间剑拔弩张。

王可心偷偷地拉康万里的袖子，但还没碰到，康万里便开了口：

"屁话真多,你赶紧走!"

王可心僵住了脸:完了!

花铭脸上没了笑意,脸色阴沉沉的,他问:"你确定不后悔?"

康万里:"绝不!"

花铭冷不防冷笑一声,站了起来。班里有人不自觉地后退了一步,桌子碰撞的声音仿佛预示了什么。

有人小声劝道:"别生气……"

"对,别生气。"

一场风雨欲来,康万里抿着唇,一步都不退。正在此时,门口有人叫他:"康万里!班主任叫你去一趟办公室。"

声音打破僵局,王可心如梦初醒,急忙推着康万里说:"万里,老师叫你呢,你快去呀。"

康万里瞪了花铭一眼,终于从对峙局面中脱身。一直走到门口,他还能感觉到花铭的视线黏在他的背上。

出了教室门,叫他的男生戴着一副金丝眼镜,正是之前除了康万里外唯一主动去搬书的那位。

男生问:"你没事吧?"

康万里摇了摇头,准备去办公室,但马上被男生拉住。

男生小声说:"不用去,我骗他们的,许老师没叫你,我怕你们打起来。"

康万里后知后觉,这才发现男生眼睛里满是认真和担心之色。虽然他刚才并不怕打起来,可是他和这位同学一句话都没有说过,这个人却好心帮忙,让他十分感动。

两个人交换了名字。

"我叫康万里。"

男生:"詹英才。"

康万里诚心道谢:"谢谢你。"

詹英才摇了摇头:"没事的,都是同学。"

康万里还是很动容，打量着男生，送出了最近自己认为的最高赞美："你戴眼镜真帅。"

詹英才看他一脸认真的表情，顿了一下，昧着良心回答："你戴眼镜也很帅。"大概……反正他也看不到脸。

这话不知道哪里戳中了康万里的神经，让康万里大为震惊。所有人都说他戴眼镜不好看，这个人却欣赏到了他的审美，这是——知己！他的知己啊！

康万里瞬间将詹英才列为挚友，强烈要求互换联系方式。詹英才没有拒绝，两个人互相留下微信号，詹英才便先行离开了。

难得有人热心帮他，康万里顺势在外面多待了一会儿，大约过了十分钟才重回教室。其实对花铭有没有换位子的事，康万里心里还有些打鼓，不过这个时候尿没有用，他只能硬着头皮上。

康万里有些犹豫地踏进教室，班里的人已经走了大半。王可心坐在前排座位上，欲言又止，康万里觉得奇怪，不过没有深究。他只顾着看向花铭的位子，一眼看完，心头大喜。

花铭的东西已经没了！他换走了！太好了！

康万里的脚步轻快起来，他三步并作两步奔向自己的位子，喜笑颜开。然而他的笑容刚刚浮现，一个人影就从下面钻出来，将书包甩在康万里右边的位子上，大大方方地落座。

花铭微笑着说："你好啊，新同桌。"

康万里："……"

第四章
冤家路窄

康万里不记得自己是怎么回的家,前所未有的冲击让他十分崩溃。他刚回家就一头扎到卧室里,连康千风叫他都不管用。

在这个家里,何时发生过小风叫人不顶用的情况?康万里可是向来对小风百依百顺的。张阿姨目瞪口呆,不敢相信发生了什么。

这种情况持续到晚上依然没见好,康万里行动艰难地从楼上下来吃饭,全程魂不守舍。

一饭碗被大花舔去好几次,康万里几乎没吃几口。康千风和刚好在家的康家夫妻面面相觑,对康万里的状况万分不解。

"万里,你到底怎么了?"

康家夫妻询问多次,康万里终于开口说话,声音饱含痛苦之意:"我现在就是后悔,非常后悔,当初不该交白卷,搞得现在有学校念不高兴,有书读不开心,就后悔,好后悔。"

康万里说得殷切、诚恳,几乎是声泪俱下,康千风十分震惊,康向秋和范欣也是惊得完全说不出话来。

谁能想到,他们有生之年竟然能看到康万里这个样子。到这一刻,康家夫妻才终于相信了小风说的话。小风说的是真的,原来万里真的后悔了,而且这何止是后悔?这已经是忏悔了啊!

孩子已经知错,康向秋和范欣哪儿还顾得上生气?两个人都心疼儿子心疼得不得了,态度软化,全家人一起上阵,对康万里千哄万哄。

在花铭的"不断助攻"下,康万里的家庭在不知不觉中得到大和解。自然,康家夫妻和康千风都不知道其中偏差,康万里也被家人的温情感动,怏怏地吃了饭。

晚上回到卧室,康万里在台灯下摊开自己的笔记本,记录自己在新学期的目标。他在本子上一笔一画地写下第一句话——高三目标,我要上京大。

写完,康万里顿了顿,白天经历的一切事情涌上心头。他抽了抽鼻子,在上京大之前加了一个添加号,仿佛用尽全身力气般认认真真地写道——康万里,你一定要保护好自己!

新的一天再次开始,康万里打起精神,气昂昂地去往学校。经过了一晚上的心理准备,他已经立下决心,花铭就在他身边又怎样?他康万里完全没在怕的!

康万里给自己打完气,尴尬地戴上口罩,这才觉得有了些安全感。又骑行了二十多分钟,他在学校门口遭到门卫拦截。

门卫:"你的校服呢?"

门卫一提醒,康万里这才注意到周围进校门的学生都穿着统一样式的蓝白色校服,只有他是一身黄色便服,非常显眼。

"我没有校服。"

门卫不相信:"靖博的学生怎么可能没有校服?"

康万里说:"我是转校生。"

花时间核实了身份,康万里这才被放行。

到了学校以后他和詹英才说起这件事,詹英才连忙点头说:"对,靖博是要求统一着装的,大家都知道这件事,所以昨天没有特意通知,你要不说我都忘了你是转校生了。"

康万里问:"校服要定做吗?"

詹英才说:"不用定,学校的超市里有现成的,你下课直接去买就行。不用担心,咱们靖博的校服无论男生的还是女生的都很洋气,怎么穿都不会丑的。"

康万里不赞同地问:"是吗?"

康万里真心觉得还是自己的衣服更好看,他的衣服是他自己和服装厂专门沟通设计的,每一件都只有一套,走遍全世界都不怕撞衫。

而校服则是类似韩国校服的套装,女生的是小西装和短裙,男生的是西装校服,裤腿窄小,讲究修身,一看就知道不如他平时穿的哈伦裤舒服。再说了,大家全都穿一样的衣服,有什么好看的?

康万里正想着,旁边的椅子被人拉开,一个人悠然落座。

穿着校服的花铭撞见他的目光,微微抬眼说:"哟。"

谁和你哟!康万里瞥了他一眼,在他身上打量一圈,很想摆出不屑一顾的样子,但这人换了身衣服,周身的气场都跟着发生了变化,康万里实在没办法忽视。

康万里:这花铭看着真是帅,但人品不太行啊。

花铭也打量着康万里,但对康万里的黄色便服未做评价,只接着詹英才的话说:"那倒不一定,穿校服好不好看主要取决于颜值,康万里……"

詹英才确实没料到花铭会接自己的话,不过往康万里脸上一看,说道:"万里,你怎么还戴着口罩?说起来我到现在连你长什么样还没见过。"

康万里愣了一下,条件反射地捂住脸:"等有机会我偷偷给你看。"

徐凤的声音插进来:"脸还要偷偷看?那你长得是有多丑,多见不得人啊?"

康万里反唇相讥："我比你好看多了。恕我直言，和我相比，在座的各位都很一般。"说完，他又对詹英才说："知己，不包括你啊。"

詹英才："……"

徐凤眉头紧皱："有问题！"

花铭沉默片刻之后用手撑着下巴，手指紧紧按住两边嘴角，将即将出现的笑容用物理压力藏了起来。

预备上课铃响起，詹英才和徐凤不得不回到各自的座位。康万里乖乖坐下，独自一人直面被花铭近距离注视的压力，这滋味果然不是一般人能忍的。

康万里在桌子中间画出一条线，一本正经地说："从现在开始，这就是我们的分水岭。我警告你，你可别过来，你不打扰我，我们井水不犯河水，你要是找事，那我……"

康万里讨厌自己如同见了洪水猛兽似的，到底是为什么？花铭打断他的话反问道："我为什么要打扰你？"

康万里："不打扰我你干吗换到这儿来？"

花铭反问："不是你非要我换的吗？"

康万里的脑门儿青筋直跳："啊？"花铭倒打一耙的技术又精进了是不是？

康万里正准备和花铭吵架，许娉抱着书进了教室里，大家立刻安静下来。康万里急忙住口，硬生生把一股火憋了回去。

杨复："起立。"

全班同学："老师好！"

许娉笑容满面："同学们好。课程表已经排出来了，从今天开始正常上课。大家要认真些，现在把昨天留的那张卷子拿出来。"

英语课开始，班里响起翻卷子的声音。康万里有些担心花铭存心影响他学习，没想到一开始上课，花铭便懒散地往桌上一趴，目光放空，右手转笔，一眼都不看他了。

康万里有点儿惊讶，不过花铭不看自己正好。他微微放松，将注意力集中到了许娉的课上。

许娉这边也十分惊讶，她本以为她留的卷子班里会做的同学不过五六个，没想到转了一圈一检查，全班同学都做了作业。

全班！谁能信？理科八班竟然全班学生都做了作业！

许娉震惊之余还发现，同学们不仅做了作业，听课、对答案的时候更是积极响应，不少人主动提出问题，问这题为什么这么做。

许娉感动到眼泪打转。这是一群多么好的孩子啊，虽然成绩不好，但是都在努力。

班里同学一个个有苦难言，他们本身不想学习，可是昨天全班人加在一起才考了九十分，被康万里狠狠羞辱了一番，脸上实在过不去。

昨天绞尽脑汁做的题，他们是真想知道为什么没做对。做都做了，不听讲总觉得有点儿对不起昨天的自己，于是，理科八班在浓厚的学习气氛中结束了第一堂课。

许娉赞不绝口："你们真棒！很多同学虽然基础不好，但是老师已经感受到了你们求学的热情。你们放心，老师一定会尽自己最大的努力来帮助你们！同学们，要相信自己啊！"

众学生："……"

这……怎么说呢？反正就是有种不学习就特别不好意思的感觉。八班的学生开始挠头，难受得要把头给挠秃了。

偏偏"罪魁祸首"康万里对此毫无察觉，一堂课结束，他立刻以买校服为名离开了座位。

学校的超市离教学楼不远，他走几步很快就到了。

超市老板还算热情："买校服？"

"对，校服多少钱？"

"男生一套四百，你穿多大号？"

康万里轻轻顿了一下，钱倒是没问题，但他对自己的尺码有点儿怀疑。他偏瘦，腿长，个子高，最近似乎还长高了一些？他还真有点儿不确定自己穿哪个码。

"要是不确定可以量一量，按照标准比对一下尺码，这边有米尺。"

康万里接过米尺，应道："谢谢。"

有尺子是好，不过自己量很不方便，尤其是腿长、臂长。

康万里正想着，忽然有人贴在他耳边说："我帮你量？"

康万里激灵了一下，立刻回头："你怎么在这儿？！"

花铭！他就是不想看见花铭才跑这么快的，没想到这人竟然跟上来了，真是阴魂不散啊！

花铭的神色淡淡的，他非常悠闲地耸了耸肩。

徐凤的反应比自己受到侮辱还大，他非常没好气地说："学校超市是你私人的？就你能来是怎么着？我们还不能来买东西了？"

杨复站着没动，一句话没说。康万里被堵住话头，抿着唇不说话了，徐凤瞪了他一眼，顿时扬眉吐气。

花铭指了指康万里，完全无视康万里脸上的抗拒之色，诚恳地说："我只是个路过的好心人。"

花铭好心？康万里简直要笑死，花铭的神情就等于在脸上写了一个巨大的"坏"字，还说要给他量尺码？做梦！

康万里强烈拒绝："我不用你帮忙，你离我远点儿就行。"

徐凤被气笑了："哇，你这人真是不识抬举，谁想离你近了？你以为你是大美女啊？"

康万里巴不得他们走得越远越好，看见花铭他都觉得脑壳疼，哪儿还有量尺码的心思，只想着赶紧买完校服就走。他懒得和徐凤斗嘴，当即按照平时穿的尺码拿了一套校服，头也不回地跑进了超市换衣间。

看康万里避之不及的举动，徐凤差点儿气得一口气上不来。

他长这么大还从来没有被人这么明显地嫌弃过！这个康万里真是太讨厌了！

徐凤："铭哥，别管他，等我找机会好好收拾他！"

花铭："小凤儿，你这么闲？"

徐凤脸色一变，苦着脸抬眼，看见花铭静静地望着他。徐凤噤声，然后更加惊讶地看着花铭哼着歌向更衣室的方向跟了过去。

徐凤："……"什么意思啊？亲哥你干吗去？

徐凤极度无语，杨复拍了拍他的肩膀："看不懂就别看了。"

徐凤："……"你看得懂？看得懂你倒是给我讲讲啊。

杨复摇头："你已经是个成熟的凤儿了，要学会自修心理学。"

徐凤："滚！别叫我凤儿！"

康万里在更衣室里抓紧时间换衣服，课间一共就十分钟，他可不想上课下课都笼罩在花铭的阴影中。

快速穿好衬衫换好校服，康万里开始脱裤子，刚脱到脚边，腿还没拿出来，更衣室的门忽然被敲了一下。

一个男生在门口咳了一下，康万里吓得后背撞在了门上。

除了花铭哪儿还有其他人有这种让人毛骨悚然的音色？虽然知道花铭看不见，但康万里的第一反应还是手忙脚乱地提起裤子。

康万里紧紧压住门，惊悚地问："你干什么？"

花铭的声音听起来似乎有几分愉悦："我看看你换好了没有。"

康万里急躁地说："哪儿有那么快？我闪电侠啊？"

花铭轻笑："估计你也没那么快。"

知道所以你特意过来找麻烦？康万里咬牙："你有毛病？别耽误我的时间！"

花铭说："怎么会耽误你？我是来帮你的。"

康万里的头发都要竖起来了，他一个大老爷们儿，穿衣服的过程里有哪个程序需要人帮？

"你快走，烦不烦人！"

康万里喊完这句话，门外没有传来花铭的回应，可也听不到他离开的脚步声。康万里紧张兮兮地提着裤子等了两秒，忽然在咫尺之处听到了指甲挠门的声音。

花铭挠着门，一面贴着门轻轻唱："小兔子乖乖，把门儿开开。

"快点儿开开，我要进来。"

那一瞬间，康万里气得不行，整个头皮都隐隐发麻。他从小到大听过那么多歌曲，第一次发现儿歌原来这么吓人。

太吓人了，他的眼泪都要飙出来了！被吓着的人没有理智，康万里不敢开门，只能隔着门从上面往外扔东西。

他把脱下来的上衣用力砸了出去，边砸边骂："滚！等我出去揍你啊！"

门外的花铭轻轻一闪，衣服落在地上，他不但不生气，反而捂住脸控制不住地哈哈大笑起来。他的笑声穿透门板，穿透康万里的耳膜，越听越瘆人。

有意思，太有意思了，花铭足足笑了十多秒才勉强收住。他深呼一口气，神清气爽，心满意足。

花铭开心够了，兴致盎然地看了一眼更衣室的门，缓缓走开。他从一开始就没有进去的打算，只不过闲得慌，想看看康万里着急发慌的反应。

他最近太颓废，只能靠新同桌的有趣反应打发打发时间。事实证明，康万里这人确实很有意思，花铭的精神得到拯救，整个人像充满电一样有了动力。

眼见花铭进去时是一张开心脸，出来明显更加开心，徐凤已经放弃自我拯救。

他闷声闷气地说："铭哥该不会是喜欢被人虐吧？"

杨复："说反了。"

徐凤："啊？什么反了？"

杨复没理他，迎上花铭问："小花，还买东西吗？"

花铭在货架里挑了挑，拿了一盒酸奶。徐凤又来了精神，急忙抢着去结账。刷完校园卡，花铭还没有要走的意思。

徐凤催促：“铭哥，快上课了。”

花铭抬眼静静地望着更衣室的方向说：“等一会儿。”

康万里一会儿就要出来，他想看看康万里穿校服的样子。他很有耐心，等啊等，一点儿都不着急，可时间一分一秒地过去，眼见着上课铃要响了，康万里还是没有要出来的意思。

换身衣服不可能这么慢，康万里明显是故意躲着他。这人就这么烦他？可躲着他有什么用，康万里还能在换衣间里待一辈子不成？

花铭不急，徐凤却有些不耐烦了，皱着眉说：“铭哥，真别等了，快上课了。”

徐凤一是不想等，二是不想惹麻烦。这个麻烦说来也巧，一会儿要上的课是化学课，他们提前收到消息，理科八班的化学老师不是别人，正是全校有名的教务处主任谷文斌，外号老谷。

徐凤倒不是怕老谷，但谷文斌确实威名在外，他们要是在开学后第一堂化学课上迟到，八成要受罚。

杨复也知道一会儿是老谷的课，跟着说：“小花，我们先回去吧。”

既然两个人都催，花铭便不再坚持。康万里是他的同桌，一会儿总要回教室，他早晚都能看到。三人组于是边聊天边离场。

花铭这边刚刚踏出超市，被他等待好久的康万里立刻鬼鬼祟祟地探出头，确定花铭不会再折返，这才松了一口气。

康万里刚刚真的要被吓死了，花铭太烦人了。他心不在焉地拽了拽校服，暗暗骂了花铭好几句才回过神打量着镜子中的自己。

这身校服果然如他所想，十分修身，穿上以后手脚都放不开，尤其是两条腿，紧巴巴的，很不舒服，真不知道其他男生是怎么穿的。康万里稍稍一动，裤脚就有些上蹿，露出一截雪白的脚踝。

"不是吧……又紧又短，根本不合身。"

康万里抱怨着，老板过来搭话："没有啊，你穿这身正好。"老板左右看看，赞美道，"看不出来你腿这么长啊，看着真精神。"

老板说的是实话，刚才康万里进来的时候穿的衣服太土，导致老板根本没看出他的身材，眼下他换上这身校服，整个人看上去气场一变，好看了很多。

这个孩子体形偏瘦，身材修长，尤其一双腿，长且直，让他即便不露脸也十分惹眼。可惜他戴着一副黑框眼镜，不然真的挺帅的。

康万里自然不认同老板的看法，活动了一下，还是受不了这条裤子："我想换套大号。"

"大号的上衣你撑不起来。"

康万里说："那我就穿这件上衣，换条大号的裤子。"

这么一来，等于他得买两套校服，老板立刻不再劝。只是平心而论，等康万里换上大号的裤子以后，裤腿宽松，他好不容易浮现的气质消失得一干二净。

能把这么洋气的校服穿出如此土味，康万里可能是学校里的头一个。老板无声地摇了摇头。

康万里露出满意的神情，挺好，大号的裤子果然舒服。

"结账吧。"

老板："八百块。"

康万里点头："好。"

康万里结了账，抱着旧衣服和剩下一套拼凑的校服出了超市。操场和教学楼的走廊里空无一人，周围安安静静的。康万里这才发现自己买衣服忘了时间，第二堂课已经开始十来分钟了。

完了，迟到了！他康万里竟然迟到了！

这一次还是因为花铭！

这人有毒吧？他是遭遇花铭就走背运吗？

康万里顾不上那么多，急匆匆地跑到理科八班的教室门口，大声喊道："报告！"

这一回，教室里和上次闹哄哄的情况不同，静悄悄的，鸦雀无声。康万里喊完，全班同学向着门口看过来。

康万里抬头，迎上一个目光锐利的中年男人。那位发际线有点儿高的男人一手拿着化学教科书，一手拿着粉笔，冷冰冰地望着他。

好像有点儿眼熟，这不是……那个抓学生骑自行车进校门的教务处主任吗？康万里顿时醒悟，看向前排的王可心，王可心对他露出了一个十分同情的表情。

爱莫能助，她真的爱莫能助呀。谁能想到康万里这么倒霉，刚好这么巧撞到老谷的手里？放眼整个学校，谁不知道老谷有多生猛？听说他谁都不服，谁都不怕，还跟学生家长急过眼。

谷文斌瞪着康万里，从头看到脚，声音冰冷："你哪个班的？"

康万里看了一眼自己的位子，花铭和他对上视线，向康万里的腿上瞥了一眼，随后挑眉，十分欠揍地扬了扬手。

康万里气得咬牙，脸上则对老师表现得十分恭敬："就这个班的。"

谷文斌说："这个班的学生已经开始上课了，你要是这儿的学生，在门口站着干什么？"

康万里从小到大都是学霸，没受过老师的冷嘲热讽，这是头一次体验，感受极为复杂。不过他对老师和对花铭完全是两个态度，没等谷文斌发作就承认错误。

"老师，对不起，我迟到了。"

谷文斌："你为什么迟到？"

康万里："原因不重要，重要的是我迟到了。我错了老师，我再也不迟到了。"

谷文斌的脸色登时怪异起来。谷文斌什么学生没见过？早在来上课之前，理科八班的学生就已经在他的黑名单上占了一大半的位置。

他做足了准备要好好管教这帮学生，谁要是第一天就挑战他的权威，他一定要杀鸡给猴看。

他本以为那个有名的三人组多半要在第一堂课挑衅他，没想到这三个人表现得十分老实，反倒是新来的转校生迟到了。

也好，管他是不是转校生，态度不端正就必须接受教训。他批评的话已经在肚子里准备好开说了，可谁知道这转校生求生欲这么强，一肚子话全给他堵了回去。

谷文斌定定地看了康万里好几眼，还是不确定康万里是真的知错，还是故意拿话堵他。

时间静止了几秒，谷文斌在康万里诚恳的表情下不得不忍住骂人的欲望，压着火气说："知道错了就在门口站着吧！"

教室里的詹英才和王可心都神色一松，徐凤则翻了个白眼，喊了一声，这小子，还挺会来事。

被老谷罚站，在其他同学看来已经是很轻的惩罚，可对康万里而言已经是前所未有的精神冲击。他难以置信地戳在门口，震惊地看着新任化学老师完全无视他，扭头继续讲课。

不！化学课！这么有意思的课，他竟然不能坐着听，不能拿笔做笔记！这是何等煎熬！这是人应该过的日子吗？！

康万里眼巴巴地盯着自己的位子，冷不丁看到花铭撑着下巴，悠然地望着他。

两个人对上视线之后，花铭顿了顿，似乎思考了一下，然后伸出手，越过康万里今天早上画的那条线。他伸过去，缩回来，伸过去，缩回来，在"三八线"的内外来回试探着。

康万里："……"他险些被这赤裸裸的嘲笑行为气晕过去。

万般委屈浮上心头，康万里忽然大声喊道："老师！我想回座位!"

谷文斌眉心一跳,绷着青筋看过来,这个学生在说什么?果然是在挑衅他是吗?!

整个理科八班的人都震惊地望向康万里,毫无例外地都把康万里刚才的话当成搞事情的前奏,教室里立刻响起起哄的声音。

"哎哟!"

"哦——"

"牛啊!"

谷文斌用力捶黑板:"都闭嘴!号什么号?!"

徐凤跟着班里学生哦哟一声,条件反射地看向花铭,花铭完全没理他,只盯着康万里不放。

谷文斌尚未发作,但短暂的话语里已经能听出他的满腔怒火:"你刚才说什么?"

康万里正面迎上:"我想回座位。"

谷文斌嗝了一声:"你迟到了,我凭什么让你进来?"

康万里抽了抽鼻子,板着一张正经脸说:"老师,你讲课讲得真好,我太想听了。"

全班同学瞬间大笑起来,徐凤更是捶着桌子笑得肚子都痛了。花铭压住嘴角,小声哼哼。

谷文斌气得要掉头发。他当然没把康万里说的话当真,在理科八班这个刺儿头集中营里,这种话谁都知道是反讽。

这学生可真有胆啊!谷文斌问:"你叫什么?"

康万里堂堂正正地回答:"老师,我叫康万里。"

谷文斌:"按你的意思是,你想跟着我好好学化学?"

康万里说:"是啊老师,我特别喜欢化学。"

谷文斌要气乐了:"你说喜欢就喜欢?你拿什么证明?要是以后学生迟到都说自己喜欢化学,那学校还要不要纪律?大家是不是都可以随便迟到?"

康万里愣了一下,抿了抿嘴唇,证明?他要怎么证明?

康万里想了想,有些不确定地说:"斗架烧杯玻璃棒,滤纸漏斗角一样。过滤之前要静止,三靠两低不要忘?"

谷文斌:"……"

全班同学:"……"什么玩意儿?康万里在说什么呢?

康万里打量着谷文斌的神色,再接再厉:"醇类氧化变酮醛,醛类氧化变羧酸。"

谷文斌:"……"

康万里深吸一口气:"38324,14122!"

谷文斌:"……"

谷文斌的右手有点儿抖,过了两秒,他摸了摸自己有点儿秃的脑门儿,开口说:"你叫康万里是吧?"

康万里:"对的。"

谷文斌:"你在门口站着干什么?来,快进来!好孩子,我正缺个化学课代表。"

全班同学:"……"

理科八班所有学生一起陷入了沉默之中,迷惑的表情汇聚成一条长河,大家完全不知道发生了什么。直到康万里美滋滋地回到座位,才有人发出一声感叹。

不是吧?这是什么情况?康万里刚才说了啥?老谷竟然让他进来了!

谷文斌打量康万里的眼神充满了慈爱,看得全班同学起了一身鸡皮疙瘩。那到底是什么神秘口诀,说了能让老谷的大招失效?

一时间理科八班的学生好奇不已,有人问:"老师,康万里刚才说的是什么?"

谷文斌在理科八班发现意外之喜,心情大好:"你们想知道?想知道就好好听课!我今天就专门给你们讲这个配平问题。"随后他看向康万里,语气堪称温和:"以后你有不会的题就来问我,化学办公室就在三楼。"

全班同学互相看看,在迷茫的状态中极其难得地竖着耳朵听起课来。康万里不知道自己又带领出一波求学热潮,入座后的第一反应就是瞪花铭一眼。

花铭的眼睛里带着笑意,他不慌不忙地说:"生气了?"

康万里小声冷笑着说:"花氏地产是你家的,你觉得很了不起是不是?你知道我家是干什么的吗?"

花铭侧头示意他继续说。

康万里说:"我家是配钥匙的。"

花铭没听过这个冷笑话,轻轻挑眉,下一秒便听到康万里冷冰冰地说:"你配吗?"

花铭:"……"

你配吗?你配吗?你配吗?

花铭暗暗感叹,他还挺强硬,明明刚才只有他们两个人的时候不见他胆子这么大,现在人一多他就厉害起来了。

花铭失笑,嘴角克制不住地勾了起来。

康万里看也不看,扭头将桌上的课本推到两个人中间,全力将花铭阻挡在外。花铭并不在意,随意地转着笔,笔杆在修长的手指间花式旋转,他越回味心情就越好。

一节课匆匆结束,班里的同学在老谷走后立刻动了起来。

课间操时间等于自由活动时间,徐凤和杨复拥着花铭聚众聊天,康万里这边也没闲着。他被詹英才和王可心包围着,跟着人流赶往操场。

王可心早就想找康万里说话了。她很喜欢康万里,可康万里偏偏和花铭做同桌,她根本不敢过去,只能课下来凑凑热闹。

王可心问:"你怎么迟到了?刚才吓死我了。"

迟到的理由康万里才不说,他摆了摆手回避话题。

"等等,你这裤子怎么回事?太肥了吧?"

康万里又摆手。

王可心好奇得很,问题一个接一个:"你怎么还戴着口罩?"

康万里说:"没办法,不能摘。"

王可心不解:"为什么?"

康万里:"不方便。"

王可心不由得联想起康万里说防毒的话:"你过敏了吧?"

詹英才恍然大悟:"怪不得,那还是戴着吧,千万别摘。"

康万里觉得过敏的说法也行,于是并未反驳。

王可心庆幸地说:"幸好老谷突然'宠爱'你,不然你非得挨罚不可。"

詹英才被提醒了一下,突然笑着说:"万里,你学习是不是挺好的?我昨天就感觉出来了,你英语应该挺好,那套卷子你之前没做过吧?"

王可心听得惊了:"啊?没做过?"

康万里反问:"你昨天不会是觉得我学习好才帮我的吧?"

詹英才承认道:"对啊。"

詹英才确实是出于这个目的主动帮的忙,他虽然人在八班,但热爱学习。以他的成绩他应该能分在一班,可每届总有那么几个倒霉学生因为那些维持班级平衡的表面理由进不去。今年就是这么巧,他就是那个倒霉学生。

詹英才可不会自暴自弃,不管在哪个班,他都想好好学习,因此看到康万里自信好学的样子,情不自禁地想帮一把。

康万里感叹:"原来你是看上了我的成绩,不是纯好心。"

詹英才忽然有点儿不好意思:"是有点儿,你不会生气吧?"

康万里神情严肃,詹英才微微一凛,却见康万里露出一个十分灿烂的笑容。

康万里深情地说:"怎么可能?你是我的知己啊!"

不仅能欣赏他的审美,还能欣赏他对学习的热情,这样的人他怎么会生气？太完美了。

康万里搂住詹英才的肩膀说："好兄弟，我们考京大。"

詹英才当他在开玩笑："京大太夸张了，不至于，不至于……"

康万里："至于，至于，必京大。"

詹英才："不行，不行……"

王可心左右看看，一脸茫然的表情。她本来就没听明白，现在突然觉得自己不及格的身份不配加入这个话题。

天哪，她告辞算了。

操场上人头攒动，各个班级的学生都向着操场拥过来，康万里眼神一晃，忽然和一个身材高挑纤细的女孩子对上视线。

康万里顿了顿，打了个招呼："嘿。"

隔着口罩，蒋甜并没有认出他："咦？你是……？"

康万里："我，康万里。"

蒋甜登时愣了一下，没想到能在这里见到康万里，宁修最近没和她说过康万里，在她的印象里，康万里理应是三中的学生。

"你怎么……"

康万里说："我转校了，你在几班？"

蒋甜："一班，你呢？"

康万里："八班。"

蒋甜脑中忽然闪过了什么思绪，一时说不清。两个人说话间，周围已经有不少人看了过来。

蒋甜是靖博的校花，人长得是真漂亮，走到哪儿都是焦点，而康万里捂着脸又穿着不合身的校服，某种意义上也很惹眼。

有人小声议论："谁啊？"

"不知道，没见过，咱们学校有这个人吗？"

"听说八班有个转校的……"

蒋甜身边的女生催了一声，蒋甜回过神，说道："那我先走了，万里，下次见。"

康万里回道:"嗯,下次见。"

两个人的对话没什么波澜,可蒋甜一走,王可心立刻炸了锅,詹英才也有点儿晃神。

王可心说:"天哪!蒋甜?你认识蒋甜?!"

康万里奇怪地说:"认识啊,怎么了?"

王可心喘不上气:"你们是什么关系啊?"

康万里说:"普通朋友吧。"

王可心定定神,拍了拍胸脯:"幸好,幸好,蒋甜在咱们学校可有名了,你要是和她关系亲密会很惨的。"

康万里从没听说过这一茬,就问:"为什么?"

詹英才:"现在全校的人都知道,蒋甜和花铭的关系不一般。"

康万里愣了愣,脱口而出:"胡扯!蒋甜和他什么关系都没有。"

哪里来的不一般?蒋甜是个很不错的女孩子,怎么会看上那个浑蛋?何况在康万里看来,蒋甜将来肯定和阿修是一对儿,绝不会和阿修以外的男生扯上关系。

康万里的反应这么大,在王可心和詹英才看来却是另外的意思。

王可心眨眨眼,换了个说法,委婉地提醒:"我也不知道怎么回事,反正听说对蒋甜示好的男生都被针对过。"

康万里不屑地一笑。他答应宁修帮忙照看一下蒋甜,仰慕蒋甜的男生受阻对他而言反而是好事,不用他出手了。

班级学生按从低到高排队,康万里和詹英才开始往后靠,王可心不得不和两个人暂时分开。

到了后面,康万里问:"蒋甜在靖博很有名吗?"

詹英才说:"算是吧。男生里经常有人说起她和乔怡然,两个人都挺有名,不过蒋甜更漂亮,还是艺术生,成绩可以保送。"

康万里点了点头,对其他的漂亮女生兴趣不大。

康万里站好之后,花铭三人组姗姗来迟,然后……站在了他身后。康万里的心情立刻跌到谷底,他这还怎么跑步?一跑起来好像在被花铭追一样。

康万里一点儿都不开心，然而不开心也只能忍着，唯一庆幸的是花铭骚扰他似乎也分时段，早上搞完事，接下来并没有招惹他。

康万里又是戒备又是无视，总算安然度过一天。

康万里过得凑合，蒋甜过得却并不好。和康万里分开以后，蒋甜终于想明白了哪里不对劲——花铭也在八班。

蒋甜还记得暑假时花铭专门来问她的事情，现在康万里竟然和花铭分在了一个班，她真是越想越忧虑。

康万里特意戴着口罩，莫非还没有被花铭认出来？那他岂不是在花铭眼皮子底下藏着？

康万里是阿修最好的朋友，现在来到新学校，一定有诸多不适的地方，她就算不能帮上忙，至少也要尽量照顾康万里别让他遇到麻烦。

这么一想，蒋甜实在惦记得不得了。等了一天，拖到下了晚自习，蒋甜偷偷来到了八班找人。

她在门口叫住一个女生，问道："康万里走了吗？"

八班的人看见是蒋甜，一方面吃惊，一方面又乐于传话："应该没呢吧，我去给你叫。"

蒋甜松了一口气："谢谢。"

为了防止被别人看到给康万里添麻烦，蒋甜刻意躲在走廊拐角处。她等了好一会儿，脚步声终于传了过来。

蒋甜笑着说："万里……"话还没出口，她的微笑僵在了脸上。

花铭站在灯下望着她，淡淡地说："康万里已经走了，我是他的同桌，你有急事吗？"

蒋甜来本就是想和康万里悄悄谈谈，最怕遇到花铭，谁知道怕什么来什么，花铭本人竟然亲自过来了。

对了，花铭刚才说什么？他和康万里是同桌？这太巧了吧。

蒋甜有些愣怔，犹豫了好几秒才说："没什么大事，就是今天没来得及好好打招呼……过来看看他。"

花铭没什么兴趣，只点了点头："原来你们认识，这世界很小啊。"

花铭并不知道康万里和蒋甜认识，更不知道等在门口的人是蒋甜。看到蒋甜，花铭多少有些意外，现在一想，难怪刚才叫人的女生听说康万里不在就兴致勃勃地叫他出来。

在旁人看来，蒋甜来找别的男生，作为"绯闻对象"的花铭应该很感兴趣，大概那个女生还觉得帮了花铭一把。

蒋甜说话慢腾腾的，一个字一个字地往外挤："没想到他走得这么快……那我也先走了，不好意思打扰你了。"

撂下这句话，蒋甜快速离去，看架势似乎并不想花时间和花铭独处。

花铭直觉蒋甜的态度有些微妙，不过参考学校里那些空穴来风的谣言，花铭并没有过多猜想。

女生不想让自己名声受损再正常不过，再者蒋甜还有句话说中了花铭的心事，康万里确实走得有点儿快。

康万里晚自习就开始收拾书包，刚放学立刻就走，一分一秒都没浪费。

不知道康万里是着急回家还是不想待在他身边？花铭觉得八成是后者。

"不是吧？"徐凤在门口偷窥，结果蒋甜连一分钟都没待够，他顿时颇感无趣，"走得这么快？她也没多说两句？"

花铭："说什么？她不是来找我的。"

徐凤听说蒋甜在门口叫康万里，特意过来围观。他早知道铭哥对校花不感兴趣，可在他看来，铭哥和任何女生凑在一起都很有趣。

不过这样一看他倒是有些别的发现，原来不只铭哥不喜欢校花，那个蒋甜对铭哥似乎也很一般,也亏得那些学生能传得像煞有介事。

徐凤心里叨叨了两句,嘴上则绝口不提。铭哥当初和蒋甜要画的事只有在场的三个人知道,他和铭哥当然不可能往外传,那泄密的人就只有一个,也不知道那个臭丫头跟谁说了。

徐凤只得转移话题:"蒋甜竟然来找那个家伙?"

花铭忽然皱眉:"他叫康万里。"

徐凤忙改口:"行,康万里,康万里。康万里倒是行啊,还认识校花。"

花铭自然也有同样的想法,不过康万里的人际关系如何和他没什么关系,他愿意逗康万里玩儿,不过什么时候去逗取决于自己的心情。

回了教室,花铭和徐凤都拎上了书包,杨复还在教室里来回忙碌着什么。

花铭一个眼神过来,徐凤心领神会:"他啊,班长办公呗!班主任让拉班级群,拉完还得统计班里所有人的家庭住址。哎,铭哥,咱俩别等他,直接走得了,让他一个人回去。"

花铭直接无视他的后半段话:"班级群和家庭住址?"

徐凤说:"对啊。"

花铭来了兴致:"康万里的网名叫什么?"

徐凤不懂花铭询问的理由,但立即帮忙问话:"哎,杨复,康万里的网名叫啥?"

杨复记得很清楚:"追风的少年。"

徐凤:"啥?追风的少年?哈哈——还能再搞笑点儿吗?"

班里仅剩的几个人听见花铭问康万里,思维都有些发散。蒋甜刚找完康万里,花铭就打听康万里的微信名,这其中该不会还有点儿什么感情纠葛吧?

要质问?要吵架?还是要算账?众人纷纷猜测。

杨复动作很快,回家拿到手机,迅速拉好微信群。花铭登录微信看了看，果然多了一个班级群。

他点进群名单，在里面看了一遍，然后找到康万里，点击添加好友。添加完毕，花铭开始悠闲地思考。

康万里会同意吗？他应该立刻就拒绝吧。

按照花铭的猜想，这个好友通知多半是石沉大海，被无视了。可是没等他收起手机，微信里忽然浮现"追风的少年"的通知框，两个人已经成功添加为好友。

康万里竟然同意了？花铭有些惊讶。

他点进对话框，突然想到一个可能性，康万里是不是不知道他是谁，只当他是普通的班级同学？

花铭顿了一下，决定试一试。

FLEUR：我是××。

××是随意编的名字，花铭记不得班里其他人的名字，于是随手编了一个。据他观察，康万里一整天都在十分认真地听课，应该也记不得同学的名字。

康万里回复得很快，而且一连回复了三条。

追风的少年：我是康万里。
追风的少年：追风的少年，也是你哥！
追风的少年：还××，骗小孩呢你！

花铭没想到这茬，被骂了反而更来劲了。

FLEUR：你知道是我？
追风的少年：我又不是看不见，你的名字写着那么大的花。
花铭的网名就是花，不过不是汉字，而是法语，康万里竟然认得出来。

　　FLEUR：知道是我还同意？
　　追风的少年：为什么不同意？不同意还怎么告诉你一句很重要的话？
　　FLEUR：什么话？
　　追风的少年：想加我的好友？做梦吧你！
　　FLEUR：什么？

　　这一条消息发过去，对话框前当即浮现一个红色感叹号。康万里在发完那句"做梦吧你"之后，竟是立刻把他给删了。
　　这人毫不留情，说删就删，可以的。
　　花铭笑了起来，先是轻微地抽搐，随后克制不住地大笑。他往旁边一倒，倚在徐凤的肩膀上，一直笑到肚子发痛。
　　康万里真是个神人，花铭是真好奇。

第五章
世纪破冰

康万里删除了花铭，心里好一阵痛快，当天晚上做作业都做得非常起劲儿，甚至还多做了两套自己买的模拟卷。

不过爽是爽了，快速删除花铭好友却导致他没来得及听花铭转告蒋甜来找他的事情，一直等第二天来学校才听说。

他和蒋甜只有阿修在中间做联系，要是没什么要紧事，蒋甜应该不会特意找他。康万里十分在意此事，等到在花铭隔一会儿就看过来的视线中熬过了前两节课后，他立刻去一班找人。

和偷偷摸摸的蒋甜不一样，康万里找人并不避讳。因为他的装扮有些打眼，立刻在一班门口吸引了不少人的目光。可康万里叫了人，出来的却不是蒋甜，而是一个黄头发的男生。

黄头发男生直奔康万里，瞥了他好几眼，冷声问："你是谁啊？"

康万里察觉到他目光不善，并不想搭理他。

那男生又问："你和蒋甜是什么关系？"

这话怎么着也轮不到他来问，搞得好像他和蒋甜很亲密一样。

康万里不由得问："你是谁？你和蒋甜是什么关系？我找她需要问你吗？"

两个人光是说了两句话现场便"硝烟弥漫",一班不同于八班,一班学生对有可能发展成冲突的情况都避之不及。

有人对康万里说:"蒋甜这会儿不在班里,她是美术生,在美术室画画呢。"

得知了蒋甜的位置,康万里没兴趣继续和"黄毛"纠缠,转身就走,将整个一班的人抛在脑后。

"黄毛"似乎喊了一声:"就一个八班的学生……"

八班的学生怎么了?你一个一班的学生也没见有什么了不起的啊!连头发颜色都不符合校规好不好?当然他不知道对方的黄头发是天生的。

康万里对这种嘲讽不屑一顾,珍惜时间,快速找到美术室。此时正值课间操时间,美术生也需要跑操。美术室的门开着,美术生正三三两两地往外走,屋内似乎已经空了。

蒋甜该不会已经走了吧?康万里没顾得上敲门,急匆匆地冲了进去。这一冲将美术室的人吓了一跳,蒋甜完全没来得及收拾便被康万里撞了个正着。

她两手捧着一个小塑料袋,神情惊愕,嘴上还咬着半截没吃完的……辣条。她手忙脚乱地把辣条藏在身后,脸色急速涨红,嘴里的辣条吐也不是嚼也不是,神情极其羞涩。

康万里没想到会看见蒋甜吃辣条,本来也没什么不妥,可蒋甜的反应太大,搞得他产生了一些看到不该看的东西的窘迫感。她吃辣条就吃辣条嘛,除了有点儿反差感也没什么大不了的啊。

蒋甜红着脸,尴尬地问:"万里,你怎么来了?"

康万里回过神:"我听说你昨天去找我,是不是有什么事?"

蒋甜醒悟过来:"啊,是,我昨天……"

身边的辣条味儿萦绕不散,蒋甜好不容易集中精神,找回自己温柔女神的人设:"我有点儿担心你,你和花铭分到了一个班,还成了同桌。"

康万里整个人惊了一下,不是惊讶蒋甜的话,而是惊讶这话背后的意思,蒋甜知道他和花铭的纠葛?

"你怎么……"

蒋甜简短地说:"那天你走了以后,花铭来找我问你的事情,我没有告诉他。万里,你们是不是有什么摩擦?那天到底发生什么事了?"

那天的事情实在是不堪回首,康万里一想起来脸色就发生了变化,不一会儿就涨得通红。

两个人对视了一会儿,康万里难受地说:"谢谢你,这事帮我保密吧。"

蒋甜点了点头:"你放心。"然后低下头,窘迫地说,"你刚才看到的事也帮我保密好吗?"

吃个辣条算什么事,康万里当然不会告诉别人。

康万里保证道:"好。"

两个人达成一致。殊不知这短短一会儿,美术室门口多了好几个看热闹的人。

说来有男生来找蒋甜不算新闻,可蒋甜明显那么害羞且两个人之间的气氛十分不同寻常,这就是很大的事了,消息几乎在瞬间扩散开来。

"那个男生是谁啊?土里土气的,他和蒋甜是什么关系?"

"听说蒋甜和转校生在美术室里聊天,蒋甜特别害羞,脸都红了。"

"啊?蒋甜不是和花铭……"

"什么情况?花铭知道吗?"

靖博别的不行,八卦传得最快。等花铭跑操结束,消息已经从一班传到八班,整个高三的人都知道得一清二楚了。

花铭有些犯困,听见周围有人提自己的名字并未多在意。徐凤闲着无聊,出去转了一圈,不多时回来传话,神色气愤。

"一群人都有病，长个嘴就知道瞎说。"

杨复问："怎么了？"

徐凤相当气不过："一群人在那儿传瞎话，说铭哥让人撬墙脚了！"

杨复当即皱起眉，脸色有些难看："谁说的？"

徐凤气道："全都在说，那群人看见我就跑，幸好我手快，逮住一个问的。"

让人撬墙脚这种事离花铭得有一个光年的距离。

花铭动了动眼皮，终于不困了。他从桌上撑起身来，懒洋洋地说："说详细点儿。"

徐凤很是认真地把康万里见蒋甜的事叙述了一遍，可惜并没有等到铭哥生气，反而看见这人一脸若有所思的表情。

花铭懒洋洋地思索，原来康万里和蒋甜不仅仅认识，关系貌似还很好。那个康万里会和女生关系好？

听多了康万里的冷嘲热讽，花铭竟有些想象不出来康万里和人轻声细语地说话会是什么样子。不过这倒是提醒了花铭一件事，康万里从第一次见他开始就对他充满敌意，难道就是因为蒋甜？

有疑问自然没必要忍着，上课铃响起，徐凤和杨复都回了自己的座位，康万里刚从外面回来，花铭便问："你和蒋甜是什么关系？"

康万里侧头看他，不明白他这句话从何而来。他警惕地问："关你什么事？我有必要告诉你吗？"

花铭不在意他的语气，继续问："你喜欢她？"

这话问得更奇怪了，康万里越想越担忧，花铭该不会发现了什么吧？

康万里生怕和花铭有什么牵扯，冷声回答："喜不喜欢跟你有什么关系？我懒得和你说话。"

康万里没有否认，这就说明蒋甜对他而言确实不一般。花铭一想，觉得找到了康万里排斥自己的根源。

他不知道动了哪条神经，忽然带着笑澄清说："学校里的人都说我和蒋甜的关系不一般，那是假的。我不喜欢她。"

康万里瞪他："这还用你说？我当然知道你不喜欢她。"

花铭笑着问："是吗？你怎么知道？"

康万里内心愤懑，脸上却不敢表现。他闷闷地说："蒋甜是个好女孩儿，才不会看上你呢！"

这姑且算是一个答案，花铭还想说什么，康万里在两个人中间的书堆上又放了两本书，拒绝他的搭话："嘘——你学习不好，别和我说话！"

花铭："……"

两个人的聊天暂告结束，康万里将自己淹没在了学习的海洋之中。这事康万里暂且和花铭翻了篇。

两个当事人自己虽然不提，这事却在学校里流传得很广。等到了下午，开始有不少学生有意无意地从八班门口经过，还有好事的人直接上门来找八班的人打听。

"那个和蒋甜有关系的转校生叫什么啊？长什么样子？"

八卦之所以是八卦，就是因为它能调动起所有人的好奇心。由于谣言里还带着花铭和蒋甜两个风云人物，大家都对名字叫作康万里的转校生产生了极大的好奇心。

所有人都想看看哪个是康万里，可真的过来了才发现，他们根本看不见康万里的长相。

那个传言中的转校生戴着口罩，大家完全看不清楚他长什么样。别说具体的样貌，就连大致轮廓好不好看都看不出来。

有人通过他们认识的八班的人打听康万里，可得到的答案依旧和传言没什么区别，哪怕是理科八班的学生也没人见过康万里的长相。

这个转校生不管上课还是下课都一直捂得严严实实的，中间被各科老师询问了好几次，他都用过敏的借口搪塞过去了。因此至今为止，康万里的模样还是一个谜团。

可越是谜团，就越让人按捺不住好奇心，终于，有人问到徐凤头上。

徐凤不爱搭理："啊？你问康万里长什么样子？"

"对的，你见过吗？"

徐凤有一搭没一搭地回着话，直把那过来问话的人磨得胆战心惊，他才回道："你把我当什么人了？我当然见过，不就是康万里嘛，他……"

询问的学生竖起了耳朵，只听徐凤言之凿凿地说："他长得可丑了，和铭哥完全没法儿比。"

那人蒙了："真的假的？"

徐凤说："怎么？我很闲啊？我会闲着没事逗你玩儿？"

那人忙摇了摇头，同时感到非常不解："那蒋甜怎么会……艺术生不是眼光都很高吗？"

徐凤张扬地笑着说："说不定她眼神有问题啊。"

整个学校只要是长着眼睛的女生都会对铭哥有好感，蒋甜却偏偏和康万里关系挺好，这不是眼神不好是什么？

打听消息的人走了，杨复擦完了黑板，过来忍不住叹气。他把徐凤刚才说的话听得一清二楚，无奈地说："你又胡说八道。"

徐凤哎哟了一声，语气特别不服："我哪句话胡说八道了？他天天捂着脸不是因为长得丑难道是因为长得美？你别老挑我的毛病！"

杨复不清楚康万里的长相，却知道小花并不讨厌这个新同桌："你别惹出事来，小花现在挺待见康万里的。"

徐凤又不傻，当然看得出铭哥对康万里十分忍让。要是换了别人那么和铭哥说话，铭哥说不定早就冷笑一声上手打人了。

徐凤知道这事，但也了解花铭。花铭对一样东西感兴趣的时间很短,他就算现在护着康万里,时间也不会延续太久。

就算给康万里一个面子,徐凤也可以保证铭哥容忍他不会超过一个星期。一个星期都算多的了,真的。

"行了,就你事多,铭哥才不管呢。"

杨复叹气,不由得开口说:"凤儿,你又不听劝。"

徐凤手一抖,彻底急了:"我听你个头!你哪儿来的脸说我?你不惹我能死是不是?滚一边去!还有,别叫我凤儿!"

徐凤掀起了一个开端,在这之后,康万里长得很丑的消息便快速散播了出去。

由于没人知道康万里的长相,加上康万里确实忌讳别人看他的脸,这事便越传越像真的。

转校生康万里长得特别难看!

真不知道蒋甜看上他什么?

那人根本和花铭没法儿比啊!

一边是花铭,一边是转校生,大家传着闲话,说着康万里是个丑八怪,就感觉自己好像在力挺花铭一样。

传言不胫而走,当整个高三的人都开始抨击蒋甜的品位时,徐凤才开始有点儿慌。不过他又有点儿幸运,偏偏那么巧,花铭没有关注这件事。

在接下来的好几天时间里,花铭都请假了,他家里有些事情。另外,逗康万里只是一种消遣活动,在他的目标中,寻找那个人才是重要的事。这几天,各个中学都陆续开学,花铭不想错过机会,于是趁着这几天请假顺道出去找人。

花铭的消失对康万里而言是个极好的消息。旁边没了花铭,康万里真是吃饭香了,睡觉踏实了,连上课效率都更高了。

三四天的时间里,除了游泳课,康万里把其他的课程都体验了一遍。靖博的老师水平很高,只要没有花铭,康万里的上学体验和以前在三中的学习生活已经十分接近。

他简直不要太开心！

然而幸福的日子总是格外短暂，康万里只觉得时间嗖嗖就过去了，花铭又开始出现在他旁边的座位上。

搜寻了好几日的花铭一无所获，不沮丧是不可能的，他沉浸在失落的情绪之中，到了教室就倚在椅子上一动不动，连着两节课什么话都没说。

他既不招惹康万里，也不搭理徐凤和杨复，浑身上下都写着"生人勿近"四个字。

康万里正不想和他有关系呢，一下课就离开座位，徐凤和杨复凑过来，快速占领了康万里的位子。

几日不见，花铭好像稍微晒黑了一点点。他的肤色天生偏白，稍微变点儿颜色就格外明显。

徐凤看着浑身难受："铭哥怎么不涂防晒啊？这么好的皮肤太可惜了。"

杨复说："小花是男孩子。"

徐凤不高兴地说："男孩子更要精致！你看铭哥的脸就不觉得心疼？"

杨复一打量，沉默下来，过了一会儿开口说："我去给小花借个防晒吧。"

花铭被他俩围在中间，灵魂仿佛被掏空，完全不参与对话。

康万里离他们远远的，时不时往座位上瞥一眼，并不知道他们具体在说什么，因此前一眼看见他们还在谈话，下一眼冷不丁看见徐凤和杨复一人拉着花铭的一只手开始笨拙地涂防晒霜，整个人起了一身鸡皮疙瘩。

这是什么画面啊？

康万里的鄙视写在脸上，王可心笑着说："万里，你是不是就是那个……"

康万里："什么？"

王可心做口型：觉得他很作？

康万里："什么东西？"我才不是！

王可心笑得花枝乱颤："还说不是？我都猜到你刚才在想什么了。你这就叫糙汉子，我一个女的都不觉得男生涂防晒怎么了，你比我还在意。"

康万里干脆不解释，转移话题说："刚才说到哪儿了？"

詹英才："说到分析数学卷子。"

康万里回神："对，我们继续。我给你们分享一下我的数学经验。"

和詹英才这个知己在一起就是这么愉悦，康万里非常乐得聊学习的话题。他定定神，把两个男生给花铭涂防晒的画面抛诸脑后。

"告诉你们一个秘密，咱们的数学卷子其实是有规律的，只要掌握了规律，就能考高分。"

王可心原本听得并不用心，听到这句话突然来了精神："啊？真的？！"

康万里说："是真的。咱们的数学卷子一共可以分为三个部分，百分之三十的基础题，百分之五十的中档题，还有百分之二十的稍微难点儿的题。

"基础题和中档题加在一起占总题数的百分之八十，一张卷子一百五十分，百分之八十就是一百二十分，这一百二十分你猜怎么着？"

王可心心里一惊："怎么着？"

康万里用力拍了一下桌子："它们是送分题啊！不用动脑子，它送你收下就行了。"

王可心和詹英才同时沉默了。

过了好几秒，王可心才说："万里，你认真的？"

康万里一脸正经的表情："是啊。"

王可心相当无语，要不是知道康万里是全校倒数第一名，差点儿就觉得他装得有点儿牛了呢。

三个人聊着聊着,康万里挨打的趋势越来越明显。他们正说着,有人路过理科八班的门口,对着康万里嬉笑两句就跑没了影儿。

王可心和詹英才的脸色一下子冷了下来,气氛瞬间十分凝重。外面的传言两个人都有耳闻,作为康万里的朋友,他们听到这种议论实在没办法不生气,尤其是王可心。

她见过康万里的长相,知道康万里长得有多好看,可和谁说谁都不信,气得她只能干跺脚。

"他们知道什么呀?真是闲得无聊!"王可心要气死了,气鼓鼓地看向康万里,却发现康万里这个被议论的当事人完全不在意。她疑惑地问:"万里,你都不生气吗?"

康万里问:"这有什么好生气的?"

康万里是真的一点儿都不在意,只要不被花铭认出来,别人爱说什么说什么。

这就是他康万里,他就是这么高傲!

外面无论说什么,或是他走在路上被人多看两眼,康万里都不在乎。他说到做到,甚至还大大方方地去一班帮宁修给蒋甜送了两次东西。

他不在意,蒋甜却对她给康万里造成的影响非常过意不去。康万里去送东西时,蒋甜小声和他说:"万里,你下次别来了,我怕被别人看到。"

康万里说:"看到怎么了?你怕他们传闲话?"

蒋甜摇了摇头:"我是不想给你添麻烦。"

康万里皱眉:"你对我来说不是麻烦。"

他亲口答应了阿修照顾蒋甜,既然她是阿修的朋友,怎么都不会是麻烦。

蒋甜被他这话说得愣了愣,仔细一想越发觉得康万里人真好,难怪阿修每次说到康万里,都说他虽然有点儿自我,但其实是个

111

很好的人。

蒋甜觉得有些感动，更对影响到康万里感到十分内疚。

康万里说的那句话刚好被人听到，有人起哄——

"是不是表白呢？"

"转校生对校花表白了？他长得那么丑还挺有勇气。"

大家都喜欢凑热闹，但有花铭这个不确定因素在，没人敢直接说蒋甜不好。同时，讽刺康万里好像在替花铭说话一样，大家互相壮胆，又觉得所有人都在说，自己跟着说也就不是在欺负人了。

一瞬间，走廊里响起各种议论声——

"不是吧？他哪儿来的自信啊？"

"和花铭比他就是丑八怪吧。"

"丑，应该也穷……听说他和花铭是同桌，哇，花铭得感觉多恶心啊？"

蒋甜脸色煞白，忍不住要站出来，康万里拦住了她，不让她说话："你替我说话他们只会更加起哄。"

蒋甜顿了顿，康万里的目光太过笃定，她只得点了点头，内心不甘。

康万里不让蒋甜说话，他自己却并没打算忍。忍忍忍，他忍个什么啊？！这群人一点儿自觉都没有，那些暴力、欺凌行为都是从这种苗头开始的。这些人的派头也太足了，简直缺少正义人士的鞭打！

康万里深吸一口气，准备骂人，刚要开口，忽然感觉自己身后掠过一个高大的身影。那人的眉眼极为冷漠疏离，他和康万里擦肩而过时匆匆对视了一眼。

再下一秒，那人狠狠一脚踹在了一班的大门上，砰的一声巨响，门被踹得有些晃荡，周围的人也在一瞬间成了哑巴。

花铭……是花铭！

所有人心里都浮现这个名字，而下一秒，他们都忍不住想落荒而逃。不知道为什么，花铭看起来特别生气，因为生气，他的脸色是前所未有的骇人。

周围鸦雀无声，花铭忽然说道："你们的嘴怎么这么闲呢？"

质问落地有声，周围的人全都熄了火。

花铭向前走了两步，单独挑出一个人问："你叫什么？哪个班的？"

被问名字等于直接威胁，那学生脸色刷白，声音卡在嗓子里，他断断续续地说："我……我……对不起……"

这个学生并不知道自己哪里得罪了花铭，可花铭的态度像是掐住了所有人的脖子，谁都不敢说话。

气氛降至冰点，就在这时，一声上课铃响彻走廊。一群学生如获大赦，人生第一次觉得上课铃声如此动听。大家硬着头皮往各自的班级跑，花铭冷眼看着他们，并未阻拦。

被花铭问住的男生还僵在原地，花铭盯着他，看得那个男生瞳孔紧缩，双手颤抖。终于，花铭像是讽刺地冷哼了一声，将男生和康万里他们留在后面，头也不回地进教室了。

大家都不知道这是什么情况，康万里也摸不着头脑。不过打上课铃了，他顾不上那么多，和蒋甜打了个招呼就往回跑。

蒋甜目送花铭和康万里相继走掉，脑海中忽然浮现一个奇怪的想法。

花铭刚才……莫非是在为康万里解围？难道现在他们两个的关系很要好？但她没听康万里说过啊……

蒋甜不敢多想，匆匆回了教室。

她刚刚入座，一个天生黄发的男生在她背后冷冷地问："你刚才想护着那个康万里？你跟他到底是什么关系？"

蒋甜的神色一下冷了下来，脸上是宁修和康万里从来没有见过的冷漠神色："尚辉同学，我的事情和你无关。我再说一次，请你不要再来骚扰我。"

大家陆陆续续回了教室，理科八班这一节是英语课。康万里对许娉讲的英语作文范文很有兴趣，可不知怎么回事，他这节课有些难以集中精神。

康万里有点儿慌，他一个学霸，竟然会有学不下去的情况！都怪这个花铭。康万里忍不住偷瞥花铭两眼，试图理清楚刚才的前因后果。

八班和一班不在一个方向，花铭怎么会平白无故地去那边？可要说花铭是听到声音特意过去帮他，他怎么这么不相信？花铭会有那么好心？

康万里越想越烦躁，好几次和花铭对上了视线。

花铭正歪着头看他，面上还是一副提不起精神的模样。花铭很颓丧，真的很颓丧。

他连续蹲了好几天，却不见那个男生的踪影。正因如此，他刚刚出现在一班门口并不是凑巧，因为他本来就是去找康万里的。他太难受了，只有康万里这个暴躁戾包才能微微治愈他。

两个人重新坐在一起，老师在讲课，花铭做不了什么大动作，只能盯着康万里的侧脸发呆。偏偏那么巧，康万里不知道在想什么，竟然也看了他几眼。

真稀奇，康万里平时明明完全不看他。是不是因为他刚才算是帮了忙，康万里心里有些过意不去？照这么想，如果他以后多让康万里欠他的人情，康万里是不是就会经常理他？

两个人的思维完全不在一条线上，康万里对此一无所知。

他头一次在课堂上走神，心里堵得不行。心一堵，嘴巴就有点儿空，忍不住想嚼些东西。

唉，人生啊，充满了忧愁。何以解忧？唯有水果！

康万里定了定神，做了一件惊天动地的事——他将张阿姨给他带的樱桃盒子从书包里拿出来，偷偷放进了桌洞里，方便偷吃。

长这么大，这还是康万里第一次在课堂上偷吃东西。可能是因为靖博对学生的管理比三中要松，康万里当真比以前多了那么一点儿挑战权威的胆子。

康万里小心翼翼地盯着讲台上的许娉，又嫌弃地看看旁边的花铭，悄悄捏住樱桃，以迅雷不及掩耳之势拉起口罩塞进嘴里再重新盖住脸，然后开始偷偷地嚼。

樱桃又大又红，汁水充足，酸甜可口，爱吃水果的康万里得到了精神上的安慰。

真是太好吃了！人间美味！再来一颗！

康万里吃水果的全过程都被花铭看在眼里，花铭闲着无聊，看着他一颗一颗地偷吃，一时间觉得画面十分有趣。

康万里每次往嘴里放樱桃，花铭都能看见他的嘴唇。康万里的唇形饱满圆润，下巴的形状小巧好看，花铭目光所及的皮肤白净细腻，虽然只窥见冰山一角，但足够让人对他的颜值心生肯定。

康万里可能真的长得很漂亮，花铭想起了康万里当初毫不谦虚的自夸，看着看着便有些出神，不是很理解外面怎么会流传康万里长得难看。

花铭盯了一会儿，看着康万里的嘴鼓来鼓去，突然觉得自己的嘴巴好像也有点儿空。

花铭："给我一颗。"

康万里瞥了他一眼，果断拒绝："想得美，全世界的樱桃都是我的。"

花铭："给我一颗。"

康万里："我不。"

花铭："给我一颗。"

康万里顿住，情感上不想给，但理智上又觉得他刚刚承了花铭的人情，不给不太合适。

他忍痛递给花铭一颗樱桃："就一颗。"言语间相当不舍。

不过是一颗樱桃,他怎么这么小气?花铭把樱桃丢进嘴里,想了想,没有咬破。

在花铭身边度过一天,康万里简直要脱力了。好不容易等到晚自习结束,他立刻收拾书包奔出教室。

快速找到停车棚,康万里推着爱车,正想着回家和亲爱的小风一起做作业,自行车冷不丁传来嘎吱嘎吱的声音。康万里低头看去,自行车的车链子断成了两截,正难看地摇晃着。

车链子是不可能自己坏成这样的,这明显是人为。康万里站在原地,冷眼看着罢工的自行车,一面骂人一面思考。

是谁?谁铰断了他的车链?太缺德了吧?!

是今天走廊里的那群人?因为被花铭吓着了所以来报复自己?逻辑不成立啊。

再说比起这些,更棘手的问题是他一会儿要怎么回去?打车吗?他没有现金,也没带手机,他这个人上课向来不带手机的。康万里十分烦躁。

一个康万里现在已经无比熟悉的声音突然响起:"怎么了?"

这人又是突然出现,还离得这么近!

康万里一下子蹿出老远:"你阴魂不散啊你!你离我远点儿!"

徐凤气得要叉腰:"你能不能好好说话?"

花铭还是没有生气,悠悠地看了一眼康万里面前的自行车,目光忽地冷了下来:"这是你的车?"

康万里冷冷地说:"不关你的事。"

徐凤说:"当然不关我们的事,铭哥,我们赶紧走。"

花铭停下来,把书包一甩,杨复稳稳地接进怀里。

花铭:"你们俩先走。"

徐凤惊了惊:"啊?不是吧!车在外面等着呢,我们走了那你一会儿……"

话没说完,徐凤声音一卡,人被杨复抓住衣领带出好远。

那两个人一走，康万里有些慌了，警惕地看着花铭："你想干什么？"

花铭弯了弯眼睛，眼里带笑："康万里，你知不知道自己有点儿不识好歹？"

康万里真是惊了，不识好歹？说得好像他花铭是好心似的，鬼才信呢。

康万里挥挥手，驱赶道："你赶紧走。"

花铭："我走了你怎么办？"

康万里："说什么废话？我当然回家啊！"

花铭："你怎么回去？你身上没钱，也没有手机。"

康万里顿住，难以置信地问："你怎么知道？"

花铭脸上带着笑意，不说话。

康万里的脑子转了个弯，他依旧执拗地说："那也不用你管，我自己会想办法。"

话已经说到这个份儿上了，康万里竟然还不顺势下坡，花铭终于渐渐收敛了笑容。

他可以通过观察了解康万里的喜好和周身情况，可唯独康万里的性格，只有深入接触才能知晓。他已经发现了，康万里除了有趣，本质是真的犟。

明明他不帮着想办法康万里就没法儿回家，偏偏万里还要继续逞强，这股拧巴劲儿简直让人无语。

花铭真想欺负欺负他，叫他犟不起来才好。

他觉得康万里就是喜欢吹牛，要是他真横了，眼前这人估计只会边骂边哭。这有点儿磨人。

想法似乎有些走远了，花铭及时回神，淡淡地说："把车子留这里，我送你回去。"

康万里还是不愿意，让花铭送他回去，这不是引狼入室吗？他才不能让花铭知道他的住址。

他正想着，花铭开口问："HK别墅花园，对吗？"

一瞬间，康万里汗毛直竖："你怎么知道的？你是不是跟踪我？！"

花铭不理解为什么他反应这么大："杨复统计过你们的家庭住址。你上学骑着自行车，我怎么跟踪你？"

康万里狂跳的心还无法平静下来，他瞪着花铭，终于不再坚持。位置都知道了，他防着花铭有什么用？还不如花花铭的钱，回自己的家！

花铭："走。"

康万里仿佛一个受气包，气鼓鼓地跟上来。花铭平时都是和徐凤、杨复坐一辆专车，这会儿只能打车。康万里闷声闷气地钻进车里，花铭紧跟着坐了进来。

康万里的骂声差那么一点点就脱口而出了："你上来干吗？"

花铭："我送你回家。"

康万里毛了："你会这么好心？"

用你送？你要是真好心给我打个车让我自己回去不就行了？大半夜的跟上来还说没什么坏主意？

花铭似乎没听出其中的讽刺之意，轻声说："是啊，我就是这么好心，你把我当什么人了？"

能当什么？当然是浑蛋。康万里默默想着，坐得离花铭极远，生怕花铭对他不利。然而车子开动以后，花铭就在车里静静坐着，并没有什么举动。

花铭竟然真的相当老实，康万里简直不敢相信。

过了一会儿，花铭忽然开口："不是我干的。"

康万里反应了一下才知道花铭说的是自行车的事，哼了一声说："我知道。"

自然不是花铭做的，康万里很清楚，花铭喜欢逗他，可从来不会动他的东西。

花铭倒有些惊讶:"你相信不是我?"

康万里:"这还用说?不要以为就你了解我,我也很了解你好不好?你盯着我,我也天天都盯着你呢。像这种事情你根本就不屑做。"

花铭顿了顿,扑哧一声笑了出来。康万里不知道笑点在哪儿,只能暗骂花铭有问题。

"话说回来,你倒是挺会背锅,蒋甜的事情也是。你和蒋甜其实没关系吧?"

花铭应了一声:"嗯。"

康万里的猜想被验证,他有些骄傲,不过想了想,还是防备地说:"一会儿我下车,你别跟着我。"

花铭没应声。

康万里:"欸,你听见没有?我和你说话呢。"

花铭:"不要。"

康万里皱眉,大声啧了一下。

花铭看他不高兴的样子看够了,这才说:"你不想我跟着也可以,为我做一件事就行。"

康万里就知道花铭没安好心,可这个时候能怎样?还不是只能假装配合。他没好气地问:"干吗?"

花铭在脑海中勾勒了一下康万里偷吃樱桃时露出的脸,忽地露出笑容:"把口罩摘下来,我要看看你的脸。"

看他的脸?康万里僵住,几乎是立刻做出反应。

做你的春秋大梦!

别说现在看一眼,就是高三一年,花铭都休想瞧见他的模样,他现在的生活已经相当水深火热了好不好!

康万里用鼻子里的哼哼声表示自己的态度,可惜无限的嘲讽之语对花铭毫无影响。

花铭:"你不愿意?"

119

康万里呵呵一笑:"你说呢?"

花铭笑着说:"我觉得你心里愿意,只是不好意思。"他顿了顿又说,"而我愿意帮你。"

康万里瞠目结舌。

看见了吗?世界上还真有这种扭曲事实、极度无耻的人。

他想骂花铭,话还没出口,花铭突然向他伸出手来,径直探向口罩。花铭竟然上手来摘口罩!

康万里急忙按住鼻子压住口罩,不想花铭的手转了个弯,从下向上反向一撩,掀起了一个角。

康万里:好一个花铭,好一个声东击西,让人防不胜防,他已经第二次中招了!

花铭早猜到康万里不可能乖乖地摘下口罩,也没打算强求,只扭着他靠过来。

虽说这张嘴一开口就骂骂咧咧的,但其主人的长相确实漂亮,在视觉上确实有些魅力。

花铭看得认真,没注意康万里眼镜后的漂亮眼睛已经开始喷火了。康万里在心里把花铭骂了一百遍,用力甩了两次头都没能把花铭的手甩开。

掐你个头啊!这个动作超讨厌的好吗?!

康万里发出警告:"赶紧撒手。"

花铭:"请人放手的时候一般不该用这个语气。"

康万里真想呕他一脸:"谁请你了?我叫你快放手!"

花铭摇了摇头。

康万里说:"给你机会你不要,你可别后悔!"

花铭完全不怕他。康万里冷笑,然后,他毫不犹豫地向花铭的掌心里啐了一口。

花铭怔了一下,手臂颤抖。

康万里心里燃起报复的快感:"我都说了叫你……"

他话音未落，花铭直接一巴掌拍在了康万里的胸口上。

花铭忍不住爆发出笑声："哈哈哈！"

康万里先是愣住，然后气得近乎眩晕，当即什么也顾不上，举起拳头捶了花铭好几下。

"你有问题啊！我不疼吗？"

"那是你自找的。"

"还不是你先惹我！"

车子里回荡着两个男生打闹的声音，开车的司机目睹他们一个打拳一个接拳，忍不住感叹一声年轻真好。他们可能不知道，男生的友谊都是从互殴开始的。

康万里还真不知道，知道了也不会相信。他气炸了，好半天才缓过来，恨不得把花铭从车上蹬下去。

"我说真的，一会儿我下车你不许跟着我。"

花铭整理着身上的校服，一派淡然，完全没有被捶到的狼狈样子，悠然地说："你没答应我的条件，我凭什么要依你？"

康万里："你非跟着我是想干什么？"

花铭诚实地说："不知道，看心情吧。"

花铭是真的随心所欲，其实如果不是康万里反应这么大，他一开始没想跟着康万里下车，现在嘛……他下不下车不一定，吓康万里却是一定的，谁让康万里这么有趣呢。

康万里气到没话说："欸——你这个人是不是无赖啊？"

花铭被骂得很舒服，看着康万里又捂上嘴巴，有些惋惜："我不是无赖，也不叫'欸'。"

说到这儿，花铭想起一件事："你好像从来没叫过我的名字。"

浑蛋就是浑蛋，浑蛋不需要名字。康万里说："我都不想和你说话，叫你的名字干吗？"

花铭想了想，忽然来了兴致："不如你叫叫吧。"

康万里："我就不。"

花铭："可我今天帮了你两次。"

康万里顿了一下，有点儿迟疑。虽然不知道花铭是何居心，但他确实帮了自己一点点，可自己不能就这么屈服。

康万里哼了一声，不说话。

花铭又说："你好好叫我的名字，我一会儿就不跟你下车。"

康万里惊讶："真的？"

花铭："真的。"

康万里动摇了，静了静，打量着花铭的神色，应道："那……一言为定？"

花铭："一言为定。"

花铭的脸上浮现一丝笑意。他刚刚突然发现，康万里不只是犟，有的时候有了台阶还不下，被本来不存在的条件吊着反而答应了。

这人简直是天生欠欺负，偏偏那么巧，他花铭就喜欢欺负人。

康万里得到了花铭不跟着下车的约定，心里安定下来。他和花铭接触还不多，但能感觉出花铭会说话算数。

他和花铭对上眼，可以看出花铭正等着他的下一句。康万里心里过不去，总觉得自己就这么轻易叫了很没面子。

他正进退两难，忽然灵光一闪，精神地说："叫你花铭有什么意思？从现在开始我就叫你大花吧！"

大花？很怪，更怪的是康万里在叫这个名字的时候，声音里带上了一股掩饰不住的得意，就好像做了什么值得开心的恶作剧一样。

花铭明显察觉出不对，但依然眨眼应道："可以。"

康万里开心了，愉快地叫道："大花！大花！大花！"

他的语气里有一股解气的感觉挥之不去，花铭猜想这名字多半有什么别的深意，但并没有戳破，由着康万里乱叫。

在他看来，康万里扬扬自得的声音格外能引起他的兴致，相比之下，还真不知道私底下他们两个到底谁占的便宜更多。

车子稳稳当当地停了下来，司机提醒："别墅区到了。"

康万里抱住书包，精神抖擞地下了车。怕花铭跟下来，他下车后立刻关上车门，将花铭拦在里面，随后一溜烟儿地跑没了影，走位自带加速效果。

花铭盯着康万里的背影消失，心情已比之前好了很多，暴躁厌包对他的治愈效果十分明显。

话说回来，住在这个别墅花园的家庭条件应该还不错，难怪康万里被养得细皮嫩肉，人还十分有个性。

司机问道："现在去哪儿？"

花铭报上自己的家庭住址："花氏钟楼101……"偶然一眼看到导航，花铭顿了一下，问道，"等等，这个位置离××路很近？"

司机："开车的话大概五分钟。"

花铭一时失神，××路就是当初他遇到那个男生的画室的大概位置。花铭被勾起回忆，改口说："去××路，云上画室。"

"好，马上就能到。"

车子开得很快，没几分钟便到了目的地，停在路边。花铭下来慢慢走了几步，现在是晚上十点多，夜幕沉沉，云上画室楼下路口的红绿灯正在轻闪。

一瞬间，花铭如梦初醒，无法想象为什么自己这么久以来一直没想到这茬。他为什么会用那么笨的办法找人？

真是当局者迷，他竟然浪费了这么多天时间，也不知道自己都在想什么。花铭静下心来，拨通了杨复的电话。

电话甫一接通，杨复的声音便传了出来："小花？你在哪里？需要我接你吗？"

花铭："帮我做件事。"

杨复听出他语气严肃，于是也严肃起来："你说。"

杨复心有所感："康万里？"

花铭："学校的自行车棚有监控，看看是谁弄坏了他的自行车。"

123

杨复发出一声轻笑:"知道,明天上午告诉你。"

撇去花铭不谈,一路跑回家的康万里现在十分开心。这份开心在回家看到大花以后达到了巅峰,他摸着自家哈士奇的狗头,开心得不得了。

"大花,大花!你看你的名字起得多么好啊,我简直是天才,我就是世界的瑰宝!"

张阿姨对他的日常自夸行为见怪不怪,等到在门外转了一圈后拉住了康万里,奇怪地问:"万里,你的自行车呢?"

康万里:"坏了。"

张阿姨满脸是惊讶的表情:"啊?怎么坏了?不是新买的吗?哎,这家店怎么回事?还说质量过关,我得去投诉它!"

人为破坏,换了哪家店的自行车也没用,康万里摆手:"不用,不是它质量不行,别投诉了,店家好冤的。"

"那……"

"具体的先不说了,等明天我在学校附近换条车链子就行了。"

张阿姨不是很赞同地点了点头,回神问道:"对了,车子坏了,那你是怎么回来的?"

康万里:"我打车啊。"

张阿姨疑惑地问:"你哪里有钱?"

康万里:"变……同学掏的。"

张阿姨顿时颇感安慰。她本来还担心康万里在新学校不适应,尤其前两天看见康万里每天出发前对着自行车叹气,担心得她做菜都不投入了,现在好了,她终于能放心了。看来万里还是交到朋友了嘛,交朋友多好呀!

张阿姨亲切地说:"那你可千万别忘了谢谢人家,对方一看就是个乐于助人的好孩子。"

那你就猜错了,还是大错特错!可惜他要真这么说了只会让张阿姨问个没完。康万里只能点了点头,假装自己听不见张阿姨的评价。

"夜宵给你准备好了,今天还有新来的水果。对了,下午给你带的樱桃你吃了吗?"

康万里:"吃了。"

不知道怎么回事,今晚说到什么都有花铭的影子,康万里的心情受到影响,他只能靠摸大花的头得到一些安慰。

天真的大花不知道主人在它身上放了什么寄托,继续开开心心地吐着舌头舔康万里的手心。

康万里被舔笑了,低头教育它:"大花,听主人的话,以后一定要做一条好狗,不能学坏知道吗?我看好你!"

大花仰着头叫道:"嗷——嗷——嗷——"

康万里吃过夜宵回到二楼,康千风正在看书,见哥哥进来,神情欲言又止。

康万里最在意小风的变化,当即追问道:"怎么了?"

康千风迟疑地问:"学校里没人欺负你吧?"

康万里没想到刚才车子坏了的事情竟然被小风听到,一面感动于小风关心他,一面无所谓地笑着说:"说什么呢?我是那种会被人欺负的人吗?谁要是惹我,我肯定和他没完没了。"

康千风轻轻叹了一口气,姑且放下心来。靖博的校风和三中不同,他真的担心哥哥的性格会在新学校里招人不满。

"总之你没事就好。"

康万里爽朗地说:"你放心吧,小风,我不仅可以照顾好自己,还能照顾你呢。我愿意照顾你一辈子,你就在京大等我吧。"

听着哥哥的保证,从小到大习惯了给康万里断后的康千风一时说不出话来。康万里怎么就说得出口呢?他的哥哥心里真是没一点儿数。

然而康万里说的是真心话,特别真心。他说了能照顾好自己,

125

就绝对不会受人欺负，说到做到。

第二天上学，康万里第一件事就是去监控室调监控，调查是谁破坏了他的自行车。不过他去得虽快，得到的结果却并不令人满意。

昨天晚上天色漆黑，铰断他的车链子的人又刻意遮住了头和脸，监控里辨认不出其身份，只能依稀看出是个男生。男生这两个字的范围实在是太大了，学校里二分之一的学生是男生。

监控室的老师不在意那么多，只感叹道："这一大早上的，来看监控的都是第二拨了。你们这群学生呀，小小年纪爱恨情仇倒挺多。"

康万里随意地问："我们看的难道是同一段监控？"

老师笑着说："是啊，还真是同一段。"

还有别人来看车棚的监控，是谁？康万里心里忽然浮现一个人影，他忍了忍，没有问出口。

不能问！万一真是花铭，他又要纠结了。他什么都没听到，没听到！没听到！

明明脑子里这么想，但离开监控室后，康万里的心理活动还是受到了干扰，具体表现为花铭入座以后，康万里不经大脑地主动说了一声"早"。

这一声不仅惊到了花铭，更惊到了康万里自己。康万里反应过来之后差点儿咬掉自己的舌头，好半天才补充道："大花！"

打了招呼又无形地骂了花铭，康万里心里才舒服一些。

花铭盯了康万里几眼，不追究后面的大花两个字，很爽朗地回道："你也早。"

同桌这么久，两个人第一次互相问好。这不是高中日常，这是世纪破冰。

詹英才有幸围观到他们打招呼的过程，还听到康万里对花铭的称呼，吓得惶恐失措，差点儿忘了自己来做什么。

幸好康万里主动叫他："过来，知己，你想问题？哪道？"

詹英才忙说："函数那道，我从第二问就看不懂了，你做出来了吗？"

怎么会有康万里不会做的题？他自豪地说："必须的啊，我给你讲。"

詹英才眼睛发亮："真的？万里，你真厉害！"

徐凤从花铭的桌子前路过，老远就听到康万里在讲题，那副模样很认真，不知道的人说不定真会以为他学习很好。这人明明就是在一本正经地胡说八道，也就只有詹英才这个书呆子会被唬得愣了愣的。

徐凤不服地说："铭哥，你看他……"

花铭："嘘——"

徐凤的一堆话全被堵了回去，花铭合上眼睛，开始补觉。被杨复说中，他果然犯困了。

新的一天刚开始就被花铭冷落的徐凤："……"

好，好，好！他就知道只有游戏才是他灵魂的归处！

第六章
口罩掉了

气氛诡异地和谐,上完了两节课,理科八班迎来了一片欢呼声。开学第五天,他们终于迎来了本学期的第一节体育课。

体育课,课外自由活动,简直不要太开心!

全班学生下楼集合,一位长相粗犷的体育老师将八班学生集合起来讲话:"大家好,我是你们本学年的体育老师,今天是我们第一次见面,希望大家能认真多看我几眼,因为这之后再想见我可是很难的。"

学生们配合地问了一声:"为什么?"

体育老师哈哈笑着说:"你们都懂的,文化生嘛,高考最大。估计你们这一年也就能上三四节体育课,剩下的体育课会被你们的各科老师残忍瓜分。

"其实他们瓜分体育课我无所谓,可不知道为什么他们每次都要拿我当借口。体育老师有事、体育老师有事,我哪儿有那么多事?我只是个弱小的体育老师啊!真的,我想给你们上一节课好难的。"

同学们一阵起哄,康万里也被逗笑了。

体育老师数了一遍人数，满意地说："走，去操场，跑两圈后自由活动。"

只要能自己活动，跑六百米根本算不了什么，理科八班的学生兴致很高，杨复带领着大家直奔操场。

康万里跟着大家，没什么多余的想法，但等到了操场上之后，周围的人不约而同地向他看了两眼。

康万里不解，跑在他前面的詹英才提醒道："一班的人也在。"

康万里一看，果然瞧见操场上已经有另外一支队伍在跑步。

在同一个时间段撞体育课很正常，可偏偏这么巧是八班撞了一班。同一块操场上，八班有康万里和花铭，一班有蒋甜，听过传言的人都觉得有点儿狭路相逢的意思。

詹英才担忧地问："万里，没事吧？"

康万里非常不解："没事啊。"

能有什么事？要他看，这群学生的脑子才有事，太闲了吧？

两支队伍在操场上跑圈，擦肩而过时，康万里大大方方地和蒋甜打了个招呼。虽然周围的人都在看他，但他一点儿都不受影响。

蒋甜看他坦坦荡荡地毫不畏惧，觉得自己的扭捏表现反而有些小家子气，于是也回以笑容，两个人从容错身。

两个班的人各有各的想法，却没人议论。花铭在八班的队伍里，谁敢说闲话？昨天走廊上的风波大家都是知道的。

跑步结束以后，体育老师宣布自由活动，学生们快速散开。以花铭、徐凤、杨复为中心，一堆男生围拢过去，准备打篮球。

篮球是三人组的主场，必然十分热闹，加入的人很多。班级里的女生也都围在篮球场旁边，高兴地欢呼和帮忙计数。

康万里没兴趣加入，脱了上衣在树荫下乘凉。詹英才和他坐在一处，两个人还在聊早上的数学卷子。

不过说是聊，其实多半是康万里在给詹英才讲题。詹英才听得十分认真，感觉康万里讲得简单易懂，比老师讲的更好理解。

"万里,你数学学得好透。"

康万里说:"我不只数学好,我什么都好。"

詹英才笑笑不说话。他听过康万里讲题,知道康万里的厉害之处。康万里说这话别人可能不相信,可他相信。康万里就是遗落在靖博的明珠,等到大考,一定会发光!

康万里讲题时总觉得背上有些不自在,仿佛在被人窥视。一开始他以为是花铭,就没有太在意,等讲完题一分神,才想起来花铭在打篮球,哪儿能出现在他后面?

康万里急忙回过头,一个身影一闪而过。他没看清那人的脸,只看清一头黄发。康万里对那个人有印象,他第一次去找蒋甜时和那个男生拌过嘴。只是对峙过一次,这人有必要偷偷摸摸地在背后盯着他吗?大老爷们儿这么小心眼儿?

詹英才叫他:"怎么了?"

康万里问:"一班是不是有个黄头发的人?"

詹英才轻顿,然后说:"你说尚辉?"

那个黄毛原来叫尚辉?康万里没想到詹英才这么快就对号入座,还知道名字,便问:"你认识他?"

詹英才点头:"我高二和他一个班。你怎么问起他啊?我觉得你还是不要和他扯上关系比较好。"

康万里:"为什么?"

詹英才不是很想在背后说别人的坏话,整理了一下语言,概括说:"我觉得他有点儿神经质。"

两个人正说着,身旁突然响起一阵嘹亮的尖叫声,王可心一路小跑过来,脸色红润地说:"啊啊啊——好帅!好帅!好帅——花铭好帅啊——"

康万里被她喊得难受,尤其接受不了她对花铭的夸奖。

王可心不知道这茬,继续分享她的喜悦感:"你们快看,花铭的三分球绝了!他怎么能干什么都这么好看呀?!"

康万里被王可心半强制地扭过头看过去,正看见花铭投篮。那颗球划出漂亮的弧线,稳稳地落在篮圈里。周围响起叫好声,花铭一甩头,晶亮的汗水滴落,让他看上去格外有野性。

这人真会耍酷!不就是投球吗?谁不会啊!他康万里投球也很准的,他家小风投得更准!

王可心预备发出新一轮的尖叫声,不过很快憋了回去,因为花铭下了场,还笔直地朝着康万里的方向走了过来。

等走近了,花铭问:"来一场?"

这话问的当然是康万里,王可心和詹英才都觉得这话问得没有毛病,只有康万里听得眉头一皱,好想骂人。

花铭:"上场。"

康万里:"不去。"

花铭:"你不喜欢打篮球?"

康万里:"喜欢打篮球,不喜欢你。"

康万里说得太直白,王可心和詹英才都不好意思听,花铭却不在意,霍然扬手摘下了康万里的眼镜。

康万里眼前一空,差点儿爹毛:"你干吗?"

花铭:"再不听话摘你的口罩。"

康万里嘴硬:"你来!我怕你吗?"

花铭一扬手,杨复用力将球扔了过来,球滚到康万里脚边,康万里捡起来,用力抛了回去。

康万里抛球的时候有些故意装帅的心思,对准了篮圈,用足了力气。他这一球投得很稳,距离也比花铭投球时远了很多,如果能进,那他可比花铭厉害多了。

众人的视线都集中在康万里投出的球上,那颗球砸在篮圈上,在篮圈边沿轻轻摇晃。

康万里心里默念:进!进!进!

上天像是听到了他的祈祷,篮球慢悠悠地向下滚去,最终砸进了篮圈里。

进了！他进了！

篮球场上传来惊呼声，康万里的虚荣心得到极大满足。他得意地朝着花铭看过去，想笑话一下花铭，没想到花铭却盯着他看。

花铭冷不丁地问："你戴的是平光镜？"

康万里这才发现自己刚刚没戴眼镜投了球。他不甚在意地问："那又怎么样？我可没说过自己是近视眼。"

王可心惊讶地问："咦？你不近视？"

康万里点头，王可心问："那你干吗戴眼镜？"

康万里毫不犹豫地说："戴着帅啊。"说完，康万里瞪着花铭，发现这人还在看他的脸，不由得心虚："看什么看？！"

花铭说："你的眼睛很漂亮。"

康万里的眼睛一直藏在眼镜后面，花铭是第一次有机会这么近距离地打量。这样一看，花铭总觉得这双眼睛他好像在哪里见过，似曾相识。

花铭说话的口气很真诚，康万里仔细回忆，发现花铭说这话的口气和他上次说"你的腿部线条真不错"时是一样的。

康万里打了一个激灵，忙说："你赶紧走，你太菜了，不配和我打篮球。"

花铭轻轻笑了下，视线总算从康万里的眼睛上移开。他很随意地说："康万里，你真会招惹人。"

花铭不再让他上球场很好，可留下这句话就走便非常不好了。康万里汗毛直竖，偏偏王可心和詹英才都不觉得这句话有什么，还劝康万里下次说话不要这么挑衅，太得罪人。

他挑衅什么啊？他这是在保护自己的美丽容颜，保护自己身为男人的尊严啊！怎么连知己都不懂他？烦！

康万里气得和王可心、詹英才告别，独自一人去散步，想冷静一下。他绕着操场走了一圈，走完回去体育课已经结束了，众人陆续回了教室,詹英才和王可心也不见了踪影。

康万里独自一人回到树下,忽然发现自己缺了点儿什么东西——他的校服不见了。

谁把他的校服拿走了?康万里疑惑着,前前后后看了一遍,依然没找到。他回撷英楼,远远看见一楼大厅里谷文斌正在课间抽查,抓学生有没有穿校服。

太巧了,说不是故意的康万里真的不信。

如果是王可心和詹英才拿着他的衣服,看见老谷肯定会留在外面等他,现在这个情况,他明显是又被人整了。

没完了简直,他还没去找那个人算账,那个人竟然变本加厉!

康万里气得不行,但一瞥见谷文斌,立刻灰溜溜地从大厅里溜了出去。

当了化学课代表之后,康万里近距离接触了这位亲爱的谷老师。据他了解,谷老师对学生越喜欢,要求就会越严厉。如果别人被抓住,可能只会被教训教训,他被抓住,百分之百要被罚站。

绝对不行!

康万里在楼外面转圈,时间一分一秒地过去,留在楼外面的人越来越少,最后一节课马上就要开始了。康万里心急如焚,但是又不敢进楼。没办法,没有校服他回不去。

康万里在楼下焦躁不安地转着圈,楼上八班的学生也看到了他,有人说:"那不是康万里吗?他在那儿站着干什么?"

这位同学话音刚落,身边忽然多了一个高大身影,花铭撑在窗边,懒洋洋地说:"哟!康万里,你还在散步呢?"

康万里抬起头,一眼就看见花铭的笑容,脑门儿上青筋一抽。他气愤地说:"用你管?"

花铭看他脸上的急躁神色不同寻常,稍一思索便猜出了前后缘由,问道:"你的校服呢?"

康万里气呼呼地说:"我怎么知道?!"

校服被人拿走了？看来是的。

花铭不再逗他，声音温和："先上来，校服我帮你找。"

康万里觉得花铭是个傻子："没有校服我怎么上去？你是不是傻？！"

康万里的声音戛然而止，一件蓝白色校服被人从三楼扔下来，落在康万里的肩膀上。康万里再抬头，已经看不见花铭的踪影了。

他翻开衣领，内签上写着衣服主人的名字——花铭。

康万里突然闭上了嘴，好半天没说话。稍后，他穿上花铭的校服，一头扎进了教学楼。

最后一节课，康万里踏着上课铃回来，勉强没有迟到。回到座位以后，他盯着黑板，安安静静地一句话都没说。

他的模样似乎和平时听课的时候没有区别，但细看能发现他皱紧了眉头，目光放空，不知何时已经走神了。

一节课安安静静地过去，下课铃一响，理科八班教室喧闹起来，大家纷纷解放似的跑出去。徐凤和杨复也都离开了座位，向花铭凑过来。

康万里忍耐许久，猛地出声："花铭！"

花铭露出疑惑的神色。

康万里面色犹豫，慢慢地说："你的校服我穿过了，我一会儿给你买套新的。"

花铭："不用。"

康万里："我不管你用不用，我就要给你买新的。"

花铭失笑："那行。"

徐凤和杨复越来越近，康万里不想错过时机，终于鼓足勇气开口，然而声音细微，连蚊子的嗡嗡声都比不上。

康万里极小声地说："谢谢。"

花铭："嗯？"

康万里："谢谢。"声音大了一些。

花铭继续:"嗯?"

康万里:"……"

第一句花铭没听到情有可原,但第二句还没听到就是胡扯了。

想好好致谢的康万里心中忽然烧起一股火,他怒气冲冲地说:"谢谢!"

这句话声音洪亮,徐凤和杨复都听得清清楚楚。

徐凤忍不住咧嘴:"如果说的不是谢谢,我还以为他这架势是在骂人。"

杨复嗯了一声,但没有搭话,而是掐住徐凤的脖子把人给拉了出去。

徐凤蒙了:"哎?你干什么?杨复!杨复我揍你啊——!"

座位上依旧是康万里和花铭两个人,花铭这才懒懒地说:"不客气。"

康万里心情复杂,半天说不出话。他转身要走,花铭忽然叫住他:"你不想知道校服被谁拿走了吗?"

康万里嗖的一下转过来:"你知道?"

花铭微笑着说:"我知道。"

康万里还是很震惊:"你怎么知道的?就刚才那么一小会儿,你已经查到了?"

花铭直接说结果:"拿校服的人和昨天铰断你的车链的是同一个人。"

忽然间,比起那个人是谁,康万里更在意花铭是怎么知道的。他忍不住反驳:"我去看了监控,监控里没照到脸,根本查不出是谁。"

花铭:"监控没看见,有人看见了。"

康万里:"不可能,我问了好多人,他们都说没看见。"

花铭轻笑:"问也要看是谁来问。你问不出来的事情,好多人争着告诉我。"

康万里："……"你显摆什么啊？当大哥很了不起吗？

康万里好一阵不服气，可不得不说，他其实相信了花铭说的话。

康万里问："然后呢？那人是谁？"

花铭眨了眨眼，眼神似有暗示："想知道？说几句好听的话。"

康万里当场翻出一个白眼。去你的吧！真是长得凑合想得却挺美呢，嚆。

康万里冷笑："爱说不说，你不说我自己就找不到了？花点儿时间就花点儿时间，我可以自己挨个儿去问，用你跟我卖关子？"

花铭就知道康万里不可能服软，他这个反应也都在花铭的意料之中。看着康万里蛮横起来的模样，花铭的心有点儿痒。

不用康万里给台阶，花铭自己便说："行了，我跟你开玩笑的，我告诉你。"

康万里不太相信地瞥着花铭，猜不透花铭为什么一而再，再而三地对他这么好心，浑蛋就该有个浑蛋的样子。

老欠人家人情算怎么回事？康万里很是纠结，感觉更像是被人求助，完全不像被人帮忙。

仔细思量之后，康万里闷声说："你说吧。"

花铭："不知道这个人你认不认识，不在我们班，在一班。"

康万里脑海中立刻浮现一个身影："是不是叫尚辉？"

花铭有些惊讶："你知道？"

原来真的是尚辉，康万里并不算惊讶。可能是因为刚刚在体育课上发现自己被尚辉偷窥，现在康万里只觉得奇怪。他是哪里招惹了尚辉？只是之前拌个嘴，尚辉至于搞这么多事？

花铭静静地看着康万里，微笑着说："我又帮了你一个忙，你就没什么话想说？"

康万里嘴巴一撇，心里暗骂花铭得意什么。不过他今天已经说了好几遍谢谢，都到这个份儿上了，矜持也没什么意思，花铭确实让他省了不少工夫。

康万里叹了一口气，无奈地说："谢谢。"

花铭看着他，似乎还在等待什么。

康万里问："干吗？什么意思？"

花铭声音温柔："这么大的忙，一句谢谢怎么够？"

康万里："……"你还蹬鼻子上脸是不是？你还想要啥？又不是我追着问的，明明是你主动告诉我的！

康万里心里刚刚还有点儿过意不去，一转眼又是气鼓鼓的。他瞪着花铭："那你想要啥？"

花铭心理上十分满足。他不再逗康万里，只说："和我加个微信吧。"

康万里顿了顿，不确定地问："就这样？就这么简单？"

花铭："对。"

康万里不太敢相信，犹豫了一下说："成。"

加就加，加完他直接把花铭屏蔽，那岂不是完美？

花铭微笑着说："不许锁朋友圈，不许关闭我看你动态的权限，如果做不到就别加了，你继续欠我人情我也无所谓。反正我很好心，绝不会计较你是个知恩不图报的人。"

康万里没想到自己的心思被花铭一眼看破，更没想到花铭还能讽刺他知恩不报，气得从嗓子眼儿里发出呵呵冷笑。

康万里参着毛说："加，放学回去就加。不就是朋友圈吗？让你看！不过我可警告你，我这人超级优秀，看多了你觉得自惭形秽没脸见人可别怪我。"

花铭忍不住笑出了声，单手撑住脸，以防自己笑得太过分。这人怎么会这么有意思？康万里的脑袋到底是用什么捏出来的？花铭觉得自己要忍不住了。

花铭心满意足，非常真诚地说："尚辉在靖博读了两年，人脉比你丰富，你想让他服软没那么容易。把事情交给我，我保证你下午来上学的时候他会跟你道歉。"

康万里斜着眼说:"他干出这种事,会主动过来低头道歉?"

花铭笑得很凉薄:"他不低头,我有办法让他低头。"

花铭的话说到这份儿上,等于他主动提出要给康万里出气。换了任何人在这里,肯定早就感动得说不出话来了。

了解花铭的人谁不知道?花铭是出了名的冷淡,谁的事情都不沾身,而现在他竟然主动提出要帮康万里,那个传闻中和他是每次见面都会产生摩擦的康万里。

偏偏康万里本人不为所动,没等花铭继续说话便强烈拒绝:"不用你管,谁要他低头道歉?他害得我和你一起回家还不得不穿你的校服,说句对不起就了结了?我看起来很好欺负吗?"

花铭失笑,一时竟不知道该不该生气,和他一起回家、穿他的校服就这么难受?比车子被人破坏、校服丢了更难受?

花铭停了两秒,只诚恳地回答了他的最后一句话:"是啊,看起来特别好欺负。"

康万里对花铭明显的调侃破口大骂:"去你的吧!"

康万里恼怒至极,转身就走,花铭望着他走远,笑容越来越深。稍后,花铭悠悠出门,叫上徐凤和杨复往楼梯走去。

他并不计较康万里对他的态度,不过他刚刚说的是真的,他确实想让尚辉吃点教训。

不过他并不着急,尚辉的背景他很清楚,他稍微等等,等康万里没有办法了,总归会向他求助。到那个时候他可不是无偿帮忙了,该提出点儿什么要求好呢?

花铭正想着,还未走到楼梯口,走廊另一头忽然响起吵闹声,正准备放学离开的学生们发出起哄的声音,向着一班的方向拥去。

徐凤和杨复都很奇怪,拉住一个人问:"怎么回事?"

那人激动地说:"闹起来了!一班门口,那个转校生康万里和一班的尚辉闹起来了!"

花铭:"什么?"

康万里先花铭一步离开,并没有下楼,而是径直去往一班。现在康万里已经是高三的"知名人物",不少放学的学生停住脚步围观。

看他过来,一班的学生主动说:"你找蒋甜?那你来得不巧,蒋甜已经走了。"

康万里冷声说:"我不找蒋甜,你们班尚辉在吗?"

他不找蒋甜,却找尚辉?围观的人都有些惊讶,出于爱看热闹的本性,围观的人没有减少反而变得更多了,原本要走的一班学生都停了下来。

尚辉很快被叫了出来。他顶着一头黄头发,听说是康万里找他,脸色并不见慌乱,竟还有些淡定,看起来完全没有害怕。

两个人对上眼,气氛已经相当紧张。

康万里非常直白地问:"你为什么铰断我的车链子?"

尚辉左右看看,直接笑了:"我不知道你在说什么。"

康万里问:"我的校服你放哪儿了?你给我扔了?"

尚辉:"你别自说自话,什么校服?"

都是大老爷们儿,却敢做不敢当,康万里真是瞧不起他:"你装什么傻?有人亲眼看到了,你还不承认。"

尚辉还是笑着,看康万里的眼神里充满了不屑之意:"你说这些没用,有本事拿出证据来。谁看到了?你叫他过来,让他在我面前再说一次,看看他敢不敢?"

尚辉说话时,周围鸦雀无声,康万里不得不承认花铭说得对,这个尚辉有些背景,同班的学生对他的做法似乎见怪不怪。

康万里说:"我不需要证据,我知道是你。"

尚辉看着他,不笑了,脸色倏地格外阴鸷:"那又怎么样?我不承认,我没做过,我不知道你说的是什么。"

康万里紧紧盯着他,眼里满是怒火。尚辉看不见他的神情,但只要猜想康万里现在神情难看,便觉得心情十分畅快。

尚辉厌恶地说:"你离蒋甜远一点儿,看看自己的德行,你配得上她吗?"

撂下这句话,尚辉大步往外走去,两个人擦肩而过的一瞬间,康万里拽住了他的手臂。

康万里说:"我配不上,你就配得上?谁和你说我是来听你承认错误的?我本来就是专门来教训你的!"

话音刚落,康万里毫不犹豫地踢起一脚,尚辉惨叫一声。

康万里冷笑着说:"威胁谁呢?吓唬谁呢?你以为我是谁啊?我会怕你?偷偷摸摸算什么,你跟我正面来!"

尚辉腿部剧痛,瞬间出了一身冷汗,脸涨成深红色。他说不出话,挣扎着站起身朝着康万里扑来。

眼看两个人要开始动手,周围的人拥上前拉架。康万里本是占尽优势,可这群拉架的人一上来,康万里便觉出不妥。

周围都是一班的人,拉的是偏架,拽着尚辉的人没几个,拉他的人却不少,他束手束脚,好几次险些被尚辉推倒。

尚辉愤怒至极,口不择言地放狠话:"康万里!你完了!你等着!你等着!"

尚辉向着康万里奔过来,这边却有人按住康万里不放,康万里甩不开手,又是生气又是着急。眼见着要被人推倒,他身后忽然蹿出来一个人影,扯住康万里,一脚蹬开边上的人。

花铭的声音贴着他的耳边传出:"万里,你今天好猛啊——"

康万里被一群人按住都不害怕,听到这句话却浑身打了一个激灵。他往后一倒,撞在花铭的胸膛上,尚辉扑了个空。

周边的人本来想着再拉住康万里,可一见到花铭全都僵在原地。谁都不明白,花铭为什么过来?花铭似乎站在康万里那边?为什么?怎么回事?

拉偏架的人都不敢再动,唯独尚辉已经红了眼,谁都看不到。他向着康万里猛地扑上来,康万里推开花铭,毫无畏惧地迎了上去。

尚辉猛地从口袋里掏出个什么东西砸了过来，康万里躲闪不及，眼前一黑，下一秒，尚辉的拳头挥了过来，康万里的眼镜和口罩全被打飞了出去。

尚辉这一拳打得不算结实，力道主要落在康万里的脸颊上。康万里脸上没感觉太痛，但口罩蹭出去刮得康万里的耳朵红了一片，耳根好像被划伤了，有些流血。

康万里眼前突然黑了下来，他不由得慌了神，条件反射地往后退了好几步，险些当场骂出声。

竟然耍阴招！

同一时刻，康万里听到一句骂声，时机太凑巧，他几乎以为是自己骂出来的，等仔细一听才发现是花铭的声音。

花铭单手撑住他，猛地飞起一脚，尚辉晃晃悠悠地倒在了地上。场面变得混乱，有人急忙上前查看尚辉的情况。

康万里的眼睛很痛，他低着头，睁不开眼睛，眼泪顺着眼角不断往外流。他想揉眼睛，一双手却捧住了他的脸，强制他抬起头来。

"没事吧？"

康万里眼睛痛，哪里还有空思索那么多，只顺从本能地抿着嘴唇，哼哼唧唧的声音还带着两分委屈。

他没好气地说："你看我像没事吗？我疼死了，别碰我！"

真的疼，康万里长这么大还是头一次和人起冲突。

花铭替他擦了下眼泪："行了，睁开眼睛试试。"

康万里疼得不会好好说话："你听不见啊！都说了我疼呢！"

花铭几乎是哄着他说："疼也得睁开，慢慢来，没事的。"

康万里抽了抽鼻子，非常缓慢地睁开眼睛，他的视野一点点拓宽，然后他看到了花铭的眼睛。

花铭微微勾着嘴角："万里，你的眼睛红了。"

康万里岂止是眼睛红了，他的耳朵红了，手心红了，最后连脸也红了，因为他这会儿终于察觉，他的口罩刚刚被蹭掉了！他被花铭看到脸了！

花铭不知道此刻自己究竟算不算惊讶。他早就觉得康万里应该长得不错，待真看到这张白净精致的脸，既觉得在意料之中，又觉得在意料之外。意料之中是因为康万里确实漂亮，意料之外是因为康万里过于漂亮。

过于——是花铭对康万里极大的赞美。

康万里生了一对圆圆的眼睛，双眼皮，眸子格外透亮。他的五官完美，组合在一起像是画龙点睛，看一眼就能戳进人的心里，真是漂亮得不像话了。

康万里感觉全身发毛，急忙甩开花铭的手，警告说："你离我远点儿！"

康万里匆忙转过头想摆脱花铭，可目光看向别处，每一个被他看到的人都陡然愣住，惊讶之情溢于言表。

没人想到他竟然长了这样一张惊艳的脸，人人都以为康万里长相丑陋，向来只好奇他长得多丑，现在忽然看到他的长相，一个个目瞪口呆，半天说不出话。

这是康万里？怎么可能？康万里怎么可能长成这样？他竟然……竟然如此英俊！

尚辉拼命弄掉康万里的口罩就是想让他出丑，不承想竟是这种发展。他呆呆地望着康万里，脸色难看至极："你……你……"

走廊里响起学生的奔跑声，有人喊道："老谷来了！"

围观的学生们打了一个激灵，好多人忍不住往教室里跑，但老谷来的速度极快，想必是老远就听到吵闹声急速过来抓现行。

"谁在闹事？全都别动！三楼有监控，谁都别想跑！跑了也给你抓回来。都别动，都给我停手！"

谷文斌身后还有另外一个中年男老师，男老师挤进人堆，看见被围在中间的康万里、花铭和尚辉，立刻脸色一黑，低头去扶尚辉。

谷文斌环视一圈，视线落到康万里身上，有点儿不敢认："你是……康万里？这是怎么回事？"

康万里呼了一口气，没答话，谷文斌也不用他答，一看见康万里的眼睛和流血的耳朵，就知道康万里正是闹事的主犯。

谷文斌的声音里满是恨铁不成钢之意："闹啊！学校是你们闹的地方吗？打坏了算谁的？屁大点儿孩子不知道轻重，都跟我去办公室！"

谷文斌点住康万里，中年男老师已经把尚辉扶了起来，围观的人都紧紧盯着事态发展。

谷文斌训斥道："看什么看？放学时间还不知道回家吃饭？！都散了！"

学生们发出意味不明的起哄声。

谷文斌又叫了两个学生，然后回头看见花铭，盯了两眼："你也跟我去办公室。"

谷文斌对花铭的印象一直不好，花铭又站在中央，谷文斌真不信这事和花铭没关系。

花铭没生气，低低地应道："哦。"

听见花铭也要被带走，徐凤和杨复都皱起了眉，花铭本人却无所谓，只随手示意他们不用管，徐凤不忿地骂了一声。

一眨眼，康万里和尚辉都被带去了办公室，留下一众看热闹的学生。望着走远的背影，众人沉默，许久才有人议论。

"你们刚才都看见了吗？那个康万里……"

"看见了……"

"到底是谁说他长得丑的？"

如果康万里那样都算丑，那学校里的其他人还活不活了？

许婶已经收拾好东西准备回家了，冷不丁地听见隔壁办公室来了一大帮人，紧接着便吵闹起来。

她正奇怪着，一班的物理老师张佑安忽然过来告诉她："出事了，你们班的学生和我们班一个学生闹起来了，谷老师和孔老师抓了个正着。孔老师特别生气，他是一班的班主任，正发着火呢。"

许娉把这番话听得清清楚楚，大脑却有点儿跟不上，反应了一下才问："我们班的学生？谁啊？"

张佑安："转校生，应该是叫康万里，对，是康万里。还有那个花铭，具体情况不清楚，不过好像是康万里先动手的。"

康万里？不可能。许娉知道康万里，康万里是个多好的孩子，怎么可能主动动手？

"我去看看！"

张佑安："娉娉，你先别……"他话还没说完，许娉已经去往隔壁办公室。张佑安轻叹一声，也跟了上去。

办公室里正在训人，孔文君盯着康万里，连声问道："为什么动手？"

康万里脸上全无惧色："这不应该问我，应该问问尚辉，他做了什么事他心里清楚。"

孔文君怒道："你这是什么态度？你动手你还有理了？好几个人都看见是你先动的手！"

康万里："是我先动的手，但我没错。"

孔文君指着康万里，手指头几乎要戳到康万里的脸上。花铭往后拽了一下康万里，另一边，谷文斌也把孔文君给拽了回去。

"孔老师你冷静一下。"

孔文君完全冷静不下来，刚才看见尚辉躺在地上就已经憋不住火了，现在康万里还这么理直气壮，孔文君更是要气炸了。

刚好，看见许娉进来，他立刻便说："许老师，这就是你教育的好学生！他到别人的班级动手，还死不悔改！尚辉什么样我难道不清楚吗？我们班的尖子生，轻易不惹事，你们八班的学生是不是太过分了！"

八班的问题学生多是学校公认的事实，这已经成了他们给人的刻板印象。

许娉板着脸，正面回应："康万里是我们班的学生，我自己的学生我也清楚，这和成绩差不差没关系。康万里的成绩可能比不上尚辉，但事情查清楚前最好还是不要乱说话。"

许娉给人的感觉总是格外温柔单薄，可此时面对比她大十几岁的孔文君，她拿出了从未有过的气势。她的学生就站在她身后，她不护着谁护着？

谷文斌咳了咳，及时插嘴打断了两个班主任的争吵。他叫住花铭，问道："你怎么回事？你又为什么动手？"

花铭被点名，神情十分冷淡，站姿并不笔挺，十分懒散，给人的感觉就是态度不端正。

花铭悠悠地说："我没打人，我是来拉架的。"

胡扯！孔文君差点儿骂人，花铭怎么好意思说自己是来拉架的？！

花铭："不信就问问在场的学生，听听他们怎么说。"

花铭的名声在外，谁敢说他动手？孔文君气愤地说："你们串通一气……"

花铭打断他的话："那就问问尚辉。尚辉，我刚才打你了？"

尚辉猛地抬头，撞上花铭的视线。他此刻的模样和面对康万里时的凶恶狰狞样子不同，脸色苍白难看。

尚辉支支吾吾地说不出话，过了好几秒才从嗓子眼儿里挤出声音："没有，你没打我。"

花铭冷不丁地笑了，瞥了一眼孔文君和谷文斌："他们说我踢你。"

尚辉咽了口口水，僵硬地说："没踢……你没踢。"

花铭这才满意了，抬眼望天，似乎不打算再搭理任何人。孔文君气得说不出话，脸色极为难看。

这个花铭到底是个什么样的学生，竟然把尚辉吓成这个样子？

在场这么多老师，尚辉竟然连事实都不敢说，花铭这样的人，以后百分百是社会上的败类！

在办公室里讨论不出结果，许娉看不得自己的学生平白被骂，即便要问清楚怎么回事，也应该好好问。

许娉："康万里、花铭，你们先出去，这件事下午慢慢说。"

康万里对自己的班主任非常尊敬，点了点头，终于显露出平时面对老师时特有的乖巧样子。康万里和花铭相继出了办公室，甫一出门，康万里转身就跑。

花铭手疾眼快，一把拉住康万里："急什么？"

康万里当然急，他的模样暴露了，花铭毫无疑问已经认出了他，他不跑还等什么？

康万里警告道："我可告诉你，这里是学校，你不要做什么出格的举动。"

花铭难以理解康万里的反应。他自认为刚刚帮了康万里，康万里又不喜欢欠他人情，从理论上说，康万里怎么也不应该是这个反应。

花铭疑惑地问："我们之间是不是有什么误会？"

误会？完全没有！康万里早就已经看透花铭了。康万里对失去救命口罩的事情非常懊悔，但时间不能倒流，他现在决定捅破这层窗户纸。

"别装了，你干过的事、说过的话我都记着呢。你以为我不知道你想干什么吗？"

花铭想了想，觉得有点儿被说中了："你怎么知道？"

康万里简直要笑了："我当然知道！我对你知道得一清二楚，所以你不要做梦，我绝不会给你任何机会的。"

这人想跟他做朋友，门儿都没有。

康万里深呼一口气，阴冷地说："你也不要怪我，我只是为了自保。"话音落下，康万里一脚踢了过去。

花铭猝不及防，不由得吸了一口冷气，咬着牙说："康万里，你……干什么？！"

康万里本想当场用力让花铭体会一下什么叫作一了百了，可看到他的反应后忽然感觉不太对劲，这人好像不记得那天的事？

花铭的脸色变幻莫测，康万里的脸色也是十分惊讶，两个人就保持着这个尴尬的姿势互相对视。

康万里声音颤抖地说："不可能！"他感到十分不可思议。

花铭：什么不可能？

康万里敢说自己活这么大，从来没有遇到过如此尴尬的窘境，比上一次被花铭围堵在电梯里吓得想哭还窘迫。

康万里的脑子一片混沌，都转不动了！

花铭扣住他的手，声音低沉："康万里……"

康万里的头简直要爆炸了，脸色急速涨红，谁能想到花铭竟然真的不记得那天的事！不是……那他现在在干吗？康万里的价值观都要崩塌了。

花铭对这个情况本也很是疑惑，可他和康万里不同，从事态发展中醒悟过来的速度格外快。他反应过来后看到康万里一脸崩溃的表情，心思瞬间活络起来。

花铭脸上浮现被人冒犯的神情，轻声说："我可要叫人了。"

康万里这才察觉他刚才究竟干了什么。

偏偏在这个时候，花铭幽幽地望着他，冷不丁地说："真是看不出来，康万里，你踢我干什么？你好变态！"

"变态"两个字砸在康万里的头上，康万里脑袋一蒙，当场灵魂出窍。他竟然被花铭反过来叫变态，奇耻大辱！奇耻大辱啊！

康万里嘴唇颤抖，脸红得能滴血，无尽的羞耻感涌上心头，他只想找个地缝钻进去。

"我……我那是……"康万里实在是说不出来，更不知道该说什么好。他万万想不到事情是现在这个发展，头脑里只有满满当当的叫嚣声——丢人！丢人！太丢人了！

康万里转身就跑，可花铭的两只手像两只铁钳子一样把他夹住了。花铭不只不让他走，还强硬地把他转过来和自己面对面。

花铭："刚刚冒犯了别人，什么都没说就想跑？"

花铭的眼里是浓浓的戏谑之意，臊得康万里眼球都要打转了。

康万里拼命捂脸："你滚！赶紧放手！"

花铭摇了摇头，继续说："不行，我觉得我需要一个解释。"

解释？谁给你解释？康万里要被活活羞死了。

花铭死活不肯让他逃走，情急之下，男子汉的黄金泪决堤，康万里眼睛一眨，啪嗒啪嗒地往下掉起了眼泪。

羞耻死了！

康万里一哭，花铭忽然僵住，难以置信地望着康万里的脸失神了好几秒，这才给康万里擦眼泪。

康万里恼羞成怒："别碰我！你离我远点儿！"

花铭："你骂人怎么这么没新意？翻来覆去只有这两句。"

康万里气得脑袋嗡嗡直响："放手！放手！我叫你放手！"

放手是不可能放手的。花铭换了一种语调："别哭了。"

康万里怒道："我没哭！"

他明明就哭了，花铭紧紧盯着康万里，眼睛都不眨一下。

不知道是不是故意的，花铭说："你放心，我不会把你冒犯我的事情告诉别人，没人会知道你其实是个变态的，我说话算数。"

他才不是变态呢！康万里不想哭，可眼泪不受控制，掉得更厉害了。他到底是倒了什么大霉才会遇上花铭这个人？这辈子仅有的两次哭全是因为花铭！

康万里怒到极点，不再尝试用语言让花铭放手，而是选择暴力突破，抬起膝盖就对着花铭顶去。

这是康万里的老招数，花铭记得自己应该没和康万里动过手，就是身体的自然反应。花铭快速伸手挡住了康万里的腿，同时往后一退，躲开康万里的横来一脚。

刹那间，花铭感觉这动手的套路好像在哪里体验过……来不及让花铭多想，康万里已经趁着这个时机挣脱，抬脚就跑，可他跑起来后，背后的花铭竟也跟着追了上来。

这人追上来干吗？

康万里回头就骂："有完没完？你就不能……"

话没说完，康万里感觉耳朵上忽然一软，一块儿手帕按在他的侧脸颊上。

花铭收了刚刚的表情，十分平静地说："耳朵流血了，回去的时候注意些。"

康万里半天没说话，最终狠狠瞪了花铭一眼，风一般溜走了。

望着康万里远去的背影，花铭的嘴角浮现笑容，那笑容越来越深，一直到达他的眼睛深处。花铭心情非常舒畅，这才缓缓离开。

康万里一溜烟儿跑出教学楼，并没有急着回家，而是跑到教学楼一角，直接蹲下抽噎起来。

往事不堪回首，思绪悲从中来，说的就是现在的康万里。

康万里难受得要死，见四下无人，忍不住哭得好大声。

他要被气死了！怎么会这样？花铭竟然不认识他的脸，也不记得那天的事，到底是哪里不对？

康万里拼命地思考着，可就是摸不着头脑。他明明记得那天花铭对他说的话、对他做的事，脸是那张脸，声音是那个声音，他不可能认错人啊。

为什么啊？难道花铭和他一样有个双胞胎弟弟吗？没听说啊！

花铭对他的反应远远不如他想的那么激动，亏他还自以为是地提防了花铭那么多天，还信誓旦旦地说过花铭一看见他的脸就会自惭形秽……

149

他现在脸皮都要烧透了!

康万里蹲在墙角呜呜地哭了起来,气急了忍不住用手捶墙。他把花铭给他的手绢愤愤地摔在地上,想想觉得不好又捡起来。

他内心挣扎得正欢,忽听周围传来脚步声。他打了一个激灵,声音尖锐:"谁?!"

片刻后,徐凤顶着一脸一言难尽的表情从墙角站了出来。

尴尬,极度尴尬。

康万里想骂人:"你在那儿干吗?偷听啊!"

徐凤也感觉很冤枉:"我在这儿等铭哥好吗?谁想偷听?我比你先来的!"

这么说……他刚才从头到尾都在被人围观?康万里几乎要疯了:"那你不站出来制止我?!"

徐凤:"你哭得那么投入怪我啊?再说我中途站出来多尴尬。"结果是不站出来尴尬,想偷偷走掉被发现更尴尬!

康万里难受,徐凤也好不到哪里去。

徐凤本来只是等得无聊找个地方眯一会儿,谁知道眯着眯着忽然听到后面有人抽泣起来。他嫌烦想撵人,一看竟然是康万里,不由得犹豫了一会儿。

徐凤其实一点儿都不喜欢康万里,这人成天捂着脸,神神秘秘的,还动不动就对铭哥大呼小叫,他早就看这人不顺眼了。

可徐凤之前一时嘴快传播过康万里长得丑的事情,流言四起之后心里对康万里多少有点儿过意不去。就因为这个,徐凤犹豫了一会儿,导致现在不得不和康万里大眼瞪小眼。

康万里终于不哭了,现在只想和徐凤打一架:"姓徐的你过来,我今天要把你打失忆!"

徐凤被气笑了,还打失忆,刚才也不知道是谁偷偷摸摸地哭的。康万里跟尚辉闹完了还得哭半天,跟他闹还不得哭一宿?

徐凤自然不知道康万里哭泣的真正理由,只当康万里的性格就是这样，表面刚强，内心其实特别柔弱。他要和康万里闹起来，简直就跟欺负人一样。

想着这茬，徐凤自己便平静下来，看康万里也没有之前那么烦了。尤其康万里眼睛通红，配上那副好相貌，徐凤也不想动手。

徐凤长这么大头一次回避别人的挑衅，摆了摆手："我懒得跟你计较，不过有句话别怪我没提醒你，你最好注意一下自己的态度，铭哥是想和你交朋友，但他的耐性不多，你现在这么嚣张，之后再后悔可来不及。"

康万里不想和他说话，但突然捕捉到一句重点："你说……花铭对人缺乏耐性？"

徐凤当他听进去了："是啊。"

康万里立刻陷入沉思。

徐凤觉得自己当了回好人，哼笑一声，高高地昂着头走了，哪儿知道康万里的想法和他完全不在一条线上。

康万里在想，难道花铭确实已经认出了他，反应不大只是因为对和他交朋友这件事失去了兴趣？

这么说……他现在已经安全了？欸？也就是说……他解放了？他不用再每天担惊受怕地防着花铭了？

康万里头脑里一片混乱，感觉想什么都是蒙的。蒙了一阵，康万里到学校外的冷饮店里待了一中午。他受了伤不好回家，只能先处理一下伤口，再把摔坏的眼镜放到眼镜店里修理。

第七章
我要学习

康万里浑浑噩噩地过了两个多小时,下午来临,他头脑空白地坐到了自己的座位上。

他来得有些早,花铭还没到。理科八班的学生陆续到来,先进来的学生看到康万里明显愣了一下,以为自己进错了班。

在康万里的座位上坐着一个没见过的男生,那男生长得还相当好看。那是谁?

他没戴口罩,没戴眼镜,还目不斜视地盯着书发呆,该不会是康万里本人吧?不可能吧!

确认这确实是八班教室谁都没有走错之后,理科八班的学生们一阵骚动。他们有不少人错过了中午的事件,因此现在才开始惊讶,慢了一拍。

康万里露脸了!他竟然长得超级好看!闹着玩儿呢这是?

他们惊讶的同时,中午发生的事情也从外面传了进来,大家开始八卦起来。不少人向康万里这边偷瞄,刚开始康万里没在意,后来谁看他他就用力看回去,有两个女生被他一瞪,当场红了脸。

没办法,康万里长得实在太好看了!她们之前怎么完全没发觉啊？！再者，他长成这个样子，干吗要藏起来？太可惜了！想想已经开学这么久了，她们竟然错过了身边这么好看的男生！

八班的女生都产生了这个想法，同时，外班也有不少抱着同样想法的女生慕名而来。

短短一个中午，学校的贴吧和论坛就传遍了他长相其实特别好看的真相，随着时间一分一秒地过去，班级教室门口聚集起不少其他班的女生。

王可心和詹英才来的时候看到的正是这样的画面，康万里在班级教室里，门口有不少其他班的女生在叽叽喳喳地偷瞄他。

"你们怎么回事？"詹英才话还没问完，进门看见好友，同样吓了一跳："你……你是康万里？"

康万里怏怏地说："是啊。"

王可心对康万里的长相倒是不惊讶，她的注意点在别处："你怎么突然摘口罩了？你的眼镜呢？等等，你不是过敏吗？脸好像没事啊。"

康万里对戴口罩的原因不想多说，匆匆带过这个话题，幸而王可心并不追究，只在意康万里的伤处："你的耳朵怎么回事？你受伤了？天哪，这个不会留疤吧？"

康万里不甚在意："这么小的伤，留什么疤？留下也看不见。"说到这个，花铭的脸在他的脑海中一闪而过，康万里噎了一下。

不留疤就好，王可心松了一口气，继续问："到底怎么回事？你和人动手了？"

詹英才也最惦记这个："是啊，怎么回事？"

康万里把尚辉的事情简短一说，王可心和詹英才的神色都凝重起来。他们两个是康万里的朋友，无论从哪一方面出发都站在康万里这边，正因为如此，他们才越想越担心。

王可心说："那个一班的班主任我听过，可护他们班学生了，绝对会给你记过。他可别非要叫家长啊。"

詹英才并不在意学校的惩罚，说到底那些对康万里产生不了什么真正的伤害，只有一件事需要他们担忧。

"万里，那个尚辉不是什么好人。你和他结了梁子，他之后怕是要和你没完没了了，你最好还是小心些。"

康万里本来还没精神，听了这话突然挺直了腰板："他敢？！我要是没完没了起来，该小心的还不知道是谁呢。"

见康万里没有任何胆怯之意，詹英才便不再多说，只挑最重要的事情提醒了他几句："不管怎么说你还是注意点儿，这几天最好别落单。"

康万里感受到知己由衷的关心之情，那颗因花铭而烦躁的心终于受到安慰。

他用力抓住詹英才的手，激动地说："知己，你对我真好，我在靖博读书最大的好处就是遇到了你。真的，我好感动。"

王可心酸了一下："那我呢？"

康万里说："没有你，你不懂男人的爱好。"

他们正说着话，门口的人群有些骚动起来，有人出声喊："康万里！有人找你！"

谁啊？康万里看过去，门外一个漂亮的女生对他招了招手，她面色忧虑，正是蒋甜。

学校的楼梯旁，徐凤的目光时不时看向花铭，脑门儿上写满了问号。绝对不是他的错觉，他明显感觉到这一整个中午铭哥的精神都异常亢奋。到底发生什么事了？铭哥心情这么好？

徐凤不知道具体情况，只能感受到铭哥的情绪变动。作为从小一起长大的兄弟，徐凤感觉好寂寞，自从开了学，他好像越来越看不懂铭哥了！

尤其还有个康万里……说到这人，徐凤想起中午遇见康万里的事情还没找到机会和铭哥说。花铭正在哼歌，徐凤有点儿舍不得打断，只怪铭哥哼歌实在太好听了。

两个人快到教室时,不知跑到哪儿去的杨复终于从身后追上来,递上一个干净剔透的包装盒:"小花,买到了。"

买什么了?徐凤急忙看去,发现包装盒里是一盒洗得干干净净还带着水滴的深红色樱桃。

"水果?铭哥你干吗突然买水果?"徐凤收不住话,"你想吃樱桃啊?你想吃跟我说啊,我给你买嘛,让他跑什么,他哪儿有我跑得快?"

杨复笑了:"嗬。"

徐凤被他惹到了:"你有病是吧?每天不针对我不行啊!"

花铭的心情果然不错,他将包装盒接过来,脸上带了些笑容:"你也说是突然。"

徐凤的注意力被樱桃盒吸引了过去,里面的樱桃一个个又大又圆,看起来非常可口。他平时对这些东西没什么兴趣,现在看到了却突然有点儿嘴馋。

"铭哥……"

花铭淡淡地说:"不是给你的。"

徐凤:"……"他还没要呢!再说,不是给我的那是给谁的?原来你不是自己想吃吗?

花铭和徐凤、杨复走到门口,远远看见了站在走廊里的康万里。花铭的神情微变,他光是看见康万里的身影便心情愉快。

花铭随手挥别了徐凤、杨复,走过去轻声叫道:"康万里。"

走得近了,花铭突然发现康万里的身前还站着一个人,很眼熟。那人有着一张清纯的漂亮脸蛋,身着校服短裙,颇为惹眼。

此刻康万里正和她站在墙角里,两个人不知在说些什么。说着说着,康万里拍了拍蒋甜的肩膀,两个人凑得极近。

花铭的左眼皮跳了一下,他本没有打断别人谈话的打算,现在则毫不犹豫地走上前去,走到两个人身边时,刚好听到对话。

蒋甜问:"那他呢?他没认出你吧?"

155

这句话说得太快，花铭没来得及思索是什么意思，因为蒋甜和康万里被他吓了一跳，尤其是蒋甜，她脸色大变，条件反射地轻轻捂住了嘴，一副失言的神情。

怎么回事？为什么他们会是这个态度？

花铭正想说些什么，康万里忽然没好气地问："你来干什么？"

听到这句质问的话，花铭的眉头皱了起来，不快感来得更加明显。康万里的语气一向如此，花铭从来没在意过，眼下却觉得十分不愉快。

和蒋甜说话时没见康万里横眉竖眼，一看见他来就冷言冷语的……这种区别对待，他并不喜欢。

当下，花铭没空在意蒋甜的反应。他顿了顿，淡淡地说："我只是来提醒你，快上课了。"

康万里恍惚了一下，知道花铭说的是事实。他脸色怪异，顿时有种人家好心帮忙自己却不识好歹的羞愧感。

这人干吗老对他假好心？他正不知道该怎么面对花铭呢，花铭竟然主动撞到他的枪口上！好烦啊！

虽然现在花铭似乎对他失去了耐性，可当初在电梯里发生的事情都是事实，浑蛋的本质还是浑蛋！

康万里闷声回答："知道了，知道了，要你多事！"

话虽凶，语气已在不知不觉间软了下来。

蒋甜看着他们俩说话，发现他们之间并没有像她担心的那样针锋相对，于是更觉得自己刚才不小心多嘴了。

她急忙笑笑，告辞道："花铭说得对，那我先回去了。"

康万里闷头回了教室，两个人相继落座，气氛有些怪异。

花铭问："你们两个在交往？"

康万里懒得回答，冷哼了一声："哼。"

花铭追问："你喜欢她？"

康万里没说话。

花铭喋喋不休："你中午闹事是单纯报复尚辉，还是也有她的原因？"

这和蒋甜有什么关系？康万里不明所以："你乱说什么呢？"

花铭："我查过，尚辉不止一次骚扰过蒋甜。"

还有这种事？康万里现在才知道。阿修当初和他提过一嘴，原来骚扰蒋甜的人就是尚辉，他不由得陷入思考之中。

康万里在对话中途突然不说话，在花铭看来仿佛一种默认行为。花铭神色淡淡的，眼皮已跳得格外欢快。

两个人谁都没说话，过了几秒，上课铃响起，花铭忽然将樱桃盒拍在了桌面上。

康万里瞬间被那一盒红艳艳的樱桃吸引了视线，情不自禁地问："你买樱桃啦？"

花铭："哼。"

立场反转，康万里完全没注意到自己变成了追问的那个人，不自觉地说："原来你也喜欢吃樱桃。"

花铭："不喜欢。"

康万里："那你这是……"

花铭："买来馋你的。就放在这里，一颗都不给你。"

康万里：这也太过分了！

康万里原本还想着有没有可能分到一颗，哪儿想到被花铭一秒气炸。他愤愤地扭过头，满脸不高兴的样子。

花铭看了他几眼，又开口说："对了，中午的事情你可以放心，我不会告诉别人。"

提到中午的事，康万里彻底炸毛了。他死死盯着花铭，好像要咬掉花铭的一块儿肉。花铭全然不在乎，沐浴在康万里恨恨的目光下，不但没生气，反而流露出一丝轻微的笑容。

这就对了，终于对了，康万里的脑子里怎么能装着别人？

花铭就是康万里的冤家，只要和花铭扯上关系，康万里每回

157

都得气个半死。幸好花铭很少在上课时间打搅他，不会影响他上课。

康万里生着闷气熬了一下午，一点儿没见好，越来越气。那个花铭竟然真的说到做到，那盒樱桃一颗没动，就放在那里馋他！

太狠了！这还是人吗？康万里一点儿都不想搭理花铭。

他气得越厉害，胆量就越大。不知道是不是和徐凤的话有关系，他总觉得只要花铭不做什么过分的事，这人似乎就没有那么可怕了。

又过了一下午，中间时常有别的班的学生过来看两眼。康万里和尚辉闹起来的事情如今全校皆知，大家看他的眼神都有了变化，大概是发现他的相貌和传闻中不同，而且他一点儿都不好惹。

康万里并不反感这种变化，觉得刚刚好。早就该让别人知道了，他才不胆小怕事呢。

这件事暂且拖了一阵，晚自习后，许娉叫康万里去了办公室。这位温柔的女老师和一班的那个班主任唯一相似的地方就是护短。

谈话之前，她瞧见康万里受的伤，仿佛比自己受了伤更难过："以后一定要注意，千万别再随便动手了。"

康万里一本正经地说："我平时不动手的，这次虽然是我先动的手，但我觉得自己没错，我就是要教训他。"

一般情况下学生说出这种话必然会被老师训斥一番，然而许娉的神态只有无奈，她说话时依旧很温柔："老师相信你不会没有理由就胡乱动手，但老师担心你的身体，你要是受了伤，你的家人得多担心啊。"

硬话康万里百分百不听，这种软话却招架不住。康万里顿了顿，说不出话了。

许娉接着说："有的时候学生之间有矛盾，未必非要自己解决。你可以跟老师反应。"说着，许娉打量着康万里的神色，见好就收，"现在说这些也没用，先说说中午的事吧，你为什么动手？"

康万里觉得许娉说话的神情和他做大学教授的母亲大人有点

儿像，他完全没办法顶嘴，只能乖乖地把前因后果说了一通。

许娉了解完毕，心里的拼图越来越清晰。她就知道康万里不是那种孩子，这事明明就是尚辉开的头。

康万里今天动手了，事情才闹到老师这边来，那如果他没动手，尚辉岂不是变本加厉？这不是学生之间的恶作剧，分明就是校园欺凌行为。

许娉越想越生气："车链子被破坏的事情你和家人说了吗？"

康万里："没有。"

许娉："为什么不说？"

康万里直愣愣地反问："为什么要说？这是我自己的事。"

许娉愣了愣，一方面觉得爱面子是男孩子的通病，另一方面又忽然发觉，这孩子说得堂堂正正，一点儿都没从尚辉那里感受到压力。尚辉可能真的是在欺负人，可被人欺负的康万里并没有感受到被欺负的恐惧。

许娉一时不知道该说什么好，叹了一口气，想到了孔文君那边的情况。作为尚辉的班主任，孔老师强烈要求给康万里和花铭严厉的处罚，她估计哪怕自己现在亲自去说明事实，孔文君也不会相信。

许娉已经有了直觉，这事最后的处理结果百分之八十是偏向尚辉那边，一是因为康万里说的两件事情都没有证据，他先动手的事情却目击者众多；二是因为对学校而言，康万里是八班的差生，而尚辉是一班的尖子生。

说来说去，也怪康万里的成绩实在是太差了。许娉为自己没办法保护学生而自责，但现在她能做的事只有给康万里打预防针。

她劝慰他说："老师尽量不让事情闹大，不用请家长，记过能免则免，但通报批评……应该是躲不过去的。"

康万里点头说："无所谓。"

许娉只能叹息："尚辉……在学校的文化生里是年级前几名，

学校正想让他保送B大。"

说到这个,许娉急忙顿住。她想起康万里平时好学的状态和低到离谱的复读成绩,匆忙改口,生怕打击到康万里的自尊心。

"万里啊,你也不要灰心,我相信只要你保持现在的状态好好学习,一定会取得很大的进步。"

康万里当然不灰心,极为自信地说:"必须啊,B大算什么?我闭着眼睛都能上B大,能入我的眼的只有京大!老师你放心吧,我明年一定上京大!"

本来想要鼓励康万里的许娉无言以对,她刚才想说什么来着?总之……总之……

许娉小声说:"加……加油?"

康万里从办公室里出来的时候教室里已经空了,他想防着花铭骚扰他,结果发现花铭已经走了。

走了?花铭竟然走了!

康万里十分不自在,没被花铭骚扰两句,感觉生活中好像缺了点儿什么。意识到自己在想什么,康万里愕然跺脚,看看!他已经被荼毒成什么样了?!

康万里背上书包回家,上楼的时候刻意躲开了张阿姨,可他小心谨慎地避开了张阿姨,却避不开在同一个房间里的小风。

康千风眼尖地发现他没戴眼镜,耳朵上还有伤,脸色当即十分难看:"你和人打架了?"

康万里被老师抓包时无所畏惧,被小风抓包时尿得要死。他支支吾吾地说:"没有啊,这是我自己不小心刮到的。"

胡说八道!康千风生气地说:"你还瞒我?我昨天就觉得不对劲。"

康万里死不承认:"真的没有,你不要担心。"

康千风还想再说什么,却被康万里捂住嘴:"小风,你快安静,别影响我学习。"

这么大一顶帽子扣在头上,康千风哪里还看不出康万里的态度,这是死活不肯说了。

康万里顶着小风的目光,心里过意不去,但交代是不可能交代的。他硬着头皮坐到桌子旁,准备做作业,正要打开书包,手机响了起来。微信收到两条消息,发信人是花铭。

花铭?怎么会是花铭?说起来他已经和花铭加了微信,他差点儿忘了。花铭找他干什么?他才不要理这人!

这样想着,康万里的动作却正好相反,他迫不及待地点开了消息。他也不想,可就是在意。

花铭的消息言简意赅。

FLEUR:出来玩儿。
FLEUR:明天放假。

明天是星期六,对靖博的学生而言是假期,对康万里而言不是。星期六是用来自主上自习的好不好?他要学习,他爱学习!再说花铭叫他出去玩儿他能去吗?当然不!

追风的少年:不去!

康万里果断拒绝,然后把花铭的微信备注改为了"浑蛋",改完脑海中忽然闪过花铭这几天的"假好心"和"平淡反应",稍微犹豫了一阵,有点儿心软,再次更改为"大花"。

叫花铭大花而不是浑蛋,他真是太给花铭面子了!

康万里美滋滋地盯着微信框,等待着花铭的死缠烂打,结果过了十多秒花铭才回复。

大花:哦。

161

一个"哦",没了。康万里难以置信,这就完了?这人不再叫两次吗?为什么啊?

花铭自从见到他的脸之后就态度巨变,才两天这就……康万里感觉自己的颜值受到了侮辱。

区区花铭竟然敢冷淡我康傲天!康万里气得不行,手指在消息框里按了半天,最终什么都没发出去。

康千风在背后盯着康万里,发现康万里脸色不对劲,不由得怀疑康万里正和闹事的对象在手机上争吵。

他从康万里背后凑过去,瞥了一眼对方的名字——大花。康千风满头问号,哥哥在和狗吵架?

康千风想继续看,康万里却已经收起手机,拉开书包,准备写作业。猜到强问必然无果,康千风叹了一口气,重新回到床上。

康万里没注意到身后的动静,气鼓鼓地拉开书包,想在作业中发泄情绪,结果一拉开,整个人忽地愣住。

他的书包里安静地躺着一盒红樱桃,鲜艳欲滴,正是花铭说无论如何都不让他吃一颗的那盒樱桃。

康万里:"……"

什么啊?一盒樱桃而已,真以为他稀罕吗?他才不呢!

康万里把头埋在手臂里,小声骂道:"去你的……"

康万里缓了好半天,然后选出一套化学题做起来。他做得认真,没注意到手机又响了两声。

大花:明天接你。

大花:早点儿起来。

康万里作息很规律,周末也不睡懒觉。第二天一早,康万里照常起床,吃过饭不久,还穿着睡衣、睡裤在客厅里瞎蹦跶。

手机忽然响起一连串的提示音,是一通视频电话。手机的声音比较大，张阿姨听得清清楚楚，不由得问："谁啊？"

康万里也奇怪是谁在大早上找他，赶紧拿起手机，入目两个大字——大花。

花铭？干什么啊？一大早打视频电话？我跟你很熟吗？你给我打视频电话干什么？！

康万里毫不留情地挂断，但很快，对方又打了一通视频电话过来。连续不断的声音吸引了康千风的注意，康万里急忙灰溜溜地走开，回到房间里接通视频。

他开口便骂："干吗？你有毛病？"

花铭的脸浮现在手机上，带着微笑。他穿着自己的日常私服，中分的头发松松散散的，整个人看上去比平时穿校服的时候多了两分不羁感。

花铭："刚起？"

和花铭一对比，此刻的康万里顶着一头凌乱的头发，露出来的衣领是印着花的睡衣，十分注意形象。

康万里快速调转镜头，让花铭只能看到地板。看什么看？像我这种好男儿的素颜是你想看就看的吗？

康万里看到花铭的脸，觉得对方收拾得比自己酷，火气登时便上了身。他没好气地说："你有什么事？"

花铭完全无视康万里的语气，只说："我到了。"

到了？他到哪儿了？康万里正奇怪，花铭移动手机，照到了周边的环境——是他们家小区门口。

康万里瞬间炸毛："你在我们小区？你来干吗？"

花铭一张嘴，清晨的冷空气凝出了少量的白雾："说了接你。"

这人什么时候说的？他怎么不知道？康万里不服气，回头翻了翻聊天记录，发现竟然真的有两条他没看到的微信消息。

康万里有点儿想骂人。他不高兴地说："我让你来了吗？你发了我又没同意！赶紧走，谁用你接我？我都说了我不出去玩儿，我要上自习，我要学习！"

花铭很有耐心地说："我知道，我看见了。"

康万里冷笑："那你还来？"

花铭轻笑："我来找你学习啊。"

康万里脱口而出："胡扯！"骗谁呢你？就你还上自习？你先好好上课吧！

花铭扯了扯衣服，看起来似乎有点儿冷。他不再啰唆，简短地说："下来，我送你去学校。"

康万里忍不住翻了个白眼。我可去你的吧，你让我下去我就下去？我就不去！

康万里冷声说："你赶紧走吧，我自己在家上自习简直不要更爽。"

康万里不想和花铭多说，迅速挂断视频电话。看到花铭的脸消失，康万里一阵神清气爽。

他不去，绝对不去。他是傻了才会和花铭扯上关系！

康万里心情大好，换了身衣服，来到书桌前翻开卷子，可刚做了两道题思绪便有些分散。

不知道花铭走了没有？这人可别真在门口等他吧？反正他是绝对不会下去的！花铭爱等就等，和他可没关系！

康万里努力聚精会神，可到底没办法集中精力。他忍不住从窗口望下去，探头探脑，可惜从他的角度根本看不到别墅区的门口。

花铭到底为什么要来？不是对跟他交朋友没耐性了吗？康万里纠结几秒，花铭终于发了消息过来。

有消息总比因为没消息而心里没底要好多了，康万里急忙看过去。花铭没发文字，只发来了一张照片。照片上的背景是他们小区门口，花铭一个人坐在一辆银色摩托上。

摩托……改装的摩托！超级帅的改装摩托！帅到他无法不心

动的那种改装摩托!

青春期的男生向来对这种东西毫无抵抗力,康万里更是其中的佼佼者。他嘴上念叨着"我稳如泰山",身体却诚实得很,穿上鞋子一溜烟儿地跑去门口,远远就看见了花铭和帅摩托!

这太酷了吧!康万里的眼睛都有点儿直了。他一路跑过去,走得近了,更是感叹这辆摩托的颜值,可比他的主人要完美多了。

花铭成功把人叫了下来,似笑非笑地问:"走不走?"

康万里神情复杂,看花铭的神情有些轻蔑:"你竟然有钱买这么贵的车?"

康万里家里条件很好,但和家庭风气有关,哪怕把他和小风的零花钱放在一起,估计也只能买个车轮子。

花铭随意地说:"嗯,投胎投得好。"

康万里卡住,瞪他一眼,回头再看这辆摩托,还是怎么看怎么心动。康万里真的心痒痒,好想跑一圈,要不……就出去一趟?

反正他现在已经有了心理准备,对花铭也没有之前那么怕了。花铭要是有什么举动,他正好逮着机会把花铭揍一顿,报第一次见面时结下的仇。

康万里已经动摇,嘴上还坚持着说:"你老缠着我干什么?你不是有好几个朋友吗?那个姓徐的,还有杨复?"

花铭:"你们的作用不一样。"

康万里没想到会是这个答案,不由得皱眉:"我是什么作用?"

花铭诚实地说:"你是用来逗趣儿的。"

逗趣儿?哪个逗趣儿?哪个逗趣儿也不行啊!这说的还是人话吗?!

康万里破口大骂:"滚!就你还想逗我玩儿,我逗你玩儿还差不多!"

花铭用哄人的语气说:"行,我们互相逗趣儿。"

一股火堵在康万里的胸口:"谁和你互相逗趣儿?你配吗?"

花铭:"不配,我不配,我们走吧。"

康万里特别烦花铭用这种哄孩子的语气跟他说话,仿佛在故意让着他一样。昨天那个樱桃就是,之前他说什么花铭都不给,后来却偷偷塞进他的书包里,不就是在另一个层面上把他当成孩子嘲笑吗?

康万里趁着火气在花铭身上捶了两下,花铭并没有躲闪,搞得更像是康万里在无理取闹。

康万里的头发都要竖起来了,他冷冷地瞪着花铭:"我们去哪儿?"

花铭露出微笑:"你不是要自习?去学校。"

康万里这回真愣了。他以为花铭是在和他开玩笑,非要拖他出去玩儿,没想到花铭竟然真的想去学校。他十分诧异,看不懂花铭到底想做什么。

花铭问:"还带东西吗?"

如果要去学校,自然是要带的。康万里犹豫不定,缓缓地说:"带,那你在这儿等会儿。"

康万里转身要走,花铭忽然说:"记得把你的自行车推出来。"

康万里愣了愣:"要自行车干吗?"

花铭:"去学校不骑车吗?"

康万里满脸问号:"啊?骑车?这不是有改装摩托吗?"

花铭:"我不会骑。"

康万里:"啊?"不会骑?你不会骑?

康万里:"那你把它带过来干吗?"

花铭摊手:"骗你下楼啊。"

康万里:"……"

花铭:"我开玩笑的。"

康万里:"……"

康万里深深地吸了一口气,脑袋快气爆了。花铭看着他涨红的脸,哈哈哈地笑起来。

康万里:"那你到底有没有驾照?"这个他还是得问清楚的。

"当然有了!我都成年了啊,早就拿到驾照了。"

两个人耽误了好久,终于出发去学校。

花铭骑在摩托上,戴着银色头盔。康万里坐在后面,不肯拉着花铭的衣服,只死死地掐着后面的车座感受了一路的风驰电掣,差点儿就吐了。

说爽吧,他心里似乎爽了;说不爽吧,身体也是真难受。

康万里难受了好一阵,在心里把花铭骂了一万遍。到学校后,康万里头也不回地去自己的座位自习,花铭拉动桌子,坐在他的正对面。

星期六的靖博高中,哪怕是住宿生也没人来主动自习,整个教室里就只有康万里和花铭两个人。

周围静悄悄的,对面却杵着个人盯着自己,换了谁也受不了。

康万里无语地说:"盯着我有意思吗?"

花铭:"一般。"

康万里:"一般你还看?"

花铭:"不然没事做,我和你说话会影响你学习。"

这人说得好像多为他着想一样,要是真为他着想,干吗非得让他出来?他们俩面对面上自习,感觉相当诡异好吗?

康万里受不了,觉得他们需要沟通:"我真不明白,你非叫我来图什么?"

花铭撑起手来,似乎也想进行对话:"非叫你,怎么说?"

康万里:"全班那么多人,你怎么不叫别人?"

花铭悠然地说:"全班那么多人,只有一个是我同桌。"

康万里:"同桌很熟吗?"

花铭:"比一般同学熟吧。"

康万里一时语塞,觉得花铭说得好像没什么不对,又好像哪里都不对。

他一时迷糊，皱紧了眉头，直戳关键之处："你对我真的没什么不可告人企图？"

花铭愣了愣，笑了："你……你很有自信。"

康万里受到嘲讽，非常难以接受。花铭抿了抿嘴，几乎要笑晕过去。

康万里气炸了，用力拍了拍桌子："笑什么！你闭嘴！"

花铭一笑，康万里就被激得面红耳赤，哪儿还有心思学习，光是和花铭面对面他都觉得脸皮发烫。他用力推开桌子起身。

花铭问："去哪儿？"

康万里："关你什么事？"

花铭不和他斗嘴，等他起身便跟在身后。

康万里气愤地说："我要去厕所！"

花铭："嗯，我也去。"

上个厕所也得跟人组团？他果然是个大浑蛋！康万里又愤怒起来。

花铭由着他张牙舞爪，看够了才随意地说："好了，乖一点儿，你最近不能落单。"

简单一句话就把康万里的话给堵了回去。

康万里不怕和花铭针锋相对，就怕花铭忽然温柔体贴。他一口气上不来，心里不自觉浮现一个大胆的想法。

花铭该不是在担心他吧？因为怕他落单，所以才这么缠着他？

康万里的感觉当即变得极其复杂，和吃了一盆子苍蝇差不多。虽然他没吃过苍蝇，但他猜想吃苍蝇都没有这么难受。他现在感觉特别诡异还特别不好意思！

康万里没有办法理直气壮地嘲讽花铭，一转眼就气势全消，支支吾吾地说不出话来。

得了便宜的花铭还偏偏和他说话："走啊，一起去。"

还去什么啊？不去了！康万里偃旗息鼓，闷声闷气地回到座位上，花铭又如影随形地坐在他对面。

康万里瞪他："你烦死了。"

花铭轻笑着说："这话应该放在心里想。"

康万里没在怕的："我就是故意说给你听的。"

花铭："挺好听，你可以再说几句。"

花铭斗起嘴来根本就没完没了，康万里举起书："你别跟我讲话。"

花铭很纵容地点了点头，不知从哪里取出了两盒洗干净的水果放在桌面上。康万里怔了怔，感觉更怪了。

水果？竟然还有水果？昨天就算了，今天花铭还准备了两盒，太不正常了。

康万里警惕地说："你是不是下药了？"

花铭："下什么药？"

当然是泻药啊！康万里的表情忽然有些一言难尽，他还真说不出口。有上次误会花铭对自己别有所图的前车之鉴，眼下康万里感觉特别没底，万一再闹误会了怎么办？

花铭特别喜欢看康万里这副受了欺负又说不出口的模样，之前他只能从康万里的声音和动作来感受康万里的状态，而现在能看到康万里的脸。

他看到康万里的脸上不断浮现的各种生动的表情，觉得很有趣。真是有趣，康万里为什么会这么有趣？

花铭继续说："不放心就别吃了。"

他作势要收水果，康万里急忙伸出手按住水果盒，严肃地说："水果做错了什么？圣女果是无辜的，火龙果也无辜，猕猴桃也无辜，总之都无辜。"

原来除了樱桃，康万里最喜欢吃这三样水果，花铭有意记了一下，愉悦地笑出了声。

康万里紧紧地闭上嘴,拒绝再和花铭讲话。花铭见好就收,也不纠缠。他撑着手,合上眼睛,听着康万里写字时的沙沙声。

过了一会儿,康万里忍不住偷看花铭,发现这人就这样悄悄地睡着了。花铭竟然就这么睡着了?康万里的心情简直无法用语言来形容。

他就没见过这种人,把他弄到学校来,弄得他胆战心惊,这人倒睡着了!

康万里忽然冒出些恶意,用笔在花铭的脸颊上涂了一笔。花铭的眉宇纹丝未动,康万里看他没反应,舒了一口气,心里顿时爽快多了。

这样才对,他早就想出一口气了!

不过他也只敢涂一笔。他不怕花铭,却也不敢真的把花铭惹怒。他趁着舒心劲儿集中精神做卷子,做完一套数学,刚好过了一个小时。

康万里有些累,伸了个懒腰,花铭还在他对面睡觉,姿势都没换一个。这人的手竟然不麻,从某种意义上来说还挺厉害。

康万里收拾了一下,有点儿闲,于是戴上耳机听歌。精神分散之余,他无意识地盯着睡着的花铭看。

他真是越来越看不懂花铭了,这人到底在搞什么,为什么老是对他释放善意?难道是真的想和他交朋友?不……这人说不定是在故意让他放松警惕。

康万里正想着,冷不丁听见花铭说:"你想多了。"

康万里吓了一跳,和花铭对上视线,花铭对他弯了弯眼睛。

康万里像是被人抓包,不由得气愤地说:"你知道我在想什么就瞎说!"

花铭的声音带笑:"不管你在想什么,都想多了。"

康万里被人踩到痛脚,气得不行,花铭却又接着说:"你总是怪我,先招惹我的人明明是你。第一次,在操场,是你先招惹我的,你忘了？"

康万里直觉这话不对，先招惹自己的不是花铭吗？在画室旁那个该死的货梯里，那才是第一次啊。

康万里刚准备反驳，花铭就开口问："你在听什么？"

康万里的话被打断，他反应了一下才说："要你管。"

康万里的这句话花铭不知道听了多少次，他干脆摘下康万里的一只耳机放到自己耳边，静静地听了几秒。悠扬婉转的英文歌传来，歌曲旋律令人感到十分舒心，是经典老歌《昨日重现》。

花铭："你喜欢这首歌？"

康万里确实喜欢这种类型的歌，尤其是这种经典歌曲，无可取代。他听过很多版本，都觉得原版最好听，不过他并不想和花铭深谈自己的爱好。

花铭："这首歌我会唱。"

谁管你会不会唱！康万里没来得及回呛，花铭便跟着耳机里的音乐唱了两句。

花铭的声音离他极近，和歌曲里的女声重叠，有种说不出的温柔缱绻的感觉。

这是什么声音？康万里一点儿都不想承认，花铭唱的短短的两句歌，竟是无法形容的惊艳动听。他被刺激到了！

康万里推开花铭，目光震惊，花铭却像没事人一样，淡淡地望着他："怎么了？"

康万里支支吾吾的，不想说。他梗着脖子，转移话题："你的脸好脏。"

花铭摸了一下脸颊，果然摸下一抹黑色的笔油。

他看向康万里，康万里一脸刚强的表情："对，就是我画的，你能怎样？"

花铭看康万里一副貌似天不怕地不怕的样子，哑然失笑。他在自己的脸上随意一蹭，故技重施，像上次在出租车上一样抹在康万里的衣服上。

康万里炸了,这是他最喜欢的T恤之一,宝石蓝的呢,快赔他!

两个人正要开打,花铭的手机突然响起来,他单手按住康万里的头,示意休战:"谁?"

徐凤的声音传来:"哥,你在哪儿呢?我这边有事啊,快来支援我。"

花铭看了一眼康万里,毫不留情地说:"去不了,自己解决。"

徐凤哀号了一声,生怕花铭挂断电话,急忙喊道:"不行,真不行啊!今天是黛娇的生日,你要不来我这日子就没法儿过了。她早就让我请你,我给忘了。亲哥,帮我个忙,赶紧来吧,你在哪儿呢?我去接你。"

花铭:"我在学校。"

徐凤精神一振:"你在学校?不是吧,你在学校干吗?行,那你就在那儿别动,我现在过去。"

花铭打断他说:"不用,我自己去。"

花铭说完果断挂断电话,没几秒,徐凤便把坐标发了过来。

整通电话康万里听得清清楚楚,他露出解放了的神情,驱赶花铭:"太好了,你赶紧走。"

花铭并不介意,只说:"请你吃饭。"

康万里顿觉不妙,继而想到了什么,皱着眉拒绝:"不!我不去!"

花铭:"有好吃的,还有水果。"

康万里没好气地说:"我缺好吃的吗?我缺水果吗?瞧不起谁呢?!"

花铭微笑:"商量商量。"

康万里一票否定:"没商量!"

花铭无奈地说:"好吧。"

康万里露出得意的神情,仿佛取得了胜利,眼睛里格外有光彩。

花铭让他开心了一阵,然后动手掐住康万里的后脖颈,像提小鸡崽儿一样把他一路带出了教室:"走,吃饭去!"

康万里:不去!我不去!

第八章
恼羞成怒

室内，徐黛娇等得格外心急。她今天打扮得很漂亮，妆容清淡，可因为长时间等待，神色越来越不耐烦。

她时不时瞪两眼徐凤，自言自语："还不来吗？"

乔怡然安慰她说："别着急，还没到吃饭的时间。"

时间是没到，可徐黛娇等的何止是一顿饭的时间？她叹了一口气，在乔怡然的安慰下稍微平静了一些。

又过了一阵，终于传来摩托车的轰鸣声，徐黛娇神色一喜，开心地说："来了！"

两个女孩子急得跟什么似的，生怕别人看不出她们俩的心思。徐凤望着她们俩跑出去的背影，心情颇为复杂。

铭哥对徐黛娇是什么态度，他都看在眼里，可黛娇怎么就不接受现实呢？

再说那个乔怡然，徐凤看不太明白，不知道这个女孩儿是真为了黛娇着急，还是自己也存了些别的心思。唉，真不好说。这么一想，徐凤突然有点儿同情自己这个骄横但又头脑简单的妹妹。

杨复从背后推了徐凤一把，徐凤一个趔趄，差点儿摔倒。

徐凤立刻收回心思，只顾着生气："你没长嘴啊？用嘴说不行吗？推什么推？！"

室外，一辆超酷的改装摩托在门口停下来，车上下来两个人，都戴着头盔。

徐黛娇瞧见前面的人影，开心得不得了，叫了一声"花铭哥"，随后才注意到花铭这次来还带了别人。那人的脸捂在头盔里，穿衣品位让人一眼难尽。

花铭和他带来的人都摘下头盔，后者露出一张极为精致的面孔，徐黛娇不由得多看了他好几眼。

这人长得好漂亮，男生竟然能这么漂亮？

徐黛娇："这是？"

花铭简单介绍："同学。"

花铭带同学来自己的生日会？徐黛娇感觉有点儿奇怪。

她还没说话，身后的乔怡然就笑着说："刚才没看见脸，还以为你带的是谁呢，哈哈。"

不知道乔怡然这话是不是故意说的，徐黛娇很快回了神，不是女朋友就好，花铭带个同学来又算得了什么？

花铭望了乔怡然一眼，对这个人毫无印象，问道："谁？"

徐黛娇介绍："我小学同学，现在也在靖博读书，叫乔怡然。"

花铭完全不在意乔怡然是谁，回转话题，接着上句话说："嗯，带的是好朋友。"

徐黛娇由得笑了笑，那个被称为"好朋友"的人则翻了个白眼，非常明显地"呸"了一声。

好朋友？哪门子的好朋友！谁是你好朋友？开玩笑也不行！

徐凤这会儿才跟出来，瞧见康万里，大吃一惊："你怎么在这儿？"

康万里被徐凤看见过丑态，一看见他就想起自己的黑历史，于是态度非常冷漠："我难道是自己想来的吗？"

175

徐凤气乐了，转念一想，马上明白是铭哥把人领来的。难怪铭哥刚刚说自己在学校，原来是和康万里在一起，不过好不容易过个周末，铭哥干吗单独和康万里在一处？

徐凤向杨复投去疑惑的目光，想得到些同样好奇的认同感，不承想杨复完全不看他，只对着花铭说："小花快进来，今天有蛋糕。"

一行人陆续进门，康万里尚有些不情愿，花铭继续掐着他的后脖颈，直掐得康万里吱哇乱叫放狠话："你给我等着！"

花铭不轻不重地回答："等你，你可千万要来。"

康万里："……"

徐黛娇这次过生日没请太多人，就他们几个，地点也不在饭店里，而是徐家在郊区的独栋别墅里。

这座别墅十分宽阔，中庭还有室内游泳池。康万里被游泳池吸引了视线，走着走着不由得哇了一声。

好棒！太棒了吧！

花铭随意地问："你家没有吗？"

康万里家的房子建得比较早，当时他和小风都小，为了安全，家里特意没有修建游泳池，这么多年也一直没弄。

康万里如实回答："没有。"

花铭不觉得如何，其他人却都从中得到了别的信息。康万里这么惊喜，俨然一副没见过世面的样子，加上他穿着奇怪的衣服，全身上下没一件牌子货，家庭条件应该一般。

走过中庭，徐黛娇欣喜地把人引进房间，他们家有自己的私人歌房，装修得十分漂亮。

眼见着要进门，徐凤忙偷偷扯住花铭，小声说："等等，等等，有事。"

花铭有些不情愿地放开康万里，问道："嗯？"

徐凤左右瞧瞧，小心翼翼地从楼梯后拿出一个漂亮的礼盒，递过来说："拿着，给我妹的礼物，我给你准备了一份。没办法，你要是不送，她非得念叨到明年这个时候。"

花铭接过来，随口问道："里面是什么？"

徐凤："给女孩子能送什么？裙子呗。"

徐凤在门外停留的工夫，康万里已经找好了位置坐下。他左右瞧瞧，总觉得别人家比自己家多了好多东西，不仅能游泳，还有歌房。反观他们家，全是书房，四个书房！

康万里嘴上说不缺吃的，但真来了除了吃也没别的事能做。只能盯着桌子上的餐品偷偷数菜。

他正数着，乔怡然忽然唤道："康万里？"

康万里应道："你认识我？"

乔怡然自然认识康万里，她在靖博的高三（1）班，和尚辉、蒋甜都是同学。她听过康万里的传闻，在今天之前也偷偷见过康万里，只是不明白花铭为什么会带康万里过来。

乔怡然认识康万里，康万里却并不认识眼前这个女孩儿，他想了好久，好像勉强搜刮出一点儿信息。

詹英才曾经说过，学校里有两个很漂亮的女生，除了蒋甜就是乔怡然。现在康万里看看，确实如此，这个女孩子蛮漂亮，不过比起蒋甜少了一份清纯的气质，有些过于艳丽。

花铭和徐凤都进了屋，全员到齐，徐凤为了这位全家最宠的妹妹，非常不情愿但还是面带微笑地担任起了主持的任务。

"今天娇娇过生日，没怎么大办，大家开开心心的就好。来，蛋糕，蜡烛点起来！先来一首生日快乐歌。"

宴会是生日宴，周边的装饰很漂亮，气氛比较活跃，由徐凤起头，大家一起开唱："祝你生日快乐，祝你生日快乐……"

康万里是来凑数的，姑且配合着唱了两句，但等徐凤的妹妹吹了蜡烛，他便埋头开吃，彻底脱离话题。周围的一切都与他无关，事实上，除了花铭，其他人也都不在意他。

乔怡然叫徐黛娇许愿,徐黛娇双手合十,默默念叨了一会儿。她饱含着情绪地望了花铭一眼,花铭仿佛没看到,只说:"万里,慢点儿吃。"

既然特意把地点放在歌房,目的自然是要唱歌,徐凤自己举手,先为徐黛娇点了一首《梦醒时分》,然后扯着嗓子热情开唱。

歌房里热闹起来,乔怡然偷偷拉了拉徐黛娇,用眼神示意。徐黛娇何尝不想跟花铭搭话,可每次她要开口,花铭便侧头对身边的人说话。

康万里被叫烦了:"万里是你叫的吗?别叫得这么亲密!"

花铭被他撑,一点儿都不生气:"那我叫你什么?小康?"

康万里:"……"

花铭:"小万?"

康万里:"……"

花铭:"小万里?"

康万里极度不高兴:"我比你年龄大好吗?小什么小!"

说起年龄,康万里确实比花铭大一岁。

花铭眨了眨眼,忽然轻声叫道:"万里哥哥——"

康万里被他这么一叫,头皮都麻了。他厌恶地推了花铭一把,恨不得把人给蹬出去:"你恶不恶心?"

花铭忍不住笑起来。

徐凤的《梦醒时分》唱完,乔怡然和徐黛娇那边终于商量出了什么,乔怡然主动说:"早就听说花铭唱歌好听,以前艺术班的人都说花铭是全才,可一直没机会,今天刚好娇娇生日,娇娇也很想听,花铭要不要给她唱一首?"

这话一出,徐黛娇露出期待的目光,徐凤和杨复也向着花铭望过来。说实话,徐凤是很想听的,花铭自从退了音乐班,几乎没再唱过歌,只是偶尔哼哼两句,还得是在心情非常好的情况下。乔怡然这么一问,确实有点儿令人期待。

康万里本来对他们的交流充耳不闻,但听到"唱歌"这两个字,也不由得跟着瞧了一眼。

花铭唱歌?他要唱什么?康万里绝不承认自己只因为听花铭唱过两句就有点儿期待。

话筒被递到眼前,花铭还是没有动作,淡淡地说:"没心情,不想唱。"

他一口回绝,毫不给人留情面,乔怡然和徐黛娇脸色顿时都有些不好看。

康万里不由得咂嘴。什么情况?之前在学校里花铭不是给他唱了吗?怎么这会儿又不唱了?喊,亏他有那么一点点想听。

康万里继续吃东西,吃到吃不下了,便起身出去消食。花铭有意和他一起去,可惜被徐黛娇叫住,只能看着康万里带着终于甩掉他的开心神情跑得无影无踪。

花铭心里失笑,转头问道:"嗯?"

徐黛娇经过了好久的心理斗争才鼓起勇气来到花铭身边,小心翼翼地说:"花铭哥……今天是我的生日,你可以满足我的一个愿望吗?一个就好。"

徐黛娇是徐凤的妹妹,花铭从小也见过很多次,到底没有那么冷酷无情,停了一秒,应道:"说吧。"

徐黛娇露出笑容,但似乎比刚才更加紧张。她斟酌着说:"上次我们去蒋甜的画室,你跟她要了一幅画,我……我想看看那幅画,可以吗?"

这件事在徐黛娇心里压了太久,她在意得不得了,时至今日,终于找机会问了出来。

这话正好戳中了徐凤的好奇点,徐凤也想知道那幅画究竟画了什么。于是徐凤虽然看得出花铭对这个要求有些排斥,但还是仗着人多和当下的气氛起哄。

徐凤:"对啊铭哥,拿出来看一下,就看一下,绝对不外传!"

179

花铭面无表情。

徐凤开始还用力起哄,但很快便发现花铭的态度不对,肩膀一缩,一下怂了:"没有……我开玩笑的,铭哥,你别这么看我,我闹着玩儿呢。"

花铭的神色实在说不上好,他一冷脸,周边全都跟着冷场。就在杨复都受不了了准备出来暖场时,花铭终于收敛起冷漠的神色,说道:"可以,看吧。"

寂静之中,已经心生悔意的徐凤硬着头皮凑过来。花铭没有十分生气,抬起手臂,不紧不慢地从挨着胸口处的衬衫口袋里取出一张四折的画纸。

徐黛娇注意的不多,只顾着盯着画看。画纸一展开,她无意识地屏住了呼吸,小声地啊了一声。

在这之前,她一直都没考虑过上面画的会是什么,只在意它是蒋甜画的,现在好不容易看到,忽然觉得有点儿怪异,一时不知道做何评价。

因为画是幅人像速写,却偏偏没有画出长相,只有个身材高挑的模特穿着短裙坐在椅子上。

徐黛娇想配合地说一句好看,可画上没画脸,如何说得出美丑?难道她要夸这个人腿长?徐黛娇实在看不出这画有什么特殊之处,想来想去,果然重点不是画,而是画这幅画的蒋甜。

徐凤的眼皮跳了一下,他和徐黛娇不一样,想法非常跑偏。之前铭哥让他找过一个人,他匆匆看了一眼画,立刻发觉这画的应该就是那个人,那人还穿着短裙!

乔怡然的身份和位置都容不得她过多参与,她只能远远地看上两眼。她努力思索着,心思格外活络。

她在学校里多次观察过花铭对蒋甜的态度,确定他们交集极少,所以花铭在意的人并不是蒋甜……

乔怡然盯着画像看,忽然感觉哪里不对。她是学跳舞的,对人的体形格外敏感，这画中的女孩子太高了，虽说穿着短裙，可身材比例完全没有女孩子该有的特征。

画上的人没有胸，也没有腰，蒋甜的画画水平很高，她不可能忽略这些细节，这画上的人说不定是个男的。

直觉作祟，乔怡然总觉得这个头和脸的轮廓似曾相识，应该在哪里见过。忽然，乔怡然脸色一变，似乎想到了什么。

她急忙调整神情，装作不经意地说："咦？这个人戴口罩的样子好像有点儿像康万里呀。"

花铭突然愣住，下一刻，猛地抬头看了乔怡然一眼。乔怡然和花铭对视的瞬间，心像是被人砸了一下，她险些回不过神来。

徐凤听见"康万里"三个字愣了一下，随后便开始笑，笑得上气不接下气："你胡说什么呢？你是不是想笑死我，哈哈哈——"

乔怡然恰到好处地显露出不好意思的神情，徐黛娇也笑了，拍拍乔怡然说："你怎么也会开这种玩笑？"

徐凤笑够了，见花铭不知何时收起了画，主动带起新的话题："好了，时间差不多了，我们别拖了。徐黛娇，赶紧把你的礼物拿走，最新款的手链，我给你买了，够意思了吧？以后别动不动就打扰我打游戏。"

徐黛娇瞪了哥哥一眼，面带笑容地收下礼物。

乔怡然和杨复也都送了礼盒，徐黛娇挨个儿收下，这才又和花铭搭话："花铭哥，你身后的那个盒子是送我的吗？"

歌房就那么大，东西根本藏不住，徐黛娇早就看见那个盒子了。她猜想花铭对这些事不上心，这礼物八成也是让徐凤随便买的，可只要能从花铭的手上接过来，这礼物对她而言就不一样了。她期待这一刻很久了。

花铭没说话，气氛有些冷场，徐凤急忙叫了一声："铭哥？"

花铭抬头，面上没什么表情："嗯？"

徐凤这才发现，花铭已经好半天没有说话了。徐凤觉得奇怪，可没有直接问，只指了指徐黛娇。

徐黛娇再度说："花铭哥，礼物……"

花铭似乎终于回了神，只是神情淡然，看不出情绪。他静了两秒，忽然说道："不是给你的。"

徐黛娇惊了一下，完全反应不过来："啊？"

话音刚落，花铭猛地站起身，单手抱住礼盒，淡淡地说："我还有事，先走了。"走到门口，花铭回过头，语调平常地说，"生日快乐。"

撂下这句话后，花铭的身影在门口消失不见。在场的几个人望着花铭忽然离去的身影，完全不明白发生了什么。

花铭走了？忽然就走了？还把礼盒也带走了？

徐凤哪儿有空在意徐黛娇的脸色？他发出一声惊呼："什么情况？"没人回应他，徐凤气得推了推杨复："问你呢！"

杨复摊摊手，非常随意地说："咱也不知道，咱也不敢问。"

徐凤：都什么时候了还跟我搞笑？我上手了啊！

花铭快步走出歌房，额头上有一根青筋疯狂跳动。他每走一步，都觉头涨得厉害，仿佛脑袋不是自己的，想不清楚东西。

那幅画像康万里？像吗？真的像吗？他不知道。

乔怡然随口一说，花铭的心里突然打开了一道闸门，有什么东西往外狂泻而出，他根本控制不住。可花铭无法思考，他对那个人的印象本就模糊，只记得那个人的腿部肌肉线条完美。

他越是着急，回忆就越混乱，无论他多么努力，头脑依然无法正常运作。就这么短短一会儿，花铭心跳过快，呼吸急促，几乎要喘不上气来。

是他吗？可能吗？康万里！康万里在哪儿？他现在在哪儿？

花铭在别墅里跑了起来，压制不住满腔的急躁感，大声喊道："康万里！"

康万里被他吓了一跳，声音从中庭传回来，非常不耐烦："干吗？喊什么喊！想吓死我吗？"

是康万里的声音，一如既往的语调，花铭听着忽然有些安心。听声音，这人应该在游泳池那边，怎么这么一小会儿人就跑到那边去了？

花铭向着那个方向赶去，觉得这几步的距离远得让人难以忍受。康万里为什么跑得这么快？为什么离自己这么远？

花铭越靠越近，终于瞧见康万里本人。

这人穿着宝蓝色上衣，正在泳池边晃荡，神色愉悦又向往。他看上去心情蛮好，比刚才在歌房里吃东西的时候开心多了。他就这么喜欢游泳？

花铭停住脚步，远远地望着他，不知想到了什么，忽然问道："你想下水？"

康万里没抬头，蹲下在泳池里随手划了一下，不高兴地说："你眼神有问题？自己看不出来？我当然想下！我闲得要发霉了好不好？都怪你非得让我过来！"

花铭紧紧盯着康万里，凝视着他穿着宽松长裤的双腿："你下吧，现在就下。"

康万里瞥过来，眼神像在看傻子："下什么下？！我怎么下？我都没有带泳裤。"

花铭："别墅里有，我去给你找。"

康万里惊讶地问："你给我找？"

他当花铭是说说，没想到这人真的转身就走，康万里急忙叫住花铭，不高兴地说："找什么找！找到我就能下了？人家过生日我一个外人在这里游泳，我有病啊？怎么可能真下！"

花铭止住脚步，同时回过头来，用迷迷糊糊的脑子思索着，理解康万里说的是事实。别墅里还有徐黛娇和乔怡然，有这两个人在，康万里无论如何也不能脱了衣服下水。

花铭向着康万里走过去，靠近康万里后忽然犹豫起来。

康万里猛地回过头,脸色瞬间大变。

这花铭怎么跟个鬼似的,一秒就跑到了他身后?!

"你在这儿吓唬人呢?!干吗突然……"说着,康万里停住声音,震惊地看着花铭的脸,一时说不出话。他刚才离得远没看清,现在才发现花铭的状态有些不对。

不对劲!太不对劲了!

花铭的眼神极为骇人,这个样子倒像是和人打架打急了眼,康万里严重怀疑花铭跟人起冲突了。

康万里每天都在挑衅花铭,却从来没见过花铭这个样子,一下子慌了神,惊慌地问:"你怎么了?出什么事了?"

花铭跟着康万里的声音问:"什么事?"

什么事你还问我!我怎么知道?心里这么想,康万里却不敢再和花铭乱吼。他看花铭的样子实在不对,心里无意识地担心起来。

是了,花铭是个浑蛋没错,可有了今天一整天的交流,康万里开始觉得花铭对他好像确实没有什么恶意。他要是一直防备着,倒像是自我意识过剩。

康万里刚刚不在歌房里,自然想不到事情和他有什么关系,只当是花铭在歌房里和别人有了什么摩擦。

康万里急忙问:"你和徐凤他们打架了,还是吵架了?你们关系不是很好吗?"

花铭恍惚地说:"打架?我和他们?"

康万里其实也觉得不太可能,据他的观察,徐凤和杨复与其说是把花铭当老大,就差供上了。

杨复每天送这送那,衣食住行什么都负责提醒,那个脾气差的徐凤也跑前跑后,所有事情都争着代劳。那样的两个人,确实不太可能会和花铭打架。

莫非是因为那两个女孩子?康万里试探着问:"是不是人家姑娘和你说什么了,然后你们吵架了?"

花铭："哪个女孩子？"

康万里："两个啊，她们不是都仰慕你吗？"

花铭反应了一下，奇怪康万里怎么知道，直觉两个人的话题有些跑偏，但还是问："你怎么知道？"

康万里不想和花铭扯东扯西："我长着眼睛不会自己看啊。"

花铭感觉有点儿不对味儿："你为什么看她们？你不是欣赏蒋甜吗？"

这都说到哪儿去了？康万里气愤地说："你说什么呢？我在问你话呢，跟蒋甜有什么关系？再说我看女孩子怎么了？我又不和你抢，就随便看两眼。"

花铭断章取义："不要随便看，她们不适合你。"

康万里又怒了："你在说什么呢？你喝多了吧！"

花铭身上没有酒味儿，哪儿能是醉了，可他也确实不对劲，东一句西一句的，换了谁跟他都说不明白。

花铭自己并不想东拉西扯，偏偏康万里的每一句话他都能挑出毛病，他忽然说道："你骂我两句。"

康万里怔了怔："啊？"

花铭："快骂。"

康万里愣住，彻底说不出话了。花铭是不是真的受到了什么打击，竟然自责到需要被骂？

花铭不知道康万里的想法，只是急切地想在康万里身上寻找熟悉感。他能想到的方法只有让康万里骂他，骂他是浑蛋也可以，他现在想被骂，现在就想听康万里骂他。

康万里很慌，觉得花铭明显出了什么问题，哪里还骂得出口。他主动摸了摸花铭的额头，慌张地问："你到底怎么了？你是不是哪里不舒服？"

花铭被他摸了一下额头，有些愣怔："你担心我？"

康万里不承认："你怎么这么多话，能不能好好回答我的问题？"

花铭："你为什么觉得我不舒服？"

康万里急了，花铭现在根本就没法儿和人沟通，脑子绝对进水了！

"我懒得跟你说话，你到底有没有事？"生怕花铭继续乱说，康万里急忙补充道，"没事就赶紧送我回去！"

终于，花铭说："走。"

走？啊？他们真的走？

康万里反应不过来，花铭转身就走，康万里小跑着跟了出去。到了门口，花铭已经戴好头盔等着他，他看不到花铭的脸和表情。

康万里闷声闷气地坐上摩托，花铭带着他像风一样冲了出去，康万里被那超快的速度惊得心差点儿蹦出来，条件反射地掐住了花铭的腰。

康万里在花铭耳边喊："花铭！死花铭！你疯了？要死啊！"

车速太快了，比之前快了不止一倍，这哪里还是兜风？

康万里惜命得很，眼泪险些飙出来，他死死抓着花铭不放。足足这么飙了十多分钟，康万里差点儿以为自己要死了，花铭的车速才渐渐慢下来。

两个人一路无话，等到了康万里家的小区门口，康万里的一双腿已经软了，一点儿力气也使不上。

花铭先下的车，然后拉着康万里把他从车上拖下来，淡淡地说："到了。"

康万里用眼神问候了花铭全家，嘴上缓慢地说："你有病，你真的是神经病！"

花铭潇洒地摘下头盔，不知道这一路都想了什么，看状态似乎比之前冷静了许多，只是盯着康万里的眼神还是很怪，有点儿让人毛骨悚然。

康万里觉得自己就不应该担心他，看看，他已经自愈了！

经过一次"死里逃生",康万里什么心情都没了,恨不得立刻就走,但花铭忽然拉住他:"等一下。"

康万里有点儿想吃人:"还干吗?!"

花铭定定地望着康万里,整理着自己的思绪。他现在已经冷静下来了,可其他的事还想不清楚。

花铭记不得那个男生的长相,记不得他的声音,可记住了一个很重要的特征——他应该是个女装癖。

花铭一时间感受到了前所未有的紧张,康万里究竟是不是那个男生就看接下来的反应了。

花铭稳住呼吸,露出十分和善的微笑:"我有礼物送给你。"

康万里的眉头皱在一起:"啊?"

礼物?送给他?是不是有哪里不对?送他礼物干吗?他又不过生日。

花铭将包装精美的礼盒递上去,轻轻地说:"我希望你能喜欢,不,你一定要喜欢,如果你不介意,我希望你现在就穿上。"

康万里满脸问号,一句话都听不懂。他痴呆地接过盒子,不知道该做何反应。花铭对他点了点头,示意他打开盒子。

康万里感觉莫名其妙,顺势掀开盒子一角,露出礼物的真容,是一条堪称流光溢彩的裙子。

裙子……小裙子?

花铭期待地问:"喜欢吗?你喜欢对吗?你特别想要对吗?"

康万里怔住了。

花铭的眼睛在闪光:"你不需要在我面前压抑你内心深处的渴望,作为朋友,我不会看不起你!相信我!"

康万里就像个活体河豚,当场就气炸了。

你怎么不赶紧走啊?!

康万里气疯了!亏他还傻乎乎地担心花铭,这个人竟然拿他当初穿裙子的事情笑话他,这是侮辱谁呢?!

康万里的脑门儿上青筋直跳，双手发抖。他一边抖一边把盒子扣紧，然后猛地向花铭砸了过去，一面砸还一面破口大骂："花铭！你完了！你这个浑蛋！我今天就让你回不了家！"

花铭期待着，却猝不及防地被一盒子"爆头"，当场蒙了。他不知道被打是意味着康万里被他说中恼羞成怒，还是他彻底猜错了，只能一边躲闪一边再度尝试。

"你恼了？你不喜欢裙子？

康万里气极了，没想到这人挨了揍不仅不消停，反而更来劲了。康万里的大脑当场死机，他口不择言地骂道："滚啊浑蛋！谁喜欢裙子？你有完没完？"

听康万里极度排斥的语气，似乎他真的非常厌恶裙子，花铭大失所望，可与此同时，冷不丁被康万里骂了两句浑蛋，神经一下被刺激到了。

骂得好啊，他一直……一直想听康万里说这两个字。花铭极有耐心地说："是我不好，你骂我吧，怎么骂都可以，我不生气。"

康万里瞬间打了一个哆嗦，气得脑子都糊涂了。

什么啊？这都是什么啊？！这人刚侮辱了他转头就道歉？把他当什么了？真以为道歉有用吗？想得美！花铭明明就是有病，活该挨揍！

康万里又捶了花铭两下，想要宣泄一身怒火，谁知道花铭一开始还躲一躲，后来就站在那里动也不动，任他捶。

康万里登时气得更加厉害了，把盒子往花铭身上一丢，狠狠地说："你滚！"

花铭怎么可能滚？

康万里气死了，花铭不走，他走还不行吗？

"你不滚我滚！"撂下这句话，康万里转身就跑，可他的腿因为刚下摩托车没有力气，根本跑不快，一使劲儿就像个兔子一样一蹦一蹦的。

花铭抱着盒子看着他的背影，猛地笑出声来："哈哈哈！"

康万里怎么会这么有意思？

康万里哪儿能想到自己都已经气到极点了，居然还要被花铭嘲笑。他羞耻极了，气得边跑边哭。

他哭了一路，蹦了一路，花铭还站在小区门口盯着他，直到他彻底没了影。

花铭止住笑声，陷入思考之中，随后骑着摩托车缓慢离去。

花铭走后，康千风拿着手机从树丛后走了出来，将屏幕上花铭的脸放大，终于看清了花铭的长相。

就是这个人？哥哥在学校闹事的对象？

康千风其实并没有跟着谁，他一直在这里等着康万里回家。因为这个令人糟心的哥哥什么都不说，他只能自己尝试调查一下。

谁知道他等了好久，好不容易等到康万里回来，却错过了出来的最佳时机，只能站在远处，尴尬地围观两个人的对话。

他听不到两个人说了些什么，只看见后来康万里动了手，幸好康万里一直占据上风，另外一个人没有还手，他这才忍住没有当场站出来。

康千风盯着手里的照片，并不想对花铭的长相做什么评价。他有自己的直觉，感觉这个人无论和康万里是什么关系，都不是什么善茬。这双眼睛，这个眼神，怎么看都不像个正常人该有的样子。

康千风在门口停了一会儿，想了很多东西，回家以后直奔二楼，在门口侧耳一听，毫不意外地听到康万里在房间里乱摔东西。

康千风顿了顿，无奈地叹了一口气。他推门进去，装作奇怪地问："你在干什么？声音好大。"

康万里吓了一跳，立马一个原地立正，尴尬站在原地，故作镇定地说："嗯？没什么啊。你回来了，干什么去了？"

康千风没回答，只问道："你没事吗？"

康万里："没事啊。"

康千风停下来，神色有些严肃："你真的没事吗？"

康万里底气不足："我没事啊！"

康万里都要气哭了还是什么都不肯说？康千风陷入了沉思。过了一会儿，他脱鞋上床，不再和康万里说话了。

康万里本想着趁小风不在发发脾气，不料被康千风撞到了。他小心翼翼地看着小风躺下，轻手轻脚地出了房间，自然也没注意到上铺的康千风一副若有所思的神情。

出来以后，康万里还是无法冷静，尤其是看到楼下的大花，立刻又想到花铭。

他指着大花骂道："你个坏东西！你还是个人吗你？！"

大花被骂了也没反应，甩着狗头在楼梯上来回翻滚，康万里又气又无奈，哼哼着用力揉了揉大花的肚子。

哈士奇一点儿都不痛苦，还发出幸福的嚎叫："嗷——"

拿狗撒气实在不像未来的京大学子应该有的举动，康万里揉着揉着便开始认真地摸狗，好不容易心态平和一些，他的手机忽然响起来。

康万里一看，发信人是大花。他又生气了，花铭还敢给他发信息？！他打开微信，消息一条接着一条。

大花：万里？

大花：康万里？

大花：真的生气了？

康万里怒气冲冲地打下一个"滚"字，想了想，又删除了。他才不要理花铭！他绝对不回消息，死都不回。

过了几秒，花铭没等到他的回复，又快速发来两条消息。

大花：今天你对我爱搭不理。

大花：明天的我还去找你。

大花：双手合十。

康万里咬牙切齿地敲打屏幕，用尽全身力气回复——滚吧你！

花铭盯着这条消息，几乎能从文字里看到康万里鲜活生气的表情。他等待了几秒，意料之中没有再收到任何回复。

康万里果然不回了，这脾气真是好懂。

大花：别一个人乱跑。

发送完成后，他不再关注消息，按下密码锁打开家门。家里没有人，花铭把钥匙丢在一边，径直去了浴室。

他在浴室站了许久，抹了一把脸，撑在墙壁上整理着思绪。

那个男生并不是康万里，康万里对女装的态度太过否定，这个事实他心里清楚。

他从浴室出来后看看手机，和康万里的对话框还显示在最上层。

花铭面色阴郁地盯了一会儿，忽然眉心一跳。片刻后，他坐到书桌前，仔细铺开他随手携带的那张画纸。

时隔几年之后，花铭突然产生了画画的欲望。他对任何东西感兴趣的时间总是短得让人难以置信，这还是他在抛弃画笔以后第一次产生了想要画些什么的强烈冲动。

这也是为什么他一定要找到那个画室里的男生的原因，从第一次见到那个男生起，他就重燃了作画的冲动。

他在以前的画具里挑了支铅笔，慢腾腾地削细、削尖，随后将蒋甜画出来的人物头部擦掉，毫不犹豫地开始下笔。

花铭画画的技术极其娴熟，寥寥几笔，一个新的人像便出现在纸上，和原本蒋甜画得还算不错的人体画像相接，形成一幅全新的速写。

如果此刻熟悉美术的蒋甜或者宁修在这里，一定会忍不住惊讶，花铭的画画水平哪怕是和画室的指导老师相比也不遑多让。

这人明明已经放弃美术有几年时间了，可落笔的成果依然能让人惊讶不已……这样的天赋，难怪会被人称作艺术全才。

时间静悄悄地流逝，十分钟后，花铭轻轻吹了一口气，细碎的铅笔屑掉落，画纸上浮现一张漂亮的脸蛋。

那人眼睛圆圆，鼻尖挺翘，脸颊鼓了起来，似乎相当生气——正是康万里。

啊——真好，真完美！

花铭趴在桌上，哼哼发笑，原来他还是可以拿起画笔的。过了好一阵，他的视线锁死在画纸上，画中的康万里正睁着大大的眼睛瞪着他，一如既往地在生气。

花铭哈哈地笑起来，笑够了，猛地起身收起那张纸。

康万里生着闷气独自一人过了周日，抱着非常排斥的心情迎来了新的周一。

他就是史上第一的倒霉蛋，明明生着花铭的气，却还是要和花铭坐在一桌，和花铭抬头不见低头见，简直让人绝望！

康万里这次真的特别生气，下定决心不理花铭。从进教室开始，他坚决不看花铭一眼，不和花铭说一句话，花铭却跟没事人似的，不只和他打招呼，还频繁和他搭话。

"万里，你来得很早啊。"

"万里，你吃饭了吗？"

"万里，作业做完了吗？"

不知道是不是康万里的错觉，他觉得今天的花铭比之前的任何一天都烦人。花铭不仅话变多了，语调还软绵绵的，听得人起了一身鸡皮疙瘩。

康万里不说话，花铭也完全不生气，转头去做自己的事情，心情一点儿都不受影响,然后过了一小会儿,又来第二轮——

"万里……"

康万里恶狠狠地说:"走开!"

花铭的声音带着笑意:"这么凶?"

康万里很生气,严肃地说:"我从今天……不,从现在开始,我绝对不和你讲话,你说什么都没用。你别惹我,我也不惹你,咱们俩井水不犯河水。"

康万里下了很大决心,不想再和花铭扯上关系。花铭是个神经病,他也不要再去猜测花铭的想法了,他要人工屏蔽花铭!

花铭就知道会这样,不由得说:"气性这么大?"

康万里转过头去,仿佛没听到。

花铭又说:"那我哄哄你,万里哥哥?"

若是一般情况,康万里肯定早就忍不住回话了,可现在这样还没反应,看来情况确实严峻许多。花铭想了想,忍不住发笑。

两个人暂且仿佛身处平行世界一般各自安静地过了两节课。两节课后,课间操时间,康万里开始收化学作业。他一声"收作业"喊出来,班里的同学都哀号一声,各自动作起来,有的翻找,有的现写。

康万里一路收完,回来就差花铭一个,他理也不理,抱着一摞作业转身就走。

花铭主动举手说:"我还没交。"

康万里冷冷地瞥了他一眼,脸上写着四个大字——爱交不交。

花铭非常耐心,一副诚恳的模样:"化学作业怎么能不交?我可不能惹谷老师生气,我胆子小,我害怕。"

快别扯了,他什么时候怕过老谷?他分明是谁都不怕。康万里在心里抱怨了两声,不耐烦地向花铭伸出手。

花铭没递过来卷子,反而也向康万里伸出了手。

康万里怔了怔,什么意思?

花铭坦坦荡荡地说:"我没做,把你的给我看看。"

康万里:"……"

康万里差那么一点儿就要当场气晕了,这人的脸怎么就那么大?他好想给这人一脚!

花铭不慌不忙,见康万里气成这样还忍着没有骂人,他的心情颇为微妙。

他继续伸手,被康万里一巴掌拍开,随后,康少年护送着化学作业昂首挺胸地走开。

康万里竟然真的没管他?花铭顿了顿,根本没有生气的样子。他慢悠悠地起身,和徐凤、杨复去操场上操,走着走着,还忍不住哼起歌来。

徐凤顿了顿,忽然有点儿感动。最近太阳真是打西边出来了,他又听到铭哥哼歌了,好开心啊!

康万里从化学办公室里出来,詹英才和王可心都在教室里等他,三个人下楼排队。他们正聊着天,学校的喇叭忽然发出声响。

王可心咦了一声,奇怪地问:"怎么回事?"

詹英才皱眉,想到了什么:"好像是……"

他还没说完,一个中年男性的声音就在学校各个地方响了起来:"全校同学请保持肃静,今天是星期一,在升旗仪式举行之前,先播放一条全校通报……"

詹英才猜对了,真的是这事。他急忙看向康万里,康万里的脸色有些怪异。

康万里并不是不接受惩罚,只是虽然心里早有预料,但毕竟做了这么多年好学生,第一次被通报还真有点儿不习惯。

他轻轻耸肩,示意自己无所谓,王可心被他逗笑了。

校园广播继续播放:"上周五中午放学时间,高三年级发生了一起冲突事件,高三(8)班学生康万里、花铭主动挑衅,对高三年级另一位学生造成了严重的人身伤害,情节十分恶劣。

"经学校研究决定,对康万里、花铭两位同学进行记过处分,并全校通报批评。希望大家能引以为戒,避免类似事情发生。高三的时间很珍贵,希望同学们能把时间用在学习上……"

康万里本来并不生气,可听着听着便从这则通报里听出了几处相当令人不快的地方。

明明是他和尚辉动手,花铭中途插手,可通报里只有他和花铭的名字,提都没提尚辉。这叫什么通报?

还有,他对尚辉造成了严重的人身伤害?哪里严重了?他只是挥了一拳,当天晚上他还看见尚辉在学校里蹦跶呢!

康万里的不高兴尽数写在脸上,他忍不住向两位朋友寻求认同,不想王可心眼睛一转,奇怪地问:"花铭怎么也被记过了?不是说这事和花铭没关系吗?大家都做证说他是中途来的,既没主动挑衅,也没主动打人啊。"

詹英才也说:"不清楚,但记过好像确实有点儿过分了。不过无所谓吧,花铭那样的人,怎么会在意?"

王可心点了点头,心里却还是不认同。她问康万里:"万里,你说呢?"

康万里怎么说得出来?他本来一点儿都没有考虑过这个问题,还生着花铭的气,现在被两个人一提,心情一下子变得十分别扭。

说来导致花铭插手的原因似乎在自己身上,也就是说花铭被记一过,其实都是因为帮了他。这么一想,康万里特别不舒服。

他不想欠花铭的人情,只想理直气壮地屏蔽花铭,这下好了,他气都不能气了,不然他好像多么忘恩负义一样。

康万里生着闷气入队,走向自己的位置,正好听到徐凤在骂人。

"谁研究决定的?拉架还不能有个拉不准的时候了?连铭哥都通报,尚辉算什么好学生,还当宝似的捧着呢,我呸——"

徐凤骂得正欢,花铭似乎察觉到康万里来了,忽然一扬手,止住了徐凤的话头,徐凤翻着白眼回了自己的位置。

花铭转过头看向康万里:"嗯?"

花铭的态度非常好,可就是因为花铭的态度好,康万里才感觉更加不对劲。

不行,他不能心软,不能对花铭感觉过意不去,他要坚定!

康万里抿住嘴唇,不和花铭说话,背过身去,任由花铭的视线落在他的背上。

第九章
原来是你

升旗仪式之后,学生四散回到教室,花铭和徐凤、杨复走没了影儿,康万里松了一口气。

身边忽然有人叫他:"万里同学,你等一下。"

康万里回过头,平行视线内没见到人影。

那声音又说:"万里同学?"

康万里慢半拍地低头,看见身前站着一个长发女孩儿。这女生他很眼熟,昨天刚见过,是一班的乔怡然。他现在才发现她有点儿矮,并不像蒋甜那么高挑显眼。

康万里问:"你有事?"

乔怡然撩了一下头发,笑着说:"就是想和你说两句话。"

他和她又不熟,有什么好说的?康万里站直了,直白地回答:"哦,你说。"

气氛有点儿尴尬,乔怡然没想到康万里对待女生是这样的态度。她没校花的名号,但平时也被男生捧惯了,这会儿不由得愣了一下。

她稳了稳心神,说道:"啊,就是昨天太匆忙,也没和你好好认识一下,我是一班的乔怡然,和蒋甜一个班,关系挺好的。我听说你和蒋甜挺熟,就过来看看。你们怎么认识的啊?"

康万里觉得乔怡然不像是来说话的,倒像是来套话的。他不由得打断她的话说:"你和蒋甜很熟,那你问她不就好了。"

乔怡然尴尬地笑着说:"其实我就是找借口想和你说几句话。"

这话有些暗示性,容易让人多想,可康万里昨天瞧见乔怡然偷偷朝花铭的方向看了不知多少眼,一点儿都不觉得乔怡然对自己有什么意思。

他等了乔怡然几秒,见乔怡然还在微笑,不由得催促说:"还有事吗?我班里还有作业没收呢。"

乔怡然的脸色不太好看,但她很快又扬起笑容:"我打扰到你了?不好意思啊,因为你和花铭、蒋甜都很熟,我以为能扩大一下朋友圈。"

康万里就知道乔怡然找他是因为花铭,一点儿都不想做传话筒,急忙澄清:"我和花铭可不熟!"

乔怡然做出吃惊的表情:"怎么可能?我昨天看见花铭身上有一幅画,画得可像你了。"

康万里怔住,过了好几秒才问:"你说什么?什么画?"

乔怡然打量着康万里的神情,心里稳下了大半,刚才的不悦之情不翼而飞。她看得出康万里对花铭的态度并不好,虽然不知道其中的具体情况,可她的直觉告诉她,这样做一定会打乱花铭的步调。

乔怡然压住心里的喜悦之情,继续惊讶地问:"咦?你不知道吗?就在花铭胸前的口袋里……啊,我是不是多嘴了?抱歉啊。真的不好意思,你可千万别告诉花铭是我说的。"

康万里哪儿有心情说这些,他满头雾水,当即告别了乔怡然。

他一路上都在想:什么呀?什么画?花铭随身带着他的画?不会吧?花铭不是不记得那天的事了吗?

花铭确实在某些方面帮过他，难道那些真的不是单纯地招惹他玩儿？

　　康万里有些难受，说实在的，他生气归生气，可对花铭已经不像之前那样极度排斥，如果花铭是装失忆耍着他玩儿，他总感觉自己受到了欺骗。

　　他其实有那么一点点把花铭当朋友……不，当普通同学的。

　　康万里的心情很复杂，他回到教室后，花铭对他招了招手。康万里心烦，明明整个班级里花铭谁都不理睬，干吗就主动对他一个人打招呼？让他到底该怎么想啊？

　　回到座位后，康万里用力地拍了拍花铭的桌子，对他没好气地说："化学作业！"

　　花铭惊讶地抬头，有点儿不敢相信，不是惊讶康万里竟然又单独回来收他的作业，而是惊讶于康万里竟然主动和他说话。

　　之前康万里还言之凿凿，为什么突然又变卦了？花铭想到了，是因为那则全校通报，康万里的心可真软啊。

　　花铭顺从地拿出卷子，叹气道："可是我还没做。"

　　康万里绷着脸说："那你赶紧做！"

　　花铭："我不会。"

　　这么简单的题都不会，还念书干什么？回家得了！康万里气鼓鼓地拿过花铭的卷子，指点着他写。

　　花铭愣了下，随后忍不住用手挡住自己的嘴角。没办法，如果被康万里看到，这人怕是又要恼羞成怒了。可花铭忍不住笑意，康万里好可爱，真的好可爱。

　　过了一小会儿，上课铃响了，花铭停下了笔。康万里把卷子收起来，闷声说："我下课给你交。"

　　花铭应道："听你的。"

　　康万里被酸了一下，感觉浑身不对劲。他推了花铭一把，换来花铭的一声哼笑。

一节课转瞬即过，康万里交完作业回到教室时，花铭不知道去了哪里，他的校服搭在椅子上，无人理睬。

康万里想到乔怡然的话，突然挣扎起来。他平时根本接触不到花铭的口袋，现在眼前就是一个唾手可得的机会，校服就在那里，他伸手就能拿到。

康万里很清楚，那是花铭的衣服，他不应该随便翻看，无论那里面是什么，都是花铭的个人隐私。但他真的非常在意，花铭身上有他的画，到底是真的还是假的？

他越是犹豫越是感觉每一分每一秒都过得特别慢，突然他听到远处徐凤的声音，心一慌，手忙脚乱地探向花铭的口袋。手碰到画纸时他忍不住想，花铭竟然真的带着一幅画。

花铭已经进了教室，康万里快速把画纸放进自己的桌洞。

花铭看到康万里往回丢衣服的动作，只当他是拿他的衣服撒气，随口说："你这脾气……"

康万里快速转过头不理他，花铭没多想，自然也没看见康万里脸上的神情，那不是不高兴，而是心虚。

花铭似乎有些冷了，穿上校服，有意无意地说："下午有游泳课。"

康万里干了坏事，精神格外紧张。他停了好几秒才说："游泳课怎么了？别和我搭话。"

花铭有些奇怪："你不是很期待游泳课吗？两周一次，现在总算来了。上次在别墅你没法儿下水，下午在学校不用再忌讳，可以随便游。男生女生都穿学校的泳衣，谁都不用害羞，你要是喜欢竞技，可以和杨复比比，他游泳游得很不错。"

康万里听花铭说完才反应过来，心里十分不是滋味。花铭竟然还记着他想游泳的事情，明明就是个傻子，丢了东西都不知道。

被康万里偷偷抱怨的花铭不知道在想什么，一点儿都不关注自己的衣服，只盯着桌面，有些走神。

花铭:"你期待了那么久,下午可别忘了准备泳裤。对了,学校的泳裤你买了吗?没买的话中午赶紧去超市买,不要耽误下水时间,最好直接换好短裤来上课……"

两个人的思维就不在一条线上,康万里现在根本不在意什么短裤,听什么都烦,捏着画纸的手都要出汗了。

都什么时候了,花铭还惦记别人有没有泳裤,他怎么不花心思查查自己的口袋呀?你东西被我偷了啊!

康万里不耐烦地说:"闭嘴上课吧你!"

花铭哼笑一声,并不多做纠缠。

一节课很快过去,下课铃响起,已经是放学时间,班里同学四散离去,康万里刻意留到最后,王可心和詹英才来叫他都没走。

康万里的心几乎要从嗓子眼儿里跳出来了,他等着人逐渐走光,花铭……不,傻花铭也没了影儿,这才恍恍惚惚地把画纸掏出来,心乱如麻。

怎么办?怎么办?怎么办?要看吗?康万里纠结得要死,用力薅了一把头发。

现在他再想这些还有什么用?已经到这步了,尿个什么劲啊!他总不能再偷偷摸摸地把画放回去吧?那这一节课他岂不是白白担惊受怕了?

康万里做足了心理准备,提起一口气,一鼓作气地打开画纸,定睛看过去。他陡然怔住,视线落在画像上,浑身都僵硬了。

乔怡然说什么来着?画上的人有点儿像他?这何止是像他,这明明就是他啊!这张脸,这个体形,甚至这身衣服、这条短裙,都画得和他一模一样!

花铭竟然装失忆,竟然敢耍着他玩儿!

康万里的脑子乱成一团,一股莫名其妙的怒火冲进康万里的脑袋,他宛如发疯一般从教室里冲了出去。

花铭!可恶的花铭!

花铭对这些事一所无知,边走边仰头望着天空,整个人因为心情愉快而异常懒散。

徐凤盯了他好一会儿,忍不住问:"铭哥,你怎么这么高兴?"

花铭回得驴唇不对马嘴:"下午有游泳课。"

徐凤听得一脸蒙,游泳课和心情好有什么关系?他和铭哥认识这么久,从没发现花铭喜欢游泳啊。

倒是杨复没事就喜欢游泳健身,还经常拉着他一起去。拜托!他们是高中生啊,高中生忙着健什么身?

想到杨复,徐凤顿时不高兴了。身边没那个愣头青,他暂时找不到人发泄情绪,不由得抱怨:"杨复跑哪儿去了?一放学就没影儿了,成天乱跑,走也不知道说一声。"

两个人走到校门口,人群拥挤,有几个女生在门口议论纷纷。

徐凤远远一瞥,不在意地说:"估计又看见帅哥了吧。"

高中女生无论何时遇到帅哥都会出现这种情形,徐凤平时见得多了,花铭就是从小到大被围观着长大的。

他随意向着女生议论的方向看了一眼,瞧见一个身形高大的男生,男生年轻帅气,很有气质,虽然戴着眼镜,但依然挡不住耀眼的颜值。

徐凤突然有一点儿惊讶:"长得有点儿帅啊,不过不是咱们学校的。他是谁啊?站在那儿干吗?等朋友?欸,咱们靖博的学生可以啊,这种颜值的朋友都能交到。"

徐凤随口说着,惹得花铭闲着无事也看了一眼。但和徐凤不一样,花铭刚看过去,那个男生便转过头,两个人于半空之中对上视线。一瞬间,男生露出微妙的神情,花铭挑了挑眉。

那男生向着他走过来,靠近后说:"同学,说两句话好吗?"

徐凤大吃一惊,没想到这人竟然是来找铭哥的。徐凤他诧异地看向花铭,花铭正好眯着眼睛,露出一个让人看不出情绪的表情。

花铭:"我认识你吗?"

男生:"不认识,但我们应该有共同认识的人,他叫康万里。"

花铭的眼睫毛颤了一下,他歪了歪头,男生心领神会地向旁边走了两步。

两个素不相识的男生在校门口展开对话。

男生:"我不知道你和康万里是什么关系,但我想先问一下,他有没有做什么让你记恨的事情?"

花铭的眼神是冷的,他静默地看了男生两秒,不知道在想什么。

男生在这样的视线中毫不畏惧,继续说:"如果有,我代替他向你道歉。他的性格很自我,有时候难免会伤到人,但他并不是有心的。你了解他以后就会发现他其实非常单纯,性子很直,他绝不会刻意做什么不好的事。"

这些话不用男生说,花铭心里清楚得很,可从别人的嘴里听到这番话,他感到十分不快。

先不说他并没有记恨康万里,就算有,眼前这个人凭什么替康万里道歉?他用什么身份为康万里道歉?他和康万里很熟吗?

他淡淡地问:"你叫什么名字?"

男生顿了顿,开口说:"我叫……"

男生话音未落,康万里的声音忽然插了进来。

康万里一声高喊:"小风!"

康万里几乎是扑过来挡住了康千风,一边防备地盯着花铭,一边推着康千风走出好几步。

见康千风远离花铭后,康万里摸着他的脸,极为担心地说:"小风,你怎么来了?"

康千风哪儿能说他是因为担心才来,只好说:"路过,正好过来接你。"

康万里点了点头,虽然不知道小风为什么在和花铭说话,但确认康千风没事他心里便松了一口气。

他叮嘱道:"你别和刚才那人说话,他不是什么好人。"

康千风神色复杂。

花铭本就离得不远,这几句话听得十分清楚。他从未觉得康万里说话难听,但这一刻,竟感觉这句话前所未有地刺耳。

康万里为什么要这么防着他?为什么那么小心地护着这个男生?还有,小风?康万里管那个男生叫小风?

花铭忽然想起,康万里的微信网名叫作"追风的少年",追的是这个风?

花铭冷不丁地说:"你不喜欢蒋甜对吧。"

康万里此刻根本不想和花铭说那些有的没的,只想问问花铭刚才都和小风说了些什么。花铭耍他就算了,小风是他的宝贝弟弟,花铭休想打扰小风。

康万里恨声说:"我当然不喜欢蒋甜,你别打岔!我告诉你,我真的忍你很久了,你给我有多远滚多远!别想和小风做朋友!你离他远点儿,不要和他讲话!他和你讲话我都替他嫌烦!"

刺耳,这话无比刺耳。

太难听了,徐凤气得破口大骂:"你会说人话吗?!"

花铭挡住徐凤,面无表情地盯着康万里看了两秒,忽然笑了,被气笑了。气到极点,花铭一声接一声地笑出声来。

康万里这张嘴在说什么?他每天纵容康万里是为了让康万里护着别人反过来冲他大放厥词吗?康万里这是什么态度?他哪儿来的底气?

花铭的声音仿佛暴风雨前仅剩的宁静:"和我说话嫌烦?"

康万里挺直腰板,红着眼睛,态度是从未有过的强硬:"你接着装!你真以为我不知道你是什么人吗?你就是个浑蛋!"

康万里猛地一甩,一堆碎纸片砸在花铭的脸上。花铭偏了偏头,迟钝地接住一张碎片,瞥了一眼,身躯顿时一僵,声音陡然尖锐。

他不知道这幅画怎么在康万里手里,只红着眼睛说:"康万里,你把它撕了？"

康万里心中没有任何愧疚感，只有怒火。

他之前偷偷拿画的愧疚心现在早就消失得无影无踪了，他愧疚什么？花铭偷偷拿着他的画羞辱他，还装失忆耍他玩儿，他才是受害者，他正常回击哪儿错了？！

康万里："我就是撕了！我撕了怎么了？哦，你还挺委屈？你无不无耻啊？！"

自己的画被撕，他又当面被康万里大骂，花铭根本分不清此刻究竟为哪方面生气更多。一瞬间，他彻底被怒火席卷。

花铭突然拉住康万里的衣领，猛地将康万里拽到眼前："康万里，你知道自己在说什么吗？"

花铭力道太大，动作又格外粗鲁，周边的人包括徐凤全都被吓了一跳，徐凤条件反射地从后面拉住了花铭的胳膊。他第一次见花铭动这么大的火气，有点儿担心控制不住局势。

康千风也没想到这人突然出手，反应慢了一拍，来不及阻拦，只能去拽康万里："别动手。"

形势剑拔弩张，硝烟味儿急速飘散，路过的学生早有人停下脚步，看着动静。

有人在旁边小声地议论——

"有人要打架，离远点儿。"

"那不是花铭吗？"

其他人尚有心思围观，中间的四个人却没有精力分神。

康万里扣着花铭拽他的手，迎上花铭的目光，反讽道："你又说的什么话？！自己做的事你不承认，敢做不敢当！"

花铭怒极反笑，康千风突然插进来，挡住他继续拉扯康万里的手："你们先冷静一下，有话好好说。"

花铭：有话好好说？这里有你什么事？

康千风的话非但没起到任何安抚作用，反而火上浇油，花铭拽着康万里的手更紧了，衣领把康万里的脖子勒红了一片。康万里被人这么拉扯着，早已怒上心头，根本不做思考。

康万里喊道："你来！动手啊，我忍你很久了！"

他话音未落，花铭不屑地冷笑了一下。康万里顿了顿，红着眼脱口而出一句咒骂。

情况瞬间不受控制，两个人直接扭在一起。

没等他们折腾两下，有人喊："老谷来了！"

事发地点正是学校门口，谷文斌来得特别快，离得老远就喊："谁？敢在学校门口动手！哪个班的？赶紧停下！"

康万里和花铭都急眼了，康千风拼命抱住康万里的腰往后拖，徐凤也胆战心惊地抱住花铭的胳膊，总算在老谷过来之前把两个人拉开了。

人群拥挤，还有人拉架，他们不可能真打起来。

康万里指着花铭喊："这事没完！是个人你就别跑！"

花铭："我跑什么？你别跑才对。"

康万里自然不会走，可现在这架也不可能打了，他呼呼地喘着气，怒道："下午，今天下午游泳课，有种你来单挑！"

花铭冷笑着回道："谁怕了谁是尿包。"

两个人约完这场架，谷文斌已经到了跟前，康万里被康千风拉住，两个人快速走远，花铭和徐凤也转头扎进人群。

迟来的谷文斌四处找闹事的人，周围的人却都快速散开，谁也不说刚才是谁在动手。其中一人可是花铭，谁敢乱说？

一场硝烟暂时消散，康千风和康万里走出一段路，康千风立刻拉住康万里，严肃地问："怎么回事？你到底是怎么回事？"

康千风不知道前因后果，可刚刚他看得清楚，确实是康万里出言更难听，行动更接近挑衅。

康万里一点儿都不想让小风掺和到这种事里来，坚决不说花铭的事，只说："你不用管，我自己能解决，你回家吧。"

回什么家？康万里能解决什么？他不是刚约了架吗？！

康千风冷下了脸："你下午怎么办？"

康万里："不怎么办。"

这就是还是要去闹的意思？康千风无法理解这件事。他很了解康万里，也知道康万里性格倔强，可不明白康万里为什么会这么冲动。哥哥明明对人很好，怎么突然间这么具有攻击性？

然而无论因为什么，康千风都不支持康万里闹事。前几天康万里耳朵受的伤还没全好，怎么能让他再去动手？

康千风果断地说："别说了，现在就跟我回家，下午不上学了。我叫张阿姨替你跟学校请假，你就在我身边，哪儿都别去。"

康万里立刻反驳："不行。"绝对不行，他已经向花铭下了战书，一定要去！

康千风做出了决定，不允许康万里拒绝。他和康万里虽然是双胞胎，但是他的体格比康万里强壮，他不放手，康万里根本挣不开。

康万里不想弄伤弟弟，只能咬牙服软："我不去，我不去行了吧？"

康千风："你保证？"

康万里闷声说："我保证。"

从小到大，康万里对康千风从来没有食言过，康千风得了这句保证，终于放下心来。

康万里的眼睛红得像只兔子，康千风也心疼。他叹了一口气，拉住哥哥，好声好气地说："饿了吧，我们吃饭。"

兄弟二人找个饭店磨蹭了一中午，康万里全程垂头丧气，特别可怜。康千风看哥哥一直这样心里也不舒服，离上学的时间越近，康万里的头就越低。

康千风只能哄着哥哥说："你想要点什么？我给你买。"

康万里想了好一会儿，说道："珍珠奶茶。"

207

康千风："好，你等着。"

康千风出了餐馆，稍微在路上耽搁了一会儿。怕康万里着急，他特意跑了几步，结果回到店中，座位上空无一人。

康千风愣了一下，以为康万里去了厕所，等了好一阵才意识到康万里已经走了。

这是康万里第一次违背和他的约定——为了一场约架。康万里总是这样，从来不考虑作为弟弟的他会有什么样的心情。

康千风愣了一阵，突然把买来的珍珠奶茶用力丢进了垃圾桶。

康万里走得很快。虽然他并不想惹小风生气，更不想因为这种"无用小事"影响他和小风的兄弟情，但这场约架对他而言意义重大，他必须去。

情绪压抑了半个暑假加上开学这些天的时光，康万里今天就要做出了断。他要揍花铭一顿，狠狠出一口恶气！

康万里掐着时间进了教室，离游泳课开始仅剩十多分钟，花铭不在，班里同学也不多，大家应该都提前去了体育馆。

和康万里相熟的两个朋友王可心和詹英才都在，他们俩到学校后知道了放学时候的事，一早就在这里等着康万里。

王可心简直要急死了："万里！你真的和花铭约架了？"

詹英才："你怎么这么冲动？那可是花铭。你们平时小打小闹没事，真打起来，你觉得谁会吃亏？"

康万里决心已定，谁劝也没用。

他回道："花铭说了，谁不去谁是尿包。"

王可心和詹英才都愣了愣，立刻便知道再说什么都没戏了。

两个人急得团团转，纷纷劝道："万里，你现在不冷静，不知道自己在做什么，这不是一场架的事。你有没有想过之后怎么办？你和花铭打完架，你以后的日子怎么过？他要是真的想为难你，你在学校根本待不下去。

"他和尚辉不是一回事，你要是得罪花铭，高三这一年他都不会让你好过。可能你觉得他平时对你好像很有耐心，但那不是他本来的样子，你把他想得太好了……"

康万里一句话都听不进去，而且一点儿都不觉得自己冲动。他和其他同年龄段的男生不同，一直很自信。他觉得自己是最好的，做什么都最好，学习行，教训人也行，什么都行。

这种自信养成了他张狂的性格，他无所畏惧。他本来就是这个样子，反倒是花铭的出现让他第一次体会到每天担惊受怕的感觉，现在，他要教训花铭，把自己变回去。

康万里顺手翻着书桌，看到了他专门为游泳课准备的黄色泳裤，往下一想，非常不开心。如果不是花铭，他现在本应该开开心心地去游泳。

他明明期待了那么久！凭什么花铭不仅要影响他的心情，还要耽误他游泳？！康万里气不过，拿着泳裤起身。

王可心问："你干什么去？"

康万里："换衣服。"

是了，他要穿着泳裤去，教训完了花铭直接游泳，那个花铭休想破坏他的任何计划！

康万里去了卫生间，王可心和詹英才面面相觑，王可心一狠心说："我干脆把他锁在卫生间里吧，锁到游泳课结束。"

詹英才："等他出来被花铭嘲笑是缩头乌龟，晚上岂不是闹得更厉害？"

"那怎么办？真让他们动手？万里肯定会吃亏的。我知道的，万里和他根本不是一类人，万一花铭一点儿都不留手，真把万里打伤了怎么办？"

詹英才心里也着急，王可心又提议："要不我们去找老师吧，让老师出来管。"

詹英才立刻否决："不行。"

这确实是个办法，把老师叫出来，闹事是被制止了，可康万里和花铭被抓个正着，都得受罚。

花铭可能不会受什么大影响，但康万里要是再被记一次过，毫无疑问会影响他考大学。按照康万里的目标，如果他真想冲刺京大，档案上绝不能被记大过。

两个人思索着，王可心抽空一瞥，卫生间的门不知道什么时候已经打开了。詹英才急忙上前查看，发现里面空空如也，康万里趁着他们俩说话的工夫已经走了。

王可心蒙了："他走得这么快？"

詹英才无奈地说："他估计也不想让我们跟着，别说了，赶紧去体育馆！"

两个人急忙跑起来，路过老师办公室时，詹英才忽然停住脚步。

王可心急忙问："怎么了？快走啊，一会儿来不及了！"

詹英才神色愣怔，有些不确定自己刚才是不是看错了："等等，那个是不是……？"

詹英才匆匆一瞥，看见一个黄头发的男生在教务处主任的办公室里。黄色头发……尚辉？他怎么会在老谷的办公室里？

詹英才顿了顿，慌张地说："糟了。"

花铭和康万里约架的事情传得很快，体育馆门口会聚了很多人，然而门外的人虽多，真的进到游泳区的人很少，哪怕是八班要上游泳课的学生也都在门外，围着门口不敢进，因为游泳池边的休息区现在坐着两个人，一个是徐凤，另一个是花铭。

花铭闭着眼睛，倚在墙边。

徐凤小心翼翼地看了他好久，小声说："铭哥，快上课了。"

整整一个中午花铭都待在体育馆里，连午饭都没吃，徐凤又心疼又不敢搭话。别人看不懂，他可知道，花铭看起来神色很淡，但情绪分明就在爆发的边缘，稍微一碰就完了。区区一个康万里，竟然把铭哥气成这个样子。

徐凤全程陪着花铭，此刻饥肠辘辘，心里特别埋怨杨复。这个杨复真好啊，他在这里瑟瑟发抖地陪着铭哥，杨复却能什么都不知道地在外面潇洒！

许是上天听见了他的心声，不一会儿忽然从门外挤进来一个人影，那人和外面的学生不一样，神色如常，此人正是杨复。

"小花，你来得这么早。"杨复越走越近，待看清花铭的脸，眉头忽然皱起来，"你的脸色这么难看，谁惹的？"

徐凤没好气地说："能有谁？康万里呗。你……你看你，关键时刻不在身边，要你有什么用？！"

话要这么说，在花铭身边还让花铭被人教训的徐凤岂不是更没用？但杨复并不和徐凤拌嘴，只蹲下来仔细查看花铭的脸色，面色不悦。

花铭终于睁开眼睛："人找到了？"

杨复："嗯，你怎么样？"

花铭的脸上毫无表情，越是这个时候，他看起来便越冷漠。他眯了眯眼睛，神情晦暗不明。

杨复看得出花铭不想多说，叹了一口气，转移话题："现在要看吗？"

花铭顿了顿，摇头说："算了。"

没人知道花铭有多么期待那个男生的踪迹。

可忽然间，花铭对找到那个男生的兴趣减淡了。现在比起那个男生，他更加迫不及待地要见到康万里，好好地收拾康万里一顿。

花铭已经想了很多遍，越想越不知道自己在做什么。他本来只想拿康万里解闷儿打发时间，到底是从什么时候开始把康万里纵容得蹬鼻子上脸，纵容得无法无天了呢？

康万里护着别人，却那样和他讲话？撕了他的画，还骂他，康万里哪里来的胆子？！

杨复来得晚，和徐凤交流几句，知道了事情的经过，问道："小花，你真的要动手？"

花铭:"他不会做人,我教他怎么做。"

徐凤听得心情复杂,这么久以来,能让铭哥说出这种话的人,康万里真算是头一个。

他看看手表,不屑地说:"时间到了,他不会不来了吧?"

预备铃声响起,门口的人群出现了骚动,前排的人自动让出一条路,有人起哄——

"来了。"

"是康万里。"

与此同时,一个上身穿着校服、下身穿着黄色泳裤的男生走了进来,一身怒气,气势汹汹。

人还没靠近,先喊道:"花铭!"

花铭冷笑一声看过去,嘲讽的笑容忽然僵在脸上。那一秒,花铭不由自主地眯了一下眼睛,似乎被什么闪亮的东西晃到了。

缓了一秒,花铭重新睁开眼睛再度望去,这一次,不只表情,他整个人都僵住了,几乎失语。

他没看错,真的……真的是那个男生……

那双腿肌肉线条完美有力,充满了力量感,和他记忆中的一模一样。花铭瞳孔紧缩,无法相信自己看到了什么。

他顺着那双腿往上看,是康万里燃着火苗的眼睛,再顺着康万里的漂亮眼睛往下看,是充满力量感的健美小腿。

康万里和那个男生竟然……竟然是同一个人?他们真的合二为一了?那个人就是康万里!

花铭神色恍惚地站起身来,康万里已经走到他的眼前,杨复伸手挡住康万里。

康万里用力甩开杨复的手,直直地瞪着花铭,说道:"说好了单挑,你怕了?"

花铭不说话,只望着康万里,不敢相信这是现实。他靠着自己模模糊糊的记忆画过那样一张画,现在蓦然回首,康万里就是那个男生。

他所有的注意力全集中在康万里的身上,头脑终于开始强行运转,过去被他忽视的种种细节一同涌入脑海,疯狂地击打着他的神经,他一下子想起来好多事。

难怪!难怪从第一次见面开始康万里就特别讨厌他,难怪康万里面对别人都很正常,唯独面对他时异常防备。

想想他和康万里相遇时的情形,想想康万里曾经说过的那些话,到这一刻,他终于明白了其中的含义。

"你干过什么自己心里清楚!"

"别以为我不知道你是个什么样的人!"

"我早就看透你了!"

"你是不是跟踪我?"

"浑蛋!"

……

原来如此!原来如此啊!怪不得他总觉得奇怪,蒋甜在学校单独找康万里的时候总是偷偷摸摸的,见到自己的时候又神色怪异,还曾经说过"他有没有认出你"这种奇怪的话。

因为当初蒋甜对他说了谎!在画室的时候,她认识康万里却没有告诉他。

所有的事实由点串成线,像针一样扎进花铭的意识,花铭的头脑渐渐变得清晰,他极度兴奋。

找到了,他终于找到了!他找了这么久,原来这个人一直在他身边,不是别人,就是康万里,就在他的眼皮子底下!

花铭望着康万里:"是你……"

康万里被花铭盯着,不由得后退一步,好半天才梗着脖子说:"当然是我!"

他不知道花铭怎么突然冒出这么一句话,更不知道花铭突然之间发生了什么变化,就这么一小会儿,花铭望着他的眼神从冷漠变成了无法形容的惊喜。他本来带着强烈的怒火而来,被花铭这么一看,竟然感到一阵恐慌。

这是什么眼神?花铭为什么会突然这么看着他?这并不是中午约架时候想要教训对方的胁迫感,而是另外一种无法言说的……康万里好像有种回到当初那个货梯的感觉。

可是为什么?花铭不是早就认出他了吗?怎么会忽然间变成这样?康万里敏锐地察觉似乎有哪里不对,偏偏事态不容他多想。他是来教训人的,怎么能被花铭一个眼神吓到?

他停顿了一秒,重新吼道:"问你话呢!你怕了?你还是不是个男人?是男人赶紧过来速战速决!"

花铭紧紧注视着康万里。

康万里似乎在和他说着什么,花铭费了好大的力气才辨别出康万里的话。

速战速决?什么速战速决?花铭想了好几秒才幡然醒悟,他们好像约了架,可是他们为什么约架?花铭已经记不清了。

其实为了什么约架都无所谓了,他怎么会和康万里动手呢?不可能的。他怎么可能动康万里哪怕一根手指头呢?他现在只想把康万里供起来。

花铭缓了缓僵硬的唇舌,慢慢地说:"不,我不和你动手。"

康万里听得愣了愣,花铭为什么不和他动手?约了架却不动手,开什么玩笑?!

康万里开启嘲讽模式:"你尿了?"

花铭摇头,他哪里是尿了?

康万里无法和花铭交流,干脆冲上去,可刚一动,花铭忽然向前一步,不是迎上来,而是紧贴着躲在杨复身后。

康万里从未见过如此无耻之人。他不敢相信地说:"花铭,你怎么还躲啊?你干什么呢?你给我站出来!"

花铭摇头呢喃:"不行,不行……"这里是学校。

杨复的脸色怪异，他想回头却被花铭按住了。

徐凤一点儿都不觉得花铭无耻，在旁边喊道："怎么了？怎么了？有兄弟做肉盾怎么了？你有能耐也找肉盾啊。"

康万里被这无耻的组合惊得难以开口。他追着花铭，幸好花铭还没有无耻到极致，离开了杨复。然而康万里还没来得及高兴，脱离了杨复的花铭转身就跑，康万里愣了一下，疯狂地追了过去。

康万里要被气死了，破口大骂："你有毛病啊？你跑什么？正面来啊！"

徐凤也很蒙。他只见过花铭大杀四方，从没见过铭哥被人追着跑。一开始他还以为铭哥准备"欲擒故纵"，谁知道花铭是很认真地在逃跑。

徐凤惊呆了："铭哥？"

你在干吗？你在干吗啊？不想动手吩咐我啊，我替你上完全可以的！徐凤忍不住想上前帮忙，刚要上就被杨复拉住了。

杨复神色复杂地说："别插手。"

徐凤非常生气："你拉我干吗？不是吧，你那么小心眼儿？躲你身后一下怎么了？有你这么当兄弟的吗？要是我，铭哥别说躲一下，拉我做肉盾我都愿意！"

杨复不和他解释，只非常简短地说："让你别插手就别插手。"

花铭跑起来时脑子其实是不转的，康万里在身后追他，他特别想站住，回头一把抓住康万里。可惜不行，时间不行，地点不行，他人也不行。

花铭只能跑，可跑着跑着又特别开心。他找寻了康万里这么久，现在康万里正在主动追赶他。他在被追打中体会到了喜悦的感觉，跑着跑着忽然哈哈大笑起来。

他要开心死了，畅快的笑声回响在游泳池上空，回荡在体育馆里，王可心和詹英才隔着老远便听到了。

听见花铭的笑声，王可心花容失色。花铭笑得这么开心，不正说明他占上风且有力气大笑吗?那康万里得被揍成什么样了?!

王可心和詹英才急匆匆地挤进人群,喊道:"别打了,你们别打了!"

喊完以后,王可心和詹英才便看到康万里追着花铭绕游泳池一周的盛大场面。

康万里边追边骂,极其凶狠,而远近闻名的花铭则被追得"上蹿下跳""毫无还手之力"。

王可心震惊了,詹英才也震惊了。他们向着旁边看过去,所有围观的学生都是一脸莫名其妙的神情。

王可心蒙蒙地问:"这是什么情况?"

泳池旁边奔跑的康万里追得很累,不只累,还生气!他根本不懂花铭为什么跑,等花铭大笑起来他立刻有了自己的理解——这个花铭是在故意戏弄他!

康万里恼怒至极,不知道哪里来的力气,猛地向前扑去。花铭有所感觉,但回头时已经来不及反应,只能伸手接住康万里,两个人顺着力道一同栽进了泳池。

围观的学生惊呼,徐凤也喊道:"铭哥!"

实际上栽进水里的两个人并没有危险,花铭会游泳,康万里也会。入水以后,康万里快速扑腾出水面,花铭正扯着他。康万里挣脱不开,怒火中烧,挥出一拳,揍在花铭的脸上。

跑!你接着跑啊!终于被我抓到了!

花铭挨了一拳,有点儿难受,不受控制地掐住了康万里的肩膀。康万里不明所以,使劲儿扒拉开花铭,两个人扭在一起。

徐凤在岸上急得要号起来,不停地喊:"铭哥!哎!"

康万里又急又气地说:"你个浑蛋!你干吗呢?"

花铭慢腾腾地说:"我在游泳。"

康万里噎住,刚准备挣扎起身,忽然感觉腿部传来一阵剧烈的疼痛。他身体绷紧,往前一倒,脸色瞬间煞白。

"腿……"

花铭立刻意识到了什么,迅速游到岸边,强硬地把康万里拖上了岸,整个过程完成得极快。

康万里在追打了花铭这么久之后已经有了肉眼可见的疲累的样子,花铭却完全没有任何虚弱感。

王可心他们看见情况不对快速跑了过来,急忙问:"怎么了?"

康万里躺在地上,神色痛苦,只能喊出一个字:"疼!"

花铭皱着眉说:"水太凉,他又太用力扑腾,抽筋了。"

花铭现在在和康万里闹呢,怎么也不应该找花铭帮忙,但王可心还是不自觉地向花铭求助:"那怎么办?"

花铭:"揉。"

王可心急忙点头,詹英才立刻蹲下去,花铭制止道:"别碰他,我来。"

康万里喊道:"不要你管!"

花铭刚才还在和康万里闹腾,现在竟然主动要求给康万里揉腿,王可心都被感动了。她不顾康万里的意愿,和詹英才对视一眼,一同按住康万里,示意花铭上手。

花铭点了点头,然而手伸了出去,却迟迟没有落下。他双手悬在康万里的腿上方,颤抖不已。

王可心催促说:"没事的,快揉吧。"

杨复上前问道:"小花?"

花铭的额头冒出冷汗,他无奈又懊悔地说:"我也抽筋了。"

花铭的两只手疼得厉害,他忍不住弯腰伏在地上。

康万里挣脱了詹英才和王可心的控制,就势蹬了一脚花铭,这一蹬,腿比刚才更疼了,他不由得哀号一声,在地上打起滚来。

疼!他要疼死了!

生理反应不受控制,哪怕是花铭也扛不住抽筋的疼痛,于是前一秒两个人还在打闹,转眼便都疼得闻者伤心见者流泪,一个手抽筋,一个腿抽筋,双双倒在地上。

王可心不知如何插手,杨复那边也是一样,双方急得团团转。

"怎么办?怎么办?"

就在此刻,体育馆外一阵嘈杂,没等学生说话,一位中年男老师的声音传了进来:"都别动!谁都别动!快停手!"

老师这么快就来了?王可心一下子急起来。她在干什么呢?怎么还没来得及通报最重要的事?!

她急忙说:"老师来了!我们刚才路过办公室看见了尚辉,估计就是他举报你们在体育馆打架的。怎么办?要躲起来吗?"

杨复:"尚辉?"

徐凤笑了:"人都来了,你现在说还有个什么用。赶紧先救救我铭哥!"

抓人的老师来得很快,几乎是声音刚停就立刻冒出头向着这边跑过来,游泳池旁边的众人全都被堵个正着。

那老师喊着,声音似乎有些兴奋:"那边那几个,我就知道是八班的!都别动,看看!又是你们俩!这回抓到现形了吧!"

这声音吸引了徐凤的注意力,徐凤瞥了一眼,暗骂了一声:"他怎么来了?"

说话的老师正是一班的班主任孔文君,他急匆匆地跟着老谷一起来了,谷文斌这个正职教务处主任反而比孔文君慢了一步。

谷文斌急着抓人,每次都是喊得最凶的那个,不过这次远远地看见地上躺着两个人,没着急骂,而是快步跑了过来。

不管任何时候,谷文斌看打架的小青年都觉得他们一个比一个冲动,但作为老师,学生的安全比一切都重要。

他沉着脸,蹲下身查看,急忙问:"哪里受伤了?"

他先看的是康万里,见这孩子抱着腿打滚,以为骨折了,就强行把康万里的手拽下来,一看才发现那腿完好无损,根本没受伤。

徐凤喊道:"先看我哥啊,康万里没事!"

谷文斌皱眉查看，得出的结果让人哭笑不得，敢情这两个人不是互殴致伤，而是双双抽筋。谷文斌本来是来抓人的，结果差点儿笑场。他停了一下才上手帮忙，来来回回揉了好半天，康万里和花铭才缓过来。

康万里不停哀号："疼——"

花铭不说话，只盯着谷文斌给康万里揉腿的手，也说："我也疼。"

谷文斌气乐了："你们还有脸喊疼？尤其是康万里，第一次见面我还觉得你挺老实，结果呢？这都第二次了！你们俩在这儿干什么呢？！"

孔文君插嘴说："这还用说？他们明显是聚众斗殴！多大的学生了，整天不想着学习就知道打架闹事，太嚣张了。上次没严惩，怎么着？这次他们胆子更大！体育馆外面有那么多围观的学生，校风都要被这种人带坏了！"

说的什么话？！徐凤差点儿骂人，杨复捂住他的嘴把话堵了回去。花铭本人全程放空，半个字都没听到。

孔文君喋喋不休："上次我就说了，得给他们一个教训，这次必须叫家长，好好说说他们在学校都做了什么。光是这些还不够，今天上午才通报完，下午就打架，可见他们一点儿都没往心里去，怎么着也得记大过，写检讨！"

给学生做什么惩罚并不是孔文君说了算的，谷文斌也反感学生打架，可不觉得这事轮得到一班班主任来做主。

他没接孔文君的话，转头对康万里和花铭说："都起来，去我的办公室！"

康万里的表情不怎么好，闹事他承认，可他不服气。他抬头正和孔文君对上视线，孔文君回瞪他一眼，眼睛里满是不悦之色。

在孔文君眼里，这个学生，寻衅闹事，成绩还差，他班里的两个好学生，蒋甜和尚辉都受到了影响。高三刚开始，他怎么能容忍这样的学生对他的班级造成不可弥补的伤害？！

除了康万里，还有花铭。孔文君看花铭更加不顺眼，这人仗势欺人，颠倒黑白，进了社会能是个什么好人？这人不过是仗着家里有钱。

从上次开始，孔文君就想给他们上一课，没想到机会来得这么快，这两个人竟然私下约架，还闹得人尽皆知。

孔文君其实有些惊讶，上次他还以为这两个人是一伙儿的，不过转念一想，觉得这也正常，毕竟本性如此，窝里反也是早晚的事。两个人打得正好，一起处罚！

孔文君斜眼瞥了瞥花铭，想看后者被抓的窘态，没想到花铭刚站起身，身后的高个子男生就在他的腰上围了一件校服。

花铭却脱掉自己身上的校服递给康万里，关切地说："把腿围上。"

孔文君：好像哪里不对？他们不是刚闹完吗？

康万里比孔文君还觉得奇怪，从他进体育馆开始，花铭就像变了个人，现在还给他送衣服？谁要花铭的衣服，这人刚刚还害得他腿抽了筋。

康万里一把甩掉花铭的校服，用力丢进了游泳池，继续穿着已经湿透的黄色泳裤怒气冲冲地说："走开！用你假好心？"

花铭不由得说："你怎么知道我是假好心？你好聪明。"

康万里打了一个激灵，觉得自己受到了深深的嘲讽。这个花铭故意戏弄他就算了，都这个时候了竟然还要在言语上讽刺他！

"你闭嘴！"康万里眼睛瞪得老大，怒气冲天。

花铭的视角像开了八级滤镜，他觉得康万里连生气的样子都这么有趣。

然而这画面在旁人看来完全是另一个意思，谷文斌大声制止："别吵了！你们俩离对方远点儿！刚才还没打够？"

王可心的脸色刷白，她扯住康万里，急忙说："万里，你别再挑衅他了。"

在王可心眼里,花铭主动送校服却被康万里转手丢掉,这个行为太过头,别说是花铭,换了任何人谁受得了?最要紧的是,这个关头继续犟着毫无用处。

王可心跟着康万里急得不行:"怎么办呀?早说了叫你别来,这下肯定要叫家长了。"

因为自己闹事而连累父母来学校,康万里一点儿都不愿意。可事情已经发生了,他还能怎么办?康万里冷着脸说:"请就请。"

詹英才插话:"有那个一班的班主任在,百分百要再被记过。"

自己的责任自己扛,康万里梗着脖子说:"那就记。"

詹英才急了:"真记大过要上档案的,你考大学怎么办?你……你不是要考京大吗?"

王可心从没把康万里说要考京大的事情当真,但还是着急地说:"是啊,不能再被记过了,不然好学校看档案就不要你了!"

这句话声音有点儿大,吵到了前面的孔文君。

孔文君冷冷地说:"别说话了,还在窃窃私语!那两个学生怎么回事?上一边儿去!你们都是一个班的?八班的学生就没点儿素质吗?"

王可心和詹英才被点名批评,脸色都不好看,但没办法,他们只好离开康万里身边。

康万里身边一空,他回忆着詹英才的话,脸色忽然变化起来。直到这一刻,康万里心里才生出一股惶恐不安感。

他闹事时头非常铁,什么都不服,什么都不怕,是真的打算敢作敢当,叫家长就叫家长,记过就记过。可唯独考大学,康万里绝对不能让步。

他说了要考京大,就一定要上京大,怎么能因为这种事而改变他的命运轨迹?

康万里终于慌了起来,脸色有些难看,但他又撑着一股气,

221

不肯服软。

　　孔文君看见康万里的样子，忍不住默然嘲笑，这会儿知道怕了？晚了！

　　从体育馆一路走来，花铭和康万里一直被人围观。中午的时候大家都在传他们约架的消息，现在他们被老谷逮住去办公室的画面成了实实在在的证据。

　　花铭和康万里闹事了，他们俩真的结下大梁子了！

第十章
泳池风波

几个人一路走到教务处主任办公室，许娉和张佑安已经在门口等着了。远远地看见康万里和花铭，许娉的脑子嗡嗡作响。谷文斌出去抓人之前通知了她，她还不相信，现在人被抓回来了，两个人都湿答答的，一身狼狈，她哪儿还说得出话？

这两个人怎么会突然约架？为什么啊？

孔文君的表情得意，上次他被许娉堵了话头，一早就看不上这个年纪轻轻的女老师了。他冲许娉笑着说："许老师，没白等啊，闹事的两个全是你的学生。唉，真够让人操心啊是不是？"

许娉被讽刺了一番，面色一白，她没和孔文君说话，只是神色复杂地看着康万里和花铭。

见他们身上都是湿的，她冷着脸说："有备用的衣服吗？先去把衣服换了。"

确实不能让学生这么浑身湿着说话，谷文斌也说："赶紧去，给你们五分钟。"

教室里现在没人，换衣服去教室就行。康万里闷头就走，花铭毫不犹豫地跟了上去。

花铭也是要被惩罚的人之一，看起来却一点儿都不受影响，只盯着康万里的背影看。康万里头也不回地去翻他的另一套校服，花铭左右打量，见四下无人，悄悄关上了门。

　　花铭定定地望着康万里，后者找到衣服后正准备换。康万里察觉到他的目光，猛地回头瞪他："看什么看？你别过来，离我远点儿。"

　　花铭悠悠地说："我的座位也在这里。"

　　康万里似乎被噎了一下，满脸怒火，可不知道想到了什么，突然放弃骂人，沉着脸出了教室。花铭又跟了上去，康万里用卫生间关门的响声将他挡在了外面。

　　按照康万里的性格，这种时候康万里应该会趁机多打他两下，怎么反而老实下来？花铭一边想着，一边靠在门边，听着里面细碎的响动。里面忽然安静下来，康万里好像止住了动作。

　　康万里发现他在听？不，应该不是。花铭思考着康万里停下来的原因，可能是天赋作祟，他眼睛一眨便懂了康万里的心事。

　　花铭："你怕了？"

　　门内的康万里顿了顿，用力砸了一下门板："我才不怕！"

　　康万里发现他在门口，花铭也不慌，声音带着笑意："嗯嗯，你不怕，康万里胆子最大。"

　　康万里被花铭这么一说，感觉极度羞耻。他既讨厌花铭说话的语调，又觉得自己被嘲讽了，最主要的是他确实担心影响自己考京大，心事真的被说中了。

　　明明就不是他的错！康万里越想越生气，再想还有些委屈。

　　他咬牙说道："都怪你，你个浑蛋！"

　　花铭点头："对，就怪我。"

　　康万里哽了一下，一拳打在棉花上的感觉堵得他说不出话。

　　花铭到底抽了什么风？简直是莫名其妙。这是什么反应？这人故意恶心他吗？

康万里气死了，被这么一气，反而来了劲，快速换上新校服，出门就把湿衣服砸在了花铭身上。花铭被砸个正着，没生气，反而接住了康万里丢过来的泳裤。

康万里："……"

康万里要被花铭烦死了，而且感觉很怪，真的很怪。他的怒气积攒到现在，满满的无处发泄，他都不知道从哪里骂最解恨。

他急着离开这个地方，只能恶狠狠地说："你愣着干吗？换衣服啊！"

他已经换好了，花铭还没换。干什么？故意拖延时间让老师更生气吗？

花铭不慌不忙地说："别急。"

花铭的备用校服是之前康万里因为还他人情给他买的，他放着没动，没想到会在这个时候穿上。他并没像康万里那样避人，直接脱了衬衫原地换衣。

康万里一肚子怨气，没过两秒便催促说："你能不能快点儿？"

他的话没说完，视线落在花铭的背上，声音一下子消失了。花铭的皮肤很白，可那白皙的皮肤上如今分布着几块儿青紫痕迹。这该不是他们刚才在推搡中弄伤的吧？他明明只往花铭的脸上挥了一拳啊。

康万里心里突然有点儿不得劲儿，花铭背上有青紫的痕迹，自己却没受一点儿伤。倘若是正常情况，康万里肯定特别爽，偏偏他没受伤是因为花铭从头到尾都没还过手。

这是什么破事？烦死了！

康万里出神的工夫，花铭已经换好了衣服："走吧。"

康万里回过神来，花铭先一步出了教室，走在前面，忽然叫住他："康万里。"

康万里："干吗？"

花铭："知道你不怕，顺便说一句，没事的，什么事都不会有。"

康万里莫名其妙："啊？"

花铭又说："你一会儿别说话。"

康万里："你到底在说什么？"

转眼到了办公室，里面比上次多了几个他们不认识的老师。两个人因为约架再度被抓，事情已经在论坛上传遍了。

问话的时候又有人来旁听，看来孔文君说的话不是闹着玩儿的，学校确实很重视这件事。康万里的心沉了下来，他的神色落在许娉眼里，许娉只有满心的无奈和生气。

孔文君开口说："磨蹭这么半天？"

他打量着康万里和花铭的神情，看到花铭神情懒散，十分反感。这人现在还不知道害怕？果然是根就长歪了。

谷文斌不像许娉，也不像孔文君，态度公正，拿出本子严肃地问："为什么打架？"

康万里刚想开口，想到花铭的话后无意识地顿了一下，这时，花铭挺直了身板，开口说："谁说我们打架了？我们没打架。"

他们没打架？他们俩都被老师堵在体育馆抓个正着了，竟然还说自己没打架？在场的所有老师都被花铭这坦坦荡荡的否认话语震惊了。

谷文斌皱了一下眉："你说什么？"

花铭没觉得自己说了什么了不得的话，十分平常地说："我们没打架，倒是我想问你们，为什么要耽误学生正常上课呢？"

这是犯了错的学生能说出来的话吗？他打架被抓还反过来指责老师？

孔文君被花铭的态度气得横眉竖眼，没等谷文斌问，忍不住发作："抓你现行你还不承认！我亲眼看见你们俩倒在地上！"

花铭："那是因为我们两个抽筋了。"

孔文君："就是因为打架才抽筋！"

花铭："谁打架会打到两个人抽筋？我们抽筋是因为水太凉。"

孔文君："还否认？不打架你们两个会掉进水里？"

花铭扬起嘴角："下水了就是打架？"

孔文君："不是打架你们下什么水？"

花铭反问："游泳课不下水，我们在地上游？"

狡辩！净是狡辩！孔文君听不下去了："那怎么就你们俩下水？别人都没下水？"

花铭："那你应该问别人，不该问我。"

孔文君被这一番否认的话堵得瞪眼睛，头发要被气歪了，他回头对许娉说："许老师你看见了吗？啊？你看看你的学生！"

许娉的脸色不好看，可她并没有说话。她知道花铭和康万里有错，但并不会在这个时候站出来指责他们。

孔文君得不到回应，冷笑一声，所有的气都撒向花铭："我真没见过你这样的学生，这个时候还在装。你看看你脸上的伤，那不是你打架打的？"

听孔文君提到伤，康万里不由得顿了一下。他听着花铭在旁边一句接一句地反驳孔文君，一直没吭声，到这时才瞥了身边的花铭一眼。

花铭毫无愧色地说："不是，这是我自己弄的。"

孔文君："胡说八道！你自己怎么弄的？！"

花铭："我年少气盛，还不能有点儿自己的生活？"

孔文君："你……"

孔文君从没被学生这样一套接一套地反驳过，简直要被气死了，事实摆在眼前了花铭还不认，被现场抓包了他还不停反驳。

谷文斌被花铭的话逗笑了。他一直把花铭当作全校最难搞的刺儿头，但只听过名头没亲眼见过，这回可是见识了。他来了教务处主任的劲头，非得把花铭校制服："那么多人都看见你们两个约架了，学校论坛上传得尽人皆知，你当老师不上网吗？"

花铭："网上传得再多也是谣言，还有人说您秃顶戴假发，那您戴了吗?"

谷文斌眼皮一跳,差一点儿就破口大骂。许娉和其他老师都为这句话低下了头,张佑安差一点儿笑出来。

谷文斌稳了一下,火气彻底冒了出来。他刚才没插嘴是给花铭机会,现在就只想收拾收拾花铭:"你就是不承认是吗?"

花铭:"没干过怎么承认?我一根手指头都没碰过康万里。"

这句倒是实话,可惜除了康万里没人注意。

谷文斌:"你说这些都没有用,你除了脸上,身上也有伤,把衣服脱下来验验伤,身上的伤你还能否认?"

花铭:"验伤要验两个人,康万里身上没伤,就证明我们没打架。"

谷文斌觉得如果他们两个人打架,看起来更瘦弱的康万里身上不可能没有伤。不过保险起见,谷文斌还是说:"他没伤说不定是你没打到,不能证明你们没打架。"

花铭:"您的意思是我们打架了,我没打到他,他把我狠狠打了一顿,我还在替他说话?"

这话成功把老谷带偏了,老谷仔细一想,确实不明白花铭为什么坚持否认打架的事实。按一般情况来讲,花铭要是真被康万里打了,肯定巴不得康万里受到处罚,怎么会一直否定呢?以花铭的背景他根本不会害怕。

可要说花铭想护着康万里,那更不可能了。为什么?因为前后矛盾啊。花铭要是想护着康万里,那两个人干吗要约架?

全校最厉害的教务处主任没了声,在场的老师面面相觑,场面一时寂静得有些诡异。

许娉神色复杂地望着花铭,康万里也紧紧闭着嘴,心情极为复杂。他真不知道这人还是个辩论鬼才,这样都能一路反驳。

康万里一言难尽。他们刚闹完,花铭竟然在帮他。他明明不想欠花铭的人情,却不能站出来否认,否则会影响自己上京大。

太难受了，康万里的脸都花了。

老谷没动静，孔文君终于从无语中找回了一点儿思路，愤怒地说："你说没打架就没打架？事实让你一张嘴就说没了？你拿出证据啊！"

花铭："那您有我们打架的证据吗？"

孔文君正等着这句话呢，得意地说："游泳池旁有监控录像，现在就去调出来，铁证如山，你怎么说？"

调监控？康万里的脸色变了，不管花铭怎么能说，录像做不了假。

孔文君看见康万里的神色，心里大定，哼了一声："证据要是显示你撒谎，那比打架的性质恶劣多了。你们这么有主意的学生靖博教不了，我建议劝退。"

康万里怔了怔，许娉的脸色大变，她一直没出声，现在急忙站出来说："劝退太严重了，学生之间小打小闹……"

孔文君打断她的话："你刚才没听见花铭说什么吗？他死不承认，甚至还倒打一耙！这样的学生也就你敢教。我问你，他要是带坏了学校的其他学生你能负责吗？"

孔文君脸上是再明显不过的嘲讽之色，许娉极为难堪。但难堪什么的都不重要，只有康万里和花铭的处罚最要紧。

她急忙说："谷老师……"

谷文斌一锤定音："调监控！"

许娉急得脸色发白，张佑安从后面扶住她，想说话却被谷文斌挥手给挡了回去。监控非调不可，这个事实无从改变。

康万里不由得握紧了拳头，身体绷紧。忽然，花铭抓住了他的胳膊，吓得他身体抖了抖。康万里又急又怒地看过去，花铭对他露出了一个非常深的笑容。花铭的眼睛里盛满笑意，没有一点儿惊慌之色，康万里原本有些不安的情绪瞬间便安稳下来。

康万里愣了好几秒才反应过来，用力甩开花铭的手。花铭挑

229

了挑眉,还是一点儿都不见生气。

相较之下,康万里的心不知道为什么狂跳起来。害怕?紧张?还是什么?康万里不清楚。

时间一分一秒地过去,负责调监控的老师终于从监控室回来了,孔文君最先发问:"怎么样?"

说着,他带着胜券在握的表情看向康万里和花铭,想好好看看他们惊慌的表情,可结果并不让他满意。他冷笑一声,暗暗讽刺两个刺儿头不到黄河心不死。

许娉没有发问,知道康万里和花铭约架十有八九是事实,问了也没意义。调监控的老师已经看过了录像,神色有点儿怪。

他没有直接回答,而是说:"嗯……你们自己看吧。"

谷文斌接过监控视频,孔文君和许娉都察觉到了不对劲。几个人凑上去一看,发现录像只有黑屏,从中午一直到现在的监控都是空的,什么都没有录到。

孔文君惊讶地问:"怎么回事?"

带着监控回来的老师说:"听说是摄像头坏了。"

所有老师的神色都有些复杂,看花铭的眼神里充满了说不出的情绪。大家都是成年人,还都是老师,谁不清楚这里面的门道?摄像头早不坏晚不坏,偏偏在这个时候坏,谁信?

然而事实摆在这里,没有录像等于没有直接证据,花铭不认账,大家还真就拿他没办法。老师们十分无奈,同时又觉得花铭的态度和举动太可恶。他肯定在闹事之前已经做好了准备,遮住了摄像头,无论发生什么事,都不会有证据。

不过花铭这样的人,做出什么事都不会令人惊讶,倒是康万里现在完好无损地站在这里最为奇怪,奇怪到老师们差点儿相信他们没打架。

孔文君已经气到不受控制,觉得这个学生简直没救了:"你怎么能干出这种事?"

花铭忽然笑了:"我做什么了?"

孔文君:"你打架!还……"

花铭打断他的话:"我说了,没打架,不要诋毁我和康万里。"

被"诋毁"的康万里自己都有点儿不好意思。孔文君的脸黑透了,他指着花铭哆嗦半天,气到不知道说什么好。

花铭任他瞪了一会儿,这才慢悠悠地说:"没有证据却一直诬蔑我,我有理由怀疑您在针对我。"

孔文君蒙了:"你怎么有脸说诬蔑?"

花铭看了一眼康万里,转过来继续说:"我和康万里只是有些误会和小冲突,孔老师却一直肯定我们打了架,我有理由怀疑,孔老师是因为我和康万里前几天和一班的尚辉有过冲突,想借机教训我们。

"如果是别人举报我们打架,我没意见,如果刚好是一班的尚辉举报的,是不是能证明这件事是他有意陷害,损害我和康万里的名誉?谷老师,请问举报我和康万里的人是谁?"

谷文斌:"……"这还用问?就是尚辉。

答案在花铭的意料之中,他说:"我觉得我和康万里需要一个交代。"

闹得风风雨雨的犯错者反过来要交代,孔文君已经彻底蒙了,不自觉地看向其他老师,想借些助力,然而其他人和他一样都是一副说不出话的表情。

孔文君无语地问:"给你个交代?谁给我们交代?都现场抓住人了,你真会颠倒黑白。"

花铭无所谓地说:"其他老师都听见了,我认为孔老师坚持己见,任由自己班级的学生公报私仇。"

花铭短短几句话,竟把之前孔文君说他的话全都撑给了回去。

孔文君气急败坏:"许老师,你看看你们八班的学生!"

花铭又打断他的话:"八班,八班,孔老师一直说八班,八班又如何？作为老师您难道在歧视八班的学生？为什么？因为我们成绩不好？"

孔文君面上无光："你这么理直气壮，就是因为自己家里条件好，等到了社会……"

花铭再度打断他的话："一码归一码，事情对错和家庭条件无关。您不会是仇富吧？"

孔文君被他说得脸都绿了。

许娉开口说："花铭，别说了。"

花铭闭上了嘴，既不追击也不争辩，从头到尾游刃有余。

许娉本以为他未必听自己的话，见他乖乖闭嘴，偷偷松了一口气。她问其他人："各位老师觉得该怎么办？"

聚在这里的老师原本都是来旁听的，没打算做主，被问到了就互相看看，各抒己见。

"就批评教育一下，从轻处理吧。"

"可闹得全校都知道了，怎么说也不能就这么不了了之。"

两种观点僵持不下，几个老师正好达成平衡。

孔文君无法相信竟然真有老师被花铭说动打算将事情敷衍过去，气愤地说："不行，这怎么能行？谷老师？"

谷文斌没说话，在场就剩下张佑安一个人还没发表意见。

张佑安开口说："不管怎么说，他俩毕竟是咱们学校的学生，现在也都好生生地站在这里，没有造成什么大的伤害，只要他们以后不再犯，也不必处理得那么严肃。就当给他们一个机会，这次就算了吧，他们肯定没有下次了。"

张佑安的身份是一班的物理老师，却并不和自己站在一边，孔文君嘲讽说："张老师是真这么想，还是不想惹老婆生气才和稀泥？"

张佑安和许娉同时怔住，他们两个人的夫妻关系没有对外公开，知道的人没几个。他们平时工作也都互相尊重，从来不影响彼此，孔文君这么一说，几乎和当面骂人差不多，张佑安脾气再好也有些绷不住了。

谷文斌急忙挥手："康万里，你过来我问问你。"

康万里抬起头，谷文斌盯着他的眼睛问："你真的没打架？"

康万里停了好几秒，神情复杂："没有……"

谷文斌站起身："行了。康万里、花铭，你们俩出去，以后老实点儿，别以为老师真治不了你们，尤其是康万里，把心思用到学习上知不知道？"

康万里艰难地点了点头，不知是不是错觉，花铭好像笑了一声。

谷文斌这么说明显是不打算再追究康万里和花铭的责任，许娉点了点头，领着两个学生出了办公室。她临走时看了一眼张佑安，张佑安正在努力压下情绪。

到底只是一句话，张佑安和许娉还不能和孔文君撕破脸，毕竟孔文君的资历、地位都比他和许娉要高。

出了办公室，康万里心情复杂，讨厌自己接受了花铭的帮忙。花铭察觉到他的视线，露出一个十分灿烂的笑容，这样的笑脸和他平时对别人的冷淡态度反差太大，仔细看还有点儿刻意装可爱的嫌疑。

康万里打了一个激灵，头皮发麻的感觉又上来了。康万里已经理解不了花铭了，不对，从来没理解过。

耽误了这么久，八班的学生全在教室里准备上课，许娉带着康万里和花铭进教室，教室里哄闹一片。

花铭和康万里回来了，这场面太炸了！他们俩现在可是学校皆知的对头，徐凤、杨复、王可心、詹英才四个人更不用说，全部关切地望过来。

许娉示意全班同学安静，冷声说："康万里、花铭，不管你俩有没有动手，但你们俩约架，对学校和其他学生造成了很多不好的影响，学校不罚你们，我罚你们。"

许娉没那么好糊弄，她作为班主任，不能让康万里和花铭轻而易举地把这事翻篇儿。她可以在对外的时候为两个孩子求情，回到自己班级，必须让他们知错。

许娉问："你们两个认不认罚？"

康万里确实动了手，哪怕只有一拳，那也是动手。他愿意承担责任，他应道："我认。"

花铭勾了勾嘴角："我没动手。"

许娉当他死不承认，严肃地摇了摇头："都是一个班级的同学，有什么矛盾用沟通解决不了？动手是最不可取的手段，你们打一架，问题就解决了吗？

"年少气盛有摩擦我可以理解，但在学校必须好好相处。不是关系不好要打架吗？今天就罚你们在门口站两节课，面带微笑地看着对方。"

话音落下，教室里不受控制地响起一串起哄声——

"哇！"

"太狠了吧。"

徐凤脸都皱了："啊？开什么玩笑？"

让刚刚打过架的两个男生面带微笑地看着对方站两节课，在任何一个学生看来都是公开处刑，又丢脸，又羞耻。

许娉再度问道："你们两个认不认罚？"

康万里张开嘴半天说不出话，脸上的表情难看极了。

大家不知道康万里的心情，但都觉得康万里的反应在意料之中，而且，连康万里都这么难受，那不承认自己动手的花铭应该更受不了。

大家正想着，忽然听见花铭开口说："谢谢老师从轻处罚，我也认。"

八班学生："……"

许娉："……"

234

康万里："……"

康万里被突如其来的转折气傻了，花铭却大大方方地拉住他，头也不回地出了教室，自觉到门口罚站。

花铭的动作一气呵成，许娉僵了几秒，这才拍着黑板说："大家都肃静，开始上课。"

八班的学生不情不愿地唉声叹气，慢腾腾地拿出课本。

教室外，康万里和花铭站在走廊上，不到两秒，康万里整个脸部的肌肉都开始抖了起来。

疯了，真的是疯了！他最讨厌花铭了，每天都在叫花铭离他远一点儿，可是现在他竟然在和花铭带着微笑罚站！怎么会这样？

闹了一个中午，心情上上下下各种起伏，康万里心中已经积压了太多的情绪。他生气、暴躁、愤懑、惶恐、不安、松懈，到现在和他最讨厌的花铭站在一起，还要朝对方微笑，他的心里陡然生出一股强烈的心酸感。

康万里从小受父母宠爱、弟弟照顾，没受过委屈，却在花铭身边受了这么多次精神冲击和心理折腾，这一刻，康万里的心理防线终于在安静中崩塌。他死咬着嘴唇，不肯示弱，眼眶越来越红，越来越湿润。

花铭斜眼看见他的样子，声音有些嘶哑："哭什么？"

康万里："我没哭。"

花铭："为什么哭？"

康万里："说了我没哭。"

因为许娉在上课，两个人说话的声音都很低，花铭听着康万里明明生气却还不得不压到细小的声音，心中思绪难明。

花铭："我不是没打你吗？你也不用受罚，还担心什么？尚辉？"

康万里本不想说话，可听见花铭的声音就烦。什么尚辉？尚辉算什么！

康万里："你别扯那些有的没的。"

花铭："那你还生什么气？"

他生什么气？当然是生花铭的气！全都怪花铭，偷偷画他的画，还装失忆戏弄他，亏他以为他们俩算是半个朋友！花铭这浑蛋才是最惹他生气的那个！还有，他还看见花铭和小风说话。

想到这个，康万里忍着泪说："你和小风说什么了？"

花铭对"小风"这个称呼极为敏感，当下把别的事都放到了一边："今天中午那个男生叫小风？"

康万里听见花铭说康千风的名字就害怕，警告花铭说："不许你提他。"

花铭更不想提他，可不问不行："他的全名叫什么？他在哪里读书？他多大？他住哪儿？"

花铭四连问，每问都在调查小风，康万里有些害怕。

康万里急忙说："你别做梦了，想都别想，小风才不会搭理你这种人。他可是大好青年，比我还聪明，你一辈子都别想捉弄他。"

花铭似乎有些不解："捉弄？"

康万里恨恨地说："是啊，你个浑蛋！"

花铭顿了好几秒，终于明白了两个人话里的差别。他忽然露出笑容，贴着康万里说："你误会了，我没想捉弄他，我已经决定了，只捉弄你一个人。"

康万里怔了怔："真的？"

花铭："嗯。"

康万里有些高兴，过了一秒，终于反应了过来。他瞪着花铭，嘴唇颤抖，眼泪差一点儿掉下来。

全世界人那么多，花铭却只戏弄他一个人……那他到底是有多倒霉啊？！

康万里比刚才更崩溃，脸上神情的丰富程度更上一层楼。他不想说话，侧过脸，胸膛起起伏伏。他犟着不肯示弱，但身体很诚实，时不时地抽搭一下。

花铭应该怎么去形容呢？反正就是感觉他脑子都要炸了。他不得不缓了缓自己糨糊一样的脑袋，克制住情绪说："你这么讨厌我？"

是啊，最讨厌，康万里已经讨厌死他了！从开学开始，每一天，不，不只是从开学开始，暑假的时候其实就已经开始了。

康万里不再忍耐，带着汹涌的怒意和哭腔吼道："都是你，都怪你，我一个假期都没过好，晚上老做噩梦！"

花铭想了想，深有同感："嗯。"

康万里被罪魁祸首用这种语气敷衍，只感觉自己又被捉弄了，更加生气："开了学还碰上你，你个浑蛋非做我的同桌，天天烦我，放假逗我出去，结果拿裙子羞辱我……你还是个人吗？我才不要裙子，我讨厌裙子！"

花铭不停点头，对，都是他做的，不过那些事对他而言都不是重点，重点是他明明没有认出康万里，但还是和康万里成了同桌啊！

花铭忽然说道："你不喜欢裙子？为什么？你不是女装癖吗？"

康万里哽了哽："你才是女装癖！"

康万里不想再花时间和花铭解释什么，开始发泄全部怒火："你还骗我，表面上装失忆，其实背地里一直拿着我的画，你……你耍着我玩儿！"

花铭发现自己和康万里的认知有误差，所以不否认这些，非常悠闲地说："对，我道歉，我挽回，我错了。"

康万里的声音终于卡住了，各种情绪在心里打转，最后他被气哭了："谁要你道歉。"

花铭："你要什么？我都满足你。"

康万里瞪着眼说："你别和我说话。"

花铭当场拒绝："不行。"

康万里无语:"那你还说什么!"

花铭:"就这个不行。"

康万里在花铭的眼睛里看到了认真的神色,似乎还有真诚和许诺。康万里尝试着问:"你说真的?我说什么你都答应我?"

花铭:"当然。"

康万里:"那你以后别老打扰我,我愿意后退一步,给你面子,约架的事情就这么算了。我以后不和你动手,但也不搭理你。我们俩就互相无视,谁都不干涉谁……"

没等康万里说完,花铭便说:"不行。"

康万里无语。

花铭补充说:"这是绝对不行的。"

康万里沉默了,一句话都说不出来,眼睛里的眼泪一闪一闪的。

也就是说,他说了这么半天都是白扯,这个花铭就是死活不肯放过他。他这一拳没把花铭打跑,还让人变本加厉了!花铭决定逮着他一个人使劲儿捉弄?他不是倒霉,是倒了血霉了!

康万里悲从中来,彻底控制不住情绪,眼泪啪嗒啪嗒地往下掉。他不是爱哭鬼,但现在真的被花铭给逼急了。

花铭可不喜欢康万里哭成这个样子,他的眉心跳了一下:"别哭。"康万里不理他,花铭又说,"康万里,别这么哭。"

康万里暴躁地说:"你离我远点儿!"

花铭:"我离你远点儿你现在就不哭吗?"

康万里:"是啊!"

太煎熬了,康万里早就受不了了。但他知道这是班主任给的惩罚,不能反抗,所以再难受都没有主动远离。

说这话时他并没有抱希望花铭真的离他远点儿,只是单纯发泄,可没想到话音落下,花铭真的迈开了一步。康万里一惊,恍惚地看过去,花铭已经双手插兜,转过头去。

花铭和康万里一直在小声说话,许娉一直有感觉但没有制止,她的本意就是让这两个打架的孩子好好交流。

花铭和康万里刚一远离对方,她马上就发现了,皱着眉说:"花铭、康万里,你们怎么回事?"

全班同学循着声音看过去,都看到花铭和康万里背对背站着。不知道情况的学生开始起哄,心想这俩人果然是对头,他们会不会再打起来?

许娉走到门口:"你们在做什么?谁让你们背对着背了?"

康万里顿了顿,不知道该说什么。

花铭淡淡地说:"我不想笑了。"

徐凤一下就笑了,冲着杨复说:"看见没?我铭哥酷!"

许娉收起平时的温柔样子,严肃地说:"这不是你想不想的问题,这是我作为班主任给你的惩罚,你必须接受。"

许娉从来没有过这样严肃的态度,任谁都看得出来,如果花铭继续坚持,这位年轻的班主任一定会发火,他们必然会迎来更严重的惩罚。

康万里不由得看向花铭,心情复杂。花铭一直背对着他们,康万里看不到花铭的神情,只能听到他冷淡的声音。

许娉沉默下来,班里的学生也察觉到气氛的转变,起哄的声音一点点停了下去。过了两秒,许娉说:"康万里回教室吧,花铭站在这里等一会儿,我给你父母打电话让他们把你领回去。"

叫家长无疑是每个学生最害怕的事,八班的同学各种感慨,徐凤和杨复都怔了怔,几乎是一瞬间,平时稳如泰山的杨复直接站了起来。

杨复:"老师等一下,事情没那么严重,不至于叫家长,小花他没有别的意思……小花!花铭!"

很多人不清楚花铭的家庭状况,杨复却清楚。花铭和他父亲的关系并不好,要是他真被叫了家长,最终得到的惩罚很可能比一般学生要严重很多。

然而被叫到的花铭笔直地站在教室门口,既不回答也不说话,只用一副冷淡的神情表达了自己的态度。

许娉头也不回地去了办公室,康万里这才反应过来,花铭真的被叫家长了?因为……因为他叫花铭离自己远点儿?

康万里的心一下子提了起来,他说不清楚是什么滋味。在他不知道该说些什么之际,花铭推了他一把,把他推进教室里。

康万里顿了一下,憋着一口气回了座位。他不要内疚,这和他有什么关系?!是花铭自己走开的,又没人逼他!

康万里在内心默念了好几遍,强制自己投入到专心看课本,大概过了几分钟,许娉将花铭带去了办公室,又过了半个多小时,第三节课时,一个西装革履、气度非凡的中年男人带着花铭离开了学校。

中年男人的出现在学校里引发一阵骚动,不少学生争着抢着围观,议论纷纷——

"我的天,本人!真的是花总本人!我的天哪!"

"我还以为只能在杂志和电视上见见……"

"这回真有实感了,花铭和咱们根本不是一路人,看看人家是什么家庭。"

康万里没出去看,坐在座位上没动,却被其他人强行灌输了花铭被父亲带走的画面。

王可心说:"花铭和他爸关系是不是不好啊?花总那脸冷得跟冰块儿似的,他在电视上不是挺平易近人的吗?"

詹英才:"不清楚,还是别乱猜比较好。毕竟是孩子犯错被叫家长,任谁脸色也不可能很好吧。"

徐凤路过康万里身边时还瞪了他好几眼:"啧,都怪你。"

康万里要烦死了,怎么就怪他了?他才没有!

尽管心里极度否认,但康万里的心情还是受到了很大的影响。

看着花铭受罚他本应该开心才对，实际却是极度烦闷。康万里就一直这样难受到放学被许娉叫去办公室单独谈话。

许娉问他："康万里，你知道错了吗？"

康万里咬着牙说："老师，我有自己的理由，动手是因为他先欺负我。"

许娉摇了摇头，皱眉道："所以你还是觉得自己没错？"

康万里说不出话。

许娉盯着他，好久没说话，最后用手遮住眼睛，非常疲惫地说："你走吧，回去好好想一想。"

离开办公室之前，康万里回头看了一眼，许娉把头埋在桌子上，感觉很是难过。康万里的心当即像被塞了一块儿石头，堵得他喘不过气来。

他不知道怎么回事，也不知道该怎么说，似乎无论他说什么都不会得到老师的谅解，可他真的不明白自己到底哪里不对。

一直到现在，他虽然经历了惩罚，但依然不觉得自己做错了事。他明明有自己的正当理由啊，为什么？

康万里一路闷闷不乐地回到家中，到门口才想起来自己约架之前背着小风偷跑的事。一想到小风会生气，康万里又害怕又心虚。

康万里回了卧室，康千风正在床上看书。康千风盯了康万里一阵，像是确认他身上有没有伤。

康千风沉默了好久才问："你有没有话和我说？"

康万里不知道说什么好，心虚得很。他偷偷看小风，直觉告诉他小风的气场特别不对。他上一次看到小风这种态度还是高考出成绩那天，小风那时就是这个样子，沉默得有些吓人。

康万里低着头小声说："对不起。"

康万里今天面对那么多人都没道过歉，可见这一句"对不起"十分难得，然而这个极为难得的道歉在康千风这里并没有起到任何作用。

康千风问:"然后呢?"

康万里停住,不知道答案。然后?然后应该怎么样?他还应该继续做什么?

康千风摇了摇头,眼睛里满是失望之色:"所以你和我道歉只是因为我生气了,实际上并不知道自己错在哪里。康万里,你反省一下好吗?你虽然在复读高三,但是你十九岁了,已经成年了!"

说完这句话,康千风望了康万里一眼,眼神复杂,康万里正想说些什么,康千风已经躺了下去,背过身不再理他。

康万里小声呼唤:"小风……小风?"

呼唤无果,康千风彻底无视了他,康万里只能暂时离开房间。

张阿姨过来给他送吃的东西,见状问道:"你在这儿干什么?怎么还背着书包?放下来啊,多沉啊。欸,小风呢?"

康万里支支吾吾地说:"他……他睡了。"

"这么快就睡了?不应该啊。"张阿姨诧异地摇了摇头,"小风在家等你一个下午了,我看他挺着急的,他和你说话了没有?你回来可得告诉他一声。"

康万里顿住,急忙问道:"小风一直在等我?"

张阿姨:"是啊,他还去门口看了好几次呢。"

康万里说不出话,等张阿姨走后,捧着夜宵坐在楼梯上,越想越郁闷。他把夜宵塞进嘴里,一口都咽不下去。

第十一章
哄你开心

　　载着花家父子的豪车奔驰在路上,司机一路上噤若寒蝉,一句话都不敢说。花典的秘书也不敢搭话,只能通过后视镜悄悄打量着后座父子俩的神色。

　　花典面无表情,目不斜视,花铭的动作和他如出一辙,模样和神态都和花典有着相当大程度的神似,很有父子的样子。

　　可惜除了视觉上相似,这对父子基本没什么相同点。他们性格不同,关系也一点儿都不亲密,秘书跟在花典身边五六年,基本没见父子俩相处过几次。这次学校请家长,父子俩再度聚首,如果秘书没算错,应该和上次相聚隔了三个月。

　　父子俩三个月没见,刚见面就是这种一言不发的气氛,秘书非常难熬。没办法,花家人的气场非同寻常,他被夹在中间,真的感觉很窒息。

　　二十分钟的车程,好不容易回到全市知名坐标花式钟楼,秘书给花典递上文件夹,然后立刻冲上车一溜烟儿地没了身影。

　　父子二人一前一后地进了家门,花铭没在意身边的男人,如同往常一般上楼。

花铭刚踏出一步，花典便说："站住。"

花铭的神色没有不耐烦，也没有担忧恐惧，他十分平常地回头说："有事就说。"

他这样的态度，怎么都不像是在面对父亲。花典皱了皱眉，在沙发上坐下，凝视着许久没见的儿子，积年累月养出的威严气势迸发："我让你走了吗？"

花铭淡淡地说："你也没不让我走。"

花典毫不意外花铭的顶撞行为，沉声说道："老师把我叫去学校，你就没有什么要解释的？"

花铭哼笑一声："解释什么？是我让你去的？打电话的人又不是我。"

花典顿了顿："你知道我的工作有多忙吗？"

花铭："忙你可以不去，你去了我也麻烦。"

这样一说反倒是自己的不是了，花典的火气一点点地冒了出来。

他本来没怎么生气，因为常年缺席孩子的生活，偶尔被叫去学校一次还让他忽然有了一种责任感。可眼下他只和花铭说了两句话，情绪便开始不受控制。

人人都知道他在外面呼风唤雨、运筹帷幄、处事淡然，唯独对花铭这个儿子，他所有的人生经验都没了用处。

花典按住自己的额角问："打架怎么回事？"

花铭："没怎么回事。"

花典："说清楚。"

花铭："有什么说的？你自己没有年轻的时候吗？"

花典又被花铭拿话堵住，纵然心里知道花铭说的是那么个道理，少年人有点儿冲动很正常，但花铭的语气实在过于挑战"父亲"这两个字的权威，他一下便恼了。

花典积攒的火气奔涌而出："你还很理直气壮？你知道自己

都在做什么吗？你是在浪费自己的时光！"

花铭："你觉得自己没有浪费时光？只有像你那样每天忙着工作赚钱才是对的，其他的生活方式都没有价值？"

花典感觉自己被带跑了，回道："无论哪种生活方式都要有一定的物质基础，至少我有钱，你有吗？"

花铭："我没有，你有就行。"

花典一下子愣住了："我有钱和你有什么关系？"

花铭："平时你管不管我无所谓，我愿意为你加油，为你喝彩，爸爸，你多努力，用力赚钱，以后都留给我。感谢你。"

花典被这无耻的发言气乐了，笑出了声，一下子出了一身汗，等这身汗出来，他反倒冷静了，不再和花铭胡扯。

他知道自己陪伴花铭的时间太少，花铭故意拿话堵他，可说到生活方式，花铭觉得自己对花铭已经足够尊重了。

他是商人，却从没强求花铭继承他的事业，花铭说想学画画他就让花铭学画画，说想学钢琴就让他学钢琴。

花铭从小到大把艺术类的科目都学了一遍，可结果倒好，他是学一样扔一样，每到最后关头就丢下不管。花典问他为什么，花铭是怎么说的——没兴趣了。

没兴趣！见鬼的没兴趣！

花铭已经大了，一些小事花典根本不计较，但花铭的人生他不能不管，他半无奈半生气地说："你马上就毕业了，放着艺术科不读去读文化班，你有那个成绩吗？之后怎么办？就这么继续浪费时间？你就没点儿想做的事情吗？"

花典的这番话纯粹是发泄，他对花铭的回答没抱希望，不想花铭忽然回答："有。"

花典怔了怔："真的？"他先是一喜，随后又转为冷漠，"有又有什么用？你做什么事情都不会长久。"

多年的经验摆在那里，花铭从来没有在一件事情上坚持过三年以上的时光。

花铭:"这次不会,我决定要做一辈子。"

花典有些不敢相信,不由得问道:"你想做什么?"

花铭微微露出笑意,回答:"我想继续画画,我想维持一段纯粹的友情。"

一晚上过去,第二天早上醒来的康万里满心压抑,班主任和小风的失望神情给了他很大的精神打击,这状态持续到现在,让他的心情跌落谷底。

让他更加难过的事情还在后面,康千风似乎真的气极了,洗漱、穿衣、吃饭全程无视他,他搭了好几次话康千风都没理睬。

一早上过去,康万里在小风面前彻底怂了。

小风冷漠的样子太可怕,尤其这次的事态看起来似乎比以往每一次都严重,小风竟然连看都不看他。康万里又委屈又难过,心情差得不能再差,偏偏这个时候花铭还不消停。

康万里出门之前,花铭给他发来微信消息。

大花:早安。

康万里当场骂了一句脏话。他已经这么难受了,还要被小风无视,追根究底都是因为花铭,这人还敢一大早就烦他!

康万里气极了,心中烦躁、愤怒不已,完全没了耐性,直接删除了花铭的微信好友。他是答应过不屏蔽花铭的朋友圈权限,可没说过不能删除好友。

很快,花铭那边发现自己被删了,一个接一个地发来好友请求。康万里全部无视,同时做出决断,真的,他再也不要来回反复了。

事情之所以变成这样,现在他和小风之所以这么僵持,就是因为他没有完全和花铭切断联系。从今天开始,无论花铭怎么招惹他，他都不会给予任何回应，让花铭一个人蹦去吧！

康万里把对付花铭的办法想得清清楚楚，也做了相应的心理准备，谁知道去了学校，他旁边的座位上空空如也，花铭没来。

康万里心里奇怪，这个时间了花铭还没来？迟到了？康万里又转念一想，管他迟不迟到呢，没来正好，他不来才好呢！

康万里只当花铭是习惯性无视规则，没有放在心上，不承想他的想法竟然成了真，到了上课时间，徐凤和杨复都来了教室，花铭还是没有现身。

开始上课，二十九位学生上课，一人缺席。

老师给同学解惑："我们上课，今天花铭同学请假了。"

花铭请假了！在这个花铭因约架被父亲带回家的当口，他的缺席理所当然地掀起了一轮议论狂潮。一下课，八卦群众立刻凑成一团。

"请假？我的天哪……什么情况？花铭竟然在这个时候不来上学，不可思议。花铭回家是不是被花总给揍了？"

"嘘！胡说什么呢？多大点儿事，花总……花总不是那样的人吧？"

"我也觉得，不至于，不过花铭不来上学真的太奇怪了。"

"是不是身上有伤？我昨天看见花铭脸上有一点儿肿，身上其他看不到的地方说不定还有。哎，康万里啊，这仇真结大了。"

大家越讨论越觉得新奇，原本人人都认为康万里和花铭打架，吃亏的百分之百是康万里，他可能不仅要挨打，之后的日子还会过得特别惨。

谁承想人人都在等着看热闹，结果却是康万里毫发无伤。他不仅没受伤，还把花铭搞得请假了，真是牛。

有人在路过康万里身边时说："小伙子行啊，一切看淡，不服就干。打花铭是什么感觉？"

康万里没说话，旁边有人用力踹了一脚桌子，巨大的声响惊得全班同学瞬间息声。

徐凤愤怒地说："谁叨叨呢？谁敢在背后说我哥？！都管住点儿自己的嘴。"

这下没人敢应声了，杨复没阻止徐凤耍脾气，接着他的话说："少议论，管好自己。"

杨复就说了两句话，班里的人立刻散开，刚才和康万里说话的男生满头冷汗，灰溜溜地从教室里溜了出去。关于花铭和康万里的讨论瞬间消失，全班陷入一种尴尬的寂静气氛中。

徐凤还是气得不行，杨复从后面捏住他的脖子："凤儿，行了。"

徐凤用力甩开他的手，大步朝着康万里走过来，气势汹汹。

王可心和詹英才都有些慌神，从座位上起来，小跑过去准备拉架。可没等他们过去，徐凤突然从背后取出一个干净整洁的食盒，拍在康万里的桌子上。

王可心："……"

詹英才："……"

康万里盯着桌子上的盒子，一眼看见里面装着他平时喜欢吃的水果，顿感莫名其妙。

康万里："干什么？"

徐凤："我怎么知道干什么？又不是我想给你的！铭哥让我给的。"

花铭人都没来，却找徐凤给他送水果？什么毛病？花铭到底想干什么啊？！

康万里没好气地说："拿走，我不要。"

徐凤比康万里更加没好气："你以为我愿意给你啊？爱要不要，反正我送到了。"

徐凤留下水果盒转身就走，康万里胸闷气短，转头把水果盒丢进了垃圾桶里。他就是不要花铭给他的东西！

徐凤狠狠地瞪了康万里一眼，旁人都以为徐凤会过来动手，然而这人只是烦躁地低下了头。

花铭彻底从学校里消失了，上午没来，下午没来，第二天也没来。一连三天，花铭都没来上学，学校再压也压不住这个消息，众人都想不明白花铭是怎么回事，在论坛上活跃起来。

大家都十分关注这件事，其中就有一个偷偷潜水的康万里。

花铭不来对康万里来说无疑是好事，可有的时候太顺心的好事突然出现，往往会让人感觉不真实。康万里很想知道花铭那边到底是怎么回事，但又不能自己去问，只能偷偷憋着，越憋越在意。

除此之外，还有一件事也让康万里特别烦躁，就是花铭不停地给他送东西，一天三次，准时准点。开始是他喜欢的水果，后来什么都有，零食、小玩具，甚至还有他和詹英才聊天时提过的心爱的手办。

康万里根本不明白这人在想什么，也不想收花铭的东西。一开始他还能把东西丢进垃圾桶，可后期花铭送的东西他太喜欢了，他实在无法狠心丢掉，礼物无罪啊。

康万里烦死了，到了第三天晚上，终于忍耐不住，同意了花铭的好友申请，对着花铭劈头盖脸一顿骂。

追风的少年：你有毛病啊？我才不要你的东西！
追风的少年：听见没有？别烦我！
追风的少年：别再送了，我不会要的！

消息发出后，花铭那边没有回应。康万里心里有些奇怪，说来他每次和花铭发消息，花铭基本都是秒回，这次他重新加花铭为好友，花铭应该回复得更快才是啊，难道是没看见？

康万里心情怪异地继续等待，然而一天过去了，花铭那边还是毫无回应。康万里原本愤怒的情绪已经平复，他连发消息都不知道发什么好。到了第四天晚上，康万里又发了两条消息。

追风的少年：你故意吊着我是不是？
追风的少年：你干什么呢？！

康万里打下一条"你怎么没来上学"，想了想，最终还是删了。
第五天，礼物如期而至，勤劳但愤怒的搬运工徐凤小哥光荣地完成了他的使命。康万里看着桌洞里的理综精炼卷，陷入无语状态。
这是什么绝妙好东西？真的假的？他好想做做试试！
晚上回到家，康万里的心情太复杂，他盯着手机，看着毫无回复的手机页面，再度发送消息。

追风的少年：人呢？出来！

果然还是无人答复。康万里身心俱疲，准备最后试探一次。

追风的少年：在？

手机猛然发出嗡的一声，花铭那边出现一条新回复。

大花：一直在。
追风的少年：我可去你的！

花铭那边的回复开始频繁起来，康万里仍旧毫无耐心。

追风的少年：你干什么呢？我找你一天了！
大花：刚从医院出来。
大花：这么急？

康万里看到"医院"两个字时顿了一下，一时有些恍惚。花铭这几天没上学是在医院？他就挥了一拳而已，花铭伤得有那么重吗？

追风的少年：你干吗送我东西？
大花：不送你东西，你现在怎么会主动和我说话？

他就说呢！他就知道花铭没安好心。

追风的少年：气死了，你到底想干什么啊？你能不能别再捉弄我了？你以为送我点儿东西我就原谅你了？没用！
大花：你想多了。

你想多了，又是这句话，康万里上次就是被花铭的这句话给骗了，还以为花铭真的不记得那天的事了，可结果怎么样？他亲眼看见花铭背后藏着他的画！

追风的少年：你还装，你明明就是想……

后面的话康万里都不好意思打，康万里以为花铭又要和他来死不承认这一套，不承想花铭很快回复。

大花：有企图是真的，不过送东西的理由不是这个。

康万里看见这句话后怔了怔，这人竟然承认了？

追风的少年：你到底想干什么？你这回是不是真的在水果里

放泻药了？！

　　大花：你怎么把我想得这么坏？

　　追风的少年：因为你本来就坏，你长得就坏，你坏都坏在脸上了！

　　追风的少年：不然呢？你图什么啊？

　　大花：图什么？没什么，只是哄你开心。

　　大花：你这几天心情不好吧？

　　康万里顿时僵住，一下没了动静，任他再怎么想也没想到会得到这个答案。

　　他顿了好几秒，这才回复。

　　追风的少年：你怎么知道我心情不好？

　　大花：有些男孩子太单纯，有什么不开心的事都写在空间了。

　　追风的少年：……

　　大花：我开个玩笑。

　　追风的少年：……

　　康万里好半天无言以对，懒得再和花铭继续聊天。

　　追风的少年：反正我不要，你别再送了，烦。

　　大花：都依你。

　　康万里的心情十分怪异。

　　追风的少年：还有你现在送的这些东西，我都不想要。

　　大花：你说了算，不要就丢了。

康万里的心情更怪了，他的目标就是要拒绝花铭的礼物，现在目的达成，他的心情不仅没顺畅，反而有种说不出的憋屈感。

康万里又生气了，发了一个再见的表情后，第二次将花铭从好友列表里删除。

再见！拜拜了您哪！

康万里气哼哼地放下手机，埋头写作业。教室的最后面，徐凤露出微妙的表情。

徐凤真不知道铭哥都在想什么，竟然突发奇想像这样让他盯着康万里。铭哥之前在找暑假画室里的男生的事上花了那么多工夫，可杨复找到人以后，铭哥根本没问。

不过突然失去兴趣也算符合铭哥的作风，徐凤勉强能理解，那为什么铭哥又关注康万里了？记仇想报复？

徐凤烦得受不了，怎么都想不出来答案，只能一个劲儿地在桌子上磕头。

杨复拿本书垫在他的桌子上："轻点儿，别把桌子撞坏了。"

徐凤用力蹬在杨复的桌子上，气道："滚！"

康万里听得见徐凤和杨复的说话声，但对自己正被徐凤盯梢的事情一无所知。晚上他抱着那一大堆礼物走到垃圾桶边，犹豫了好久，没舍得扔。这么好的东西，扔了太可惜，康万里思索再三，最后用袋子装起来塞进了花铭的书桌里，原物奉还。

和花铭对过话之后，花铭连续几天的送礼行为宣告结束。虽然花铭还是没来上学，但礼物确实没再出现，康万里暂且安心。

康万里有点儿在意花铭为什么还不来学校，不过更多的注意力依旧在小凤身上。大学开学的日子越来越近，小凤和他的关系还没有缓和。还有两天，小凤就要出发了。

在康千凤出发之前，有另外一个人先踏上了开学的旅程——宁修要出国了。作为宁修最好的朋友，康万里必然要送行，他请了第三节、第四节课的假，赶赴机场。和他同行的还有蒋甜，两个人一起从学校离开,俊男美女的组合无疑吸引了不少目光。

两个人匆匆赶到机场,宁修还没有过安检,康千风和他站在一起,两个人正在说些什么。四个人会合,康万里和宁修击掌打招呼,轮到小风时,康千风移开了视线。

气氛有些尴尬,蒋甜站出来打圆场:"只听阿修说过,这回终于同时见到你们这对双胞胎了。你们真的长得不太像,如果不说,完全看不出来是双胞胎。"

宁修笑着说:"不只是脸不像,身高不像,性格也不像。"

康万里说:"大家都说唯一像的就是我们的性别。"

蒋甜轻轻地笑了起来。

留给他们说话的时间并不多,宁修待了几分钟,马上就要过安检了。最后的时间里,康万里本以为宁修要和蒋甜多说说话,不想宁修却对他招了招手。

他们走到一边,宁修问:"还没和好?"

康万里苦着脸点头,他们兄弟俩和宁修一向无话不谈,所以这一次的事情宁修也知道。

宁修无奈地说:"再不和好他可就走了。"

康万里:"我也想,可我不知道怎么做啊。"

宁修:"小风对你最心软,你道歉了吗?"

康万里:"我道过歉,不管用啊。"

宁修更加无奈了:"你知道他为什么生气吗?"

康万里坦然地说:"不知道。"

康万里连为什么道歉都不知道,怎么可能戳到重点?宁修一时失语,轻轻地摇了摇头,拿康万里完全没有办法:"你好好想想。"

康万里已经想了很久,但真的不明白,就问宁修:"你知道?"

宁修自然知道,康万里说:"那你告诉我吧。"

宁修:"这个得自己想出来才有用。"

康万里:"这叫什么道理?"

宁修做了个比喻："把它看作一场考试，我告诉你，不就是作弊了吗？"

康万里不服："那考试之前老师还给画重点呢。"

宁修笑了，笑了一会儿，终于严肃了一些。他知道，康万里自己一个人一定想不出来结果。康万里很自我，没人点醒他，他永远不知道自己错在哪里。

"万里，你还记得你上次缺考的事吗？"

康万里："这有什么记得记不得的？"

宁修："你有没有想过，如果你缺考那天小风的想法和你的一样，你们都缺考了怎么办？"

那岂不是两个人同时缺考，谁都没有做状元，白白浪费了一次机会？

康万里紧皱着眉头："那怎么行？小风他……"康万里忽然停下来，有些说不出话。

宁修静静地看着他，等着他自己反省。

康万里最缺的品质就是换位思考，这人一向按照自己的想法行动，从来不考虑别人的感受。

康万里果然沉默下来，宁修继续说："你想和小风分开考试，轮流中状元，为什么不提前告诉他，问问他的意见？"

康万里脱口而出："因为他肯定不同意啊。"

宁修："所以你明知道他不同意，还是做了，你知道他不愿意、不喜欢、不接受，还会觉得自己受到没有被正视的侮辱，但你还是做了。"

康万里被堵得说不出话来，哽了好几秒才说："我知道我这么做不好，但我有我自己的理由，我……我也会承担后果，所有的后果我愿意自己承担。"

宁修摇头："那小风为这件事伤心的时间怎么算？叔叔阿姨付出的辛苦怎么算？张阿姨每天早上五点起来给你做饭的一年时

255

光怎么算？万里，你真的觉得自己能承担所有的后果吗？事情真的没有其他的解决方式吗？"

宁修继续说："别人因为你擅自行动受到的影响，一句对不起就能够一笔带过？他们可以因为爱你、担心你而原谅你，可你能够理直气壮、理所当然地让他们为你操心吗？"

康万里哑口无言，脸色越来越白，自知理亏，艰难地说："上次的事情已经过去了，我知道错了，但那和这次打架的事情没有关系，这一次……"

宁修打断他的话："本质上是一样的，万里，你好好思想一下。"这句话说完，时间已经差不多了，宁修拍拍他的肩膀，微笑着说，"我得走了，你和小风照顾好自己。"

蒋甜从身后迎上来，似乎很不好意思，却还是忍不住红了眼睛。

宁修："甜甜。"

蒋甜忍不住掉眼泪："等等我，我很快就去找你。"

两个人依依惜别，挚友一路相送，三个人目送宁修走远，宁修走到安检口前用力地对康万里招了招手，用嘴型说：加油！

康万里放空思绪，点了点头，等抬头看到小风，立刻深深低下头来。康千风看到他的样子不由得心软，勉强忍住没上前说话。

三个人在机场门口分开。

蒋甜："你不回家？"

康万里情绪低落地说："不了，我们一起回学校。"

"好。"

康万里出去打车，运气还算好，只花了几分钟就等到了出租车。他回头叫蒋甜，突然发现蒋甜身边多了一个黄头发的男生。

那人对蒋甜拉拉扯扯，两个人已经争吵起来。

隔着几步远，康万里听到蒋甜喊："放开我，我说过了，请不要再纠缠我了！"

那人毫无疑问就是尚辉，他竟然还在纠缠蒋甜。康万里冲上去推了尚辉一下，尚辉后退了一步。

康万里拽着蒋甜向出租车走去："你先走。"

蒋甜有些惊慌："那你呢？"

康万里："别管我，你先回学校。"

出租车带着焦急的蒋甜奔驰而去，尚辉追了上来。看着蒋甜走掉，他冷笑了一声，问康万里："是你？你和她是什么关系？"

康万里的心情极差，他不想和尚辉多费口舌："你脑子有什么毛病？别再骚扰她行不行？！她拒绝你多少次了，你还纠缠不休，看不见她不愿意吗？"

尚辉只当康万里默认了他和蒋甜的关系，恼怒至极："果然是你，我就知道是你！"

康万里："那又怎么样？你有什么能耐就冲着我来，离她远点儿！"

冲着他去？尚辉当然想冲着他去。尚辉极度厌恶康万里，甚至可以说是恨他，可就是因为太恨，更想狠狠地报复康万里。

尚辉冷笑着说："我就不！我就是喜欢缠着她，我就要天天跟着她。我冲着你去干吗？打你有什么意思？我今天把话放在这儿，我绝对不会让你好过！"

康万里哂了一声："我怕你？"

尚辉："你在八班有两个挺好的朋友是吧，一个男生一个女生，都叫什么来着？王什么？詹什么？想起来了，詹英才！原来和我一个班。我早就看那个书呆子不顺眼了，你回去可得好好提醒他们，走在路上的时候长点儿眼睛，别一不小心摔了跟头。"

康万里愣住，随后全身被无尽的怒火包围。他万万想不到尚辉竟然如此卑鄙无耻，竟然拿王可心和詹英才来威胁他。尚辉简直就是渣滓！

康万里愤怒至极："你敢？！"

尚辉："我为什么不敢？你等等看啊，说不定今天晚上詹英才就要遭殃了。啧啧，他认识你可真倒霉。"

丑恶！卑鄙！康万里从来没见过这样的人。他的眼睛迅速泛红，他无法接受王可心和詹英才因为自己受到牵连。他不怕尚辉，但真的害怕詹英才他们因为自己遭受无妄之灾。

康万里想冲上去把尚辉揍一顿，但就在这一刻，宁修的话清晰地浮现在他的脑海中——万里，你真的觉得自己能承担所有的后果吗？

康万里的手臂抖了起来，他死死瞪着尚辉，恨不得让尚辉从原地消失。

就在此时，尚辉的神情猛然发生变化，从得意、阴损变为震惊，最后变为恐惧，他盯着康万里的身后，不由得后退了一步。

一个熟悉的声音在康万里的身后响起："你这是威胁谁呢？"

声音毫无疑问来自花铭，康万里不由得回头看了一眼，但他此时情绪失控，顾不得那么多，反倒是尚辉受到的冲击更大。

尚辉表现出了非常明显的慌张之色，他对花铭有种难以形容的恐惧感，僵硬地瞪大眼睛咽了口口水，完全不敢开口。

他不知道花铭怎么会出现在这里，也不知道花铭说的话是什么意思。他实在摸不清楚花铭和康万里的关系。

之前花铭帮康万里踹过他，却也和康万里约了架，闹得全校皆知，他根本不知道花铭此时是什么态度。难道花铭站在康万里那边？不应该啊。

不过这一切并不妨碍尚辉感到恐慌，他还记得自己举报了花铭和康万里约架的事情，他不怕康万里，但怕花铭真的找他。他清楚得很，花铭不是他惹得起的，在花铭前面，没有他耍横的份儿。

尚辉退了一步，努力扯出和善的表情："你怎么在这里？真巧啊。"

花铭没说话。

尚辉咬着牙说："正好，其实我一直想和你道歉的。真的抱歉，上次的事情都是误会，举报的事都是别人瞎说的，他们看错了，根本没这回事。你知道的，我怎么可能针对你……"

他不敢针对花铭，针对的本就是康万里。尚辉还在继续说，花铭根本没看他，花铭的视线只落在康万里身上，神色不明。

康万里的眼睛泛红，模样看起来蛮横、凶狠，又可爱。花铭打量着康万里，康万里依旧穿着宽松的校服长裤。

六天，这是第六天，他终于回到了康万里的身边。花铭艰难地收回自己的思绪，总算瞥了一眼尚辉。尚辉的神情已经转为讨好和谄媚，那不知道在说什么的嘴里不停发出令人厌恶的噪声。

花铭冷不丁地说："快走开。"

尚辉立刻止住话头。毫无疑问，双方谈话过程中花铭的反应给了尚辉莫大的侮辱感，然而尚辉只是脸上变了变色，马上就转过头走了。

先前还在威胁康万里且表现得十分恶毒无耻的尚辉，听了花铭的两句话后说走就走，康万里顾不得太多，立刻喊道："你站住！你别走！把话说清楚！"

尚辉自然不可能回头，康万里只能将火撒向花铭："你让他走干什么？你让他回来！"

花铭定定地看着他："为什么让他回来？你们能谈出结果？还是你想再打他一顿？"

康万里语塞，要是放在一个小时前，他说不定真的克制不住自己，可现在他已经意识到了，动手什么的根本没有意义。

他现在和花铭吼叫其实是在转移自己的怒火，花铭本就没有义务帮他，像这样赶走尚辉已经算是替他解围了。康万里顿时熄了火，鼻子酸得不行，怒气积攒太多，无处发泄。

花铭盯着他说："回学校吗？我送你。"

康万里无法冷静下来，更没心情追究花铭怎么会这么巧出现在这里。他用力地说："不用。"

康万里说完转身就走，沿着马路离开，身后跟着花铭的脚步声，花铭不用藏着掖着，堂堂正正地尾随。

康万里回头喊："你别跟着我！"

花铭恍若未闻，脚步声依旧如影随形。康万里没空骂他，这一刻，他被强烈的负面情绪淹没，没有空再去管花铭。

康万里走着走着，无数的懊悔、内疚、自责等情绪和怒火一齐涌上心头，他都做了些什么啊。

阿修说得太对了，他根本就没有能力承担所有的后果，只是自我感觉太好，只是自以为是。

动手之前，他从来没考虑过后果，之后还死不认错，难怪许老师和小风都会生气，他现在也要被自己给气死了。

犟嘴有什么用？他根本就没有为自己的行为负责，只会给别人添麻烦。亏他还和小风说什么要照顾小风，现在看来，他这样毫无自知之明，从小到大不知道给小风留下了多少烂摊子。

康万里又伤心又自责，肩膀不停地颤抖起来。忽然，他听见头顶上方传来咔嚓一声，慢了一拍抬头，看见花铭正拿着手机对着他。

康万里愣住，随后才反应过来："你在干什么？"

当然是拍照，花铭大方地收起手机。

花铭担心康万里情绪受挫，可这个画面也确实让他按捺不住。无论康万里是生气还是示弱，或是现在这个肩膀颤抖的样子，都十分有意思，花铭可以回味三天，不拍下来怎么成？

康万里难受死了："你跟上来就是看我的笑话？照片删掉！"

照片已经到手，无论康万里说什么花铭都不会删除的。目的达成，花铭温和地看着康万里说："不，我是来安慰你的。"

这人睁眼说瞎话！康万里："你就用偷拍的方式来安慰人？"

花铭："这是两回事，互不耽误。"

康万里顿了顿，狠狠地说："切！"

花铭在他身边蹲下来，终于开始了所谓的"安慰"行为，耐心地说："不是你的错，是尚辉人品差。"

尚辉人品差是事实，但前半句话根本安慰不了康万里。

康万里说："你知道什么？就是我的错！我冲动，做事情不考虑后果，让老师担心，让家人担心，让同学担心。我不在意别人的感受，还连累朋友！"

花铭并未反驳，甚至还接着说："不止这些，你还犟，爱逞强，任性而不自知。"

康万里顿住，几秒后，眼睛彻底红了。他万万没想到花铭会一针见血地指出他的所有缺点，而且……连这个浑蛋都这么说他，他到底有多差劲啊？！

结果花铭话锋一转，说道："即便如此，你也是很好的。"

康万里哽咽着说："别扯了。"

花铭轻声说："你自信乐观，珍爱友谊，尊重女性，热爱学习，心地善良，有正义感，还有着无畏的勇气。你确实单纯天真，不计后果，可这样很好。你是我这辈子见过的最好的男孩子。"

康万里怔住了，好半天说不出话。他愣怔着，艰涩地说："你在说什么？你以为自己很了解我吗？"

花铭："嗯，很了解。"

康万里愣住，低头说："不，我只会给家人和老师添麻烦，尚辉的事情我都解决不了，到头来只能害得老师和家长给我收拾烂摊子……"

花铭忽然笑着说："你要是舍不得让家人和老师操心，其实可以试试让你讨厌的人来给你收拾烂摊子，比如——"花铭拉长声音，慢慢地说，"我。"

康万里定定地看了花铭几秒，有些不明白对方在说些什么，他最讨厌花铭，而且想一直讨厌下去。

康万里忽然站起来，再度强调："别跟着我。"

花铭笑笑不说话。他清楚地看见康万里的神情出现了变化，不像刚刚一样难过崩溃了，虽然脸色依旧不好，但眼睛里已经有了坚定的光芒。

啊，真好，真动人啊！果然，康万里太适合当他的好朋友了。

康万里转身就走，这次花铭没有跟上去。听见身后没有声响，康万里说不出心里是什么滋味。他打上车，直奔HK别墅花园，要回家去找小风。

虽然不想承认，可托了花铭的福，康万里确实找回了自己的状态。他依旧难过，但已经不是方才那种失落情绪。他不是自怨自艾的性格，既然知道了自己的错误，必须赶紧改正。

康万里进了家门，在玄关看到小风的鞋子，心下一稳，开口便喊："小风！康千风！千风，你出来！"

康千风被这一嗓子吓了一跳，很快从二楼探出头。看到康万里，他满脸不解的表情："哥？你不是……"

康千风话还没说完，康万里便对着他弯下腰，用力地鞠了一躬，康千风瞬间没了声响。

康万里重新挺直腰板，大声说："对不起！是我不好！我不是个好哥哥，不应该瞒着你和爸妈交白卷，有什么想法应该和你好好商量。

"我没考虑过这件事会对你产生多大的伤害，一直欠你一个道歉，更不应该死性不改，逞强斗勇，学校里发生什么事情都瞒着你，害你担心。

"我不对的地方太多，从小到大惹的麻烦也多，作为哥哥没有给你做好榜样，也没有好好照顾你。我错了，小风，我会改的！我真的会改的！我以后再也不这样了，我会让你骄傲的。

"真的对不起！"康万里一口气喊完，嗓子冒烟。他不敢抬头看小风的脸，说完就跑。

康万里刚要出门口，康千风忽然叫住他："等等。"

康万里停住，缩着脖子不敢回头，过了好一阵，康千风平静地说："我快开学了，你今晚不要耽搁时间，回来和我一起收拾行李。"

小风，他的小风原谅他了，康万里的眼泪差点儿流出来。他好不容易才忍住酸意抽了抽鼻子，然后用力点了点头。

康万里推开门，骑车直奔学校，风吹在脸上很冷，但他的心情终于放晴，持续了好几日的阴霾在这一刻完全消散。

他现在还有更重要的事情去做，尚辉是他招惹的，他一定要确保王可心和詹英才的安全。

他知道自己一个人解决不了这件事，到了现在，他也没心思再顾及面子。向老师求助，向学校求助，他都愿意去，没什么丢脸的，这是他该承受的教训。

康万里到学校的时候晚了一些，整条高三走廊里吵吵闹闹的。路过教职工办公室时，他看见门口围了不少人，正奇怪是怎么回事，尚未知道自己遭遇威胁的王可心兴奋地向他跑来。

王可心激动地喊："万里！万里！过来！"

康万里奇怪地问："出什么事了？"

王可心忍不住露出笑容，似乎想卖关子，但又有些迫不及待："大新闻，说了你可能都不信，我刚打听回来，听说那个尚辉刚才去了班主任办公室，要转学了！"

康万里惊了惊："什么？"

王可心当他不相信，嘿嘿笑着补充说："真的。他今年不是被保送吗？听说他连校内保送的名额都不要了。老师怎么问他都不肯说原因，急得孔文君都叫家长了。"

那个尚辉之前还嚣张跋扈地威胁别人的人身安全，放狠话要让康万里高三一年都不好过，现在要说他突发奇想主动转学，康万里怎么都不信。

他几乎不用细想，唯一的可能就从脑海中冒了出来。

康万里问:"花铭是不是来了?"

王可心颇感奇怪:"你怎么知道?"

花铭确实来上学了,被康万里一提醒,王可心想了起来。她连忙拉住康万里,紧张地说:"他都好几天没来学校了,你们也好几天没见,你可冷静点儿,不管之前因为什么事闹矛盾,现在都消消火,千万别再和他起冲突了。我看他今天心情好像还不错……万里,万里?你听见没有?"

康万里回过神,王可心的表情很焦急,康万里心里过意不去,诚恳地说:"别担心,我心里有数。"

王可心没想到会得到这么一句话,康万里就在她发愣的工夫快步走去了教室,王可心反应过来,立刻跟了上去。

第十二章
阴魂不散

教室里的学生比平常安静许多,最主要的原因无疑是教室里多了一个人。请了好几天假的花铭返校,而且精神状态良好。

这个人一回来,班级里的学生都不敢太造作,全班学生陷入半死不活的新状态。徐凤和杨复倒是很开心,围在花铭不远处聊天。

康万里到教室门口喊道:"花铭!"

全班同学都在一瞬间看过来。顶着大家各异的目光,康万里板着脸说:"你出来一下。"

徐凤登时瞪大眼睛,班里的其他人也都发出了无声的感叹词。

什么情况?花铭刚返校,康万里竟然叫他出去?康万里胆子这么大的吗?又有热闹可看啊!

被叫到的花铭似乎早有预料,不慌不忙地起身,走过去的时候甚至在哼歌。

班里的同学有些躁动,徐凤吼道:"看什么看?有什么好看的!"

花铭和康万里去了走廊拐角,不少人有意无意地看着这边。现在花铭和康万里就是学校的八卦中心,高中生最爱八卦了。

康万里一点儿都不在乎外界的目光，直接问道："你对尚辉做什么了？"

花铭漫不经心地说："没做什么。"

不可能！康万里："胡扯。"

花铭忽然笑了："真的没做什么。"

花铭确实没动手，也自认为没怎么费心，尚辉的存在对其他人来说可能是个刺儿头、麻烦，但对他而言根本不值一提。

尚辉的黑历史处处都有，把柄一抓一大把。以前类似的事情尚辉做过不少，人证、物证都有，花铭甚至还没开始抖搂，尚辉就吓破了胆。

花铭真的什么都没做，只是细数了尚辉的黑历史而已。

康万里并不需要花铭承认，因为除了花铭没有别人会去做这件事。他只是不明白花铭为什么这么做。

康万里艰难地问："你到底为了什么啊？你干吗帮我？我又没求你。"

看看这犟劲儿。花铭弯了弯眼睛："我不是说了吗？我想和你做朋友，不好好表现一下你怎么能感受到我的诚意。"

花铭轻笑："万里哥哥，感受到了吗？你心里舒不舒服？"

康万里："……"

康万里心里原本充满了感激之情，两句话下来又是一阵恼怒。他正想说些什么，身后传来一阵嘈杂声。

花铭微微挑眉，将康万里拦在身后。康万里反应过来时孔文君已经带着暴怒的表情冲了过来，目标毫无疑问就是他和花铭。

孔文君没等走近便怒吼道："花铭！你到底对尚辉做了什么？他多好的苗子，竟然要转学！你跟他说什么了？！"

就在刚刚，尚辉的父母已经将尚辉给领了回去。尚辉找到孔文君，白着一张脸，无论孔文君问什么都不说，就是死命要转学。

孔文君没办法，叫来了尚辉的父母，可不知道尚辉和他父亲说了什么，那位不负责任的父亲竟然二话不说就把尚辉领了回去。

这可是转学啊，能这么儿戏吗？尚辉转了就真的回不来了，他搞了那么久的保送的事也泡汤了。

孔文君不明白为什么，询问了一班的学生后，有人告诉他看见花铭和尚辉在操场上聊天，聊完以后尚辉就一路摇摇晃晃地去了他的办公室。

是花铭，原来是他，是他逼尚辉转学了！

"尚辉对你做了什么你要这么祸害他？你这么做还算是一个学生吗？"

花铭任孔文君吼了两句，这才说："孔老师班里的学生转学，您不在学生身上找原因，反而过来找我？"

孔文君气得怔了怔，瞪着眼看花铭故技重施地颠倒黑白。他愤怒地说："你还是不承认？"

花铭笑了："既然您说他是个好苗子，那让他在别的学校继续保送啊，既然有实力，为什么害怕？还是说这里面有水分，他错过这一次就保送不了了？对了，如果我真做了什么，尚辉怎么不向学校投诉我？莫不是他心里有鬼，不敢站出来？"

孔文君气得受不了，上前要拉花铭的手："你还嘴硬，走，我们去调监控，看看你都和尚辉说了什么！"

眼见着孔文君就要抓住花铭的手了，花铭没动，倒是康万里忽然从后面冒了出来。

康万里："别动手，孔老师，尚辉转学是他自己的事！"

花铭盯着自己差点儿就被孔文君碰到的手，眼神一亮。等等，是不是他的错觉？康万里刚才在帮他？

孔文君被这一下打岔给整蒙了，发现来人是康万里，他的目光变得愤怒："好，你们俩，又是你们俩……"

三个人的拉扯场面吸引了更多的人来围观，路过的张佑安察觉不对，急忙从人群里出来，拦住了孔文君："孔老师，你这是干什么？"

孔文君愤怒得说不出话，过了半晌指着花铭和康万里说："这两个学生欺负同学，应该开除！"

好好的两个学生，怎么就要开除？张佑安有些急了，无论如何，孔文君的行为已经过界了。他拦着孔文君："孔老师，不要乱说话，你现在气糊涂了，先回办公室吧。"

尚辉也是张佑安的学生，可张佑安非但不为尚辉讨回公道，还护着这两个八班的学生，孔文君心里暴怒，但到底不是没有脑子。他知道拿不出证据，操场上的监控即便能拍到两个人，也拍不到他们说了什么。

他气愤地指了指花铭："你就是仗势欺人。"

张佑安真不觉得这回是花铭的错，看看现在孔文君脸红脖子粗的样子，就算要教书育人，也要有正确的方法。花铭可能不对，但孔文君就对了吗？

花铭的脸上挂着微笑，他并不搭理孔文君，这个态度在孔文君看来比任何话都嚣张。

孔文君连声说："你是不是觉得自己很厉害？你以为大家都会怕你？"

花铭依旧没有说话。

孔文君气得脸色又黑又红。他瞪了花铭和康万里好几眼，最后甩手走掉了。

大家神情各异地看向花铭和康万里，忽然发现不知什么时候花铭已经不见了。

花铭说走就走，康万里本人也有些晃神，急忙追着花铭的背影跟过去，喊道："等等，你先别走。"

花铭像是没听到，一路走得飞快，康万里匆忙追到学校的卫生间，刚好被花铭关在门外。

那个总是追着他跑的花铭竟然把他关在了厕所外面？真是令

人难以置信！

康万里有些蒙："你这是干吗？"

花铭："上厕所。"

来卫生间当然是上厕所，这无疑是个蠢问题，可谁会在这个当口急着上厕所啊？！

康万里想吼他一句，到底没吼出来。他转念一想，看不到花铭的脸正好缓解了他的窘迫感，说接下来的话也会轻松一些。

于是康万里隔着门板，闷声闷气地说："我的话还没说完呢。"

厕所内花铭的声音闷闷的："怎么了？又要说我多管闲事？"

康万里："我才没有那么不知好歹呢好不好？我是想跟你说——"他哽住，然后用尽全身力气说出来，"这次的事情谢谢你了……我真心的！"

话说出口以后，心里一块儿大石落地，康万里一下子便好受了。他没勉强自己，说的是真的，不管花铭出于什么理由帮他，他确实感激。

虽然康万里想向老师求助，但也知道未必能达到理想效果。花铭解决了问题，对他而言确实是雪中送炭，康万里由衷地松了一口气。

卫生间静悄悄的，里面的人似乎不太相信自己听见了什么。花铭的声音传了出来："你再说一遍。"

康万里自觉受人恩惠，不再逞强，顺从地说："谢谢你。"

花铭："再说一遍。"

康万里心平气和，非常乖顺："谢谢你。"

厕所里面安静了，整个世界悄无声息，寂静得令人感到诡异。这是康万里人生中第一次向讨厌的人低头，还是心甘情愿地低头，他现在的心情怪得很。

听着里面没动静，他反而有些如释重负，急忙说："话说完了，我走了。"

康万里忙不迭地转身，就在这一刻，紧闭的厕所门忽然开了一条缝，一只修长有力的手从里面伸出来，拽住了康万里的胳膊。

花铭发出细微的哼笑声："康万里，你怎么能这么有意思呢？"

有意思个鬼！放在平时康万里肯定早就忍不住骂人了，可此时他受惊过度，完全没空张嘴，身体的逃跑本能让他挣扎起身试图夺门而出。

花铭发出一声感叹："突然这么听话，我怎么适应得了？"

康万里有点儿哆嗦，狭小的空间几乎让他喘不过气。他努力向后仰头，又是着急又是害怕地吼道："你有病啊？让我出去！你拉我进来干什么？！"

花铭眨了眨眼睛，慢悠悠地说："你不是和我道谢吗？面对面更有诚意。"

康万里急死了，语无伦次地说："你……你！你个浑蛋！你快让开！"

花铭哼笑着说："不行。我又没打你，你怕什么？"

康万里的精神在崩溃边缘："净说废话，你把我拉进来到底要干吗？！"

他早就该知道的，就算花铭帮了自己也改变不了花铭是个浑蛋的事实。前车之鉴摆在眼前，他就不应该放松警惕！哪怕道谢他也应该防着花铭！

花铭说："我这么做是因为我想和你做朋友，康万里，我说了我们有缘，我想和你成为朋友，特别好的那种。"

康万里怔住了，花了好久才消化了花铭的话，一脸难以置信的表情。

花铭轻笑："你这是什么反应？又不是第一次听到。"

确实不是第一次听到，他们第一次见面时花铭就说要和他做朋友，之后也说了好几次，可花铭藏画戏弄他的事情大家都知道，康万里会把那话当真才怪。

康万里的脑子乱哄哄的，他嘟囔："谁信啊？"

花铭："我要当你的朋友。"

康万里立即说："不可能，你做梦，我不同意。"

再次被拒绝，花铭一点儿都不在意："你早晚会同意。"

尚辉和孔文君的脸闪过脑海，康万里皱眉："你威胁我？"

花铭的神情很无奈："我什么时候威胁过你？"

康万里被堵得说不出话，花铭的确没威胁过他，但他还是摇了摇头，坚定地说："我不会答应的。"

花铭不在意地点了点头："嗯，那我再想想办法。"

还想办法，他想什么办法啊？康万里声音嘶哑地说："你离我远点儿好不好？我以后再也不和你打架了，我见到你就躲得远远儿的。"

花铭淡定地和康万里讲道理："你有拒绝的权利，我也有坚持的权利。我做我的事，你拒绝你的，两者有什么冲突？难道你怕自己某天忍不住和我成朋友了？"

康万里条件反射地反驳："我才不会！"

花铭笑了："你看，这可是你说的。"

康万里："……"

话题被带跑了，康万里直觉哪里不对，可惜他现在脑子混乱，一时不知该从哪句话开始反驳。而且康万里最怕别人的真情实感，这样他连骂人都不好意思了。

该表达的意思已经说清楚了，花铭推进下一步："我们可以先从普通朋友做起。"

康万里回过神："不行。"

花铭悠然地问："难道继续针锋相对？"

针锋相对自然不可能，经过了这些事，花铭刚刚还帮他收拾了烂摊子，他当然不会再那么排斥花铭，但也没想和花铭做朋友，只想做个路人。

康万里:"反正不行。"

花铭:"为什么?"

原因太多了,用一句话哪里总结得出来?

康万里坚持说:"你会影响我学习。"

花铭:"我什么时候影响过你学习?"

康万里哑然,花铭经常逗他,但确实极少在他学习的时候打扰他。康万里卡了半天,竟然找不出一个合适的理由拒绝。

他自暴自弃,一咬牙说:"行,做普通朋友也行,但……但你要答应我一个条件。"

花铭:"你说。"

康万里:"你别再跟着我。"

花铭一口答应:"可以。"

花铭答应得太轻松了,康万里浑身不得劲儿,感觉好像把自己卖了一样。

他急忙补充说:"还有!你不能再像之前那样,背后盯着我。"

花铭定定地看着康万里:"当然。"

康万里彻底熄火了,几句话说完,连自己是谁、现在在哪儿、在做什么都忘得一干二净的,好不容易醒悟过来,眼前还是花铭庞大的身躯。

康万里急忙说:"你怎么还堵着门?!你赶紧放我出去!"

两个人正僵持着,厕所外响起一阵脚步声,其中夹着一阵女式高跟鞋的声响。

许娉焦急的声音传来:"康万里、花铭,你们干什么呢?快点儿出来,千万不要动手。"

想来是有人听见了响动但没敢进来打扰,而是去通报了班主任。康万里如获大赦,急忙扯开花铭,从门口奔了出去。花铭没阻拦,由着他兔子一样跳了出去。

许娉着急就是怕康万里和花铭再动手,看到康万里从厕所里

272

出来，急忙问："你没事吧？没受伤吧？"

康万里摇头，再三保证："没有，没受伤，没打架。"

注意到许娉神情忧虑，康万里正好就之前的事道歉："许老师，我这次真的没动手。上次的事，我已经知道错了，我再也不打架了。"

许娉本来担心得不得了，有一肚子话想说，面对康万里诚恳的保证，心里既惊讶又感动，一时忘了教训人。确认过康万里身上确实没伤，她又看向厕所，花铭没有露面。

康万里催促道："老师，我们赶紧走吧。"他一刻都待不下去了。

许娉点了点头，定定心神，开口说："正好你们俩都在，一会儿回去把座位换一下，康万里调去和詹英才坐一桌吧。"

康万里的耳朵登时就竖了起来，他现在虽然蒙得不行，可这点儿意识还是有的，换座位这么大的好事，他巴不得呢！

可惜这样的好事八成很难实现，他刚答应了花铭要当普通朋友，花铭不可能放他走。按照花铭那个胡搅蛮缠的功力，一般人真说不过他。

康万里不由得等待着花铭的反应，持有同样想法的还有许娉，两个人故意停了一会儿，厕所里的花铭依旧没有搭腔。

这人竟然没说话？也就是说他同意了？默认了？许娉松了一口气，康万里却蒙得更厉害了。等他恍恍惚惚地回到教室里一顿整理后到了新座位，还是不太敢相信这个事实。

詹英才自然非常欢迎康万里这个天上掉下来的新同桌："太好了，万里。"

康万里也说："知己，这就是缘分啊。"

惊喜交加的两个人不由得鼓掌庆贺。

他们开心，另一头却有人愁云惨淡。换座位的事情向来有人欢喜有人愁，康万里走了，自然有一位同学要去挨着花铭。

全班同学都理解许娉调座位是为了班级和谐，所以并不惊讶，只是一起向那位"壮士"投去了同情的目光。

牺牲小我构建和谐班级,同志,八班的学生都会记得你啊!

康万里有点儿可怜他,可想想自己的处境,也不比那位壮士好到哪儿去。

事情反常更叫人心里打鼓,调座位调得这么轻松,康万里十分忐忑不安。等花铭慢半拍地回到教室以后,康万里一直能感觉到花铭的视线落在他的背上。

不过花铭并没来和他搭话,隔着几桌,康万里还能听到徐凤抱怨的声音。

徐凤说道:"换都换了,倒是多换两桌啊,我还想和铭哥坐一桌呢。"

康万里克制不住自己的在意,等放学回了家,才算从这种情绪中解放出来。因为比起花铭,现在有另外一件事更需要他上心——小风明天要走了。

康万里抱着复杂的心情帮康千风收拾完行李,特别不舍,嘱咐了好多没用的话,还提醒康千风千万和他保持视频联系。

康千风对这些话兴趣不大,闲聊了有一阵,突然问:"那个男的是怎么回事?"

康万里愣了愣:"哪个?啊,你是说花……花铭?"

原来那个男生叫花铭,康千风默默记住,又追问了两句。他马上就要开学了,有些不放心这些不确定的事。虽然花铭已经和康万里冰释前嫌,但到现在为止康万里还没有跟他好好说过和那个花铭具体有什么摩擦。

康万里怎么可能说得出口?他没说细节,只含糊地说:"什么摩擦不重要,现在都已经解决了。我不会在学校打架,更不会受伤,你就放心吧。"

康千风被康万里敷衍过去,明显不太满意。兄弟二人各自上床睡觉,康万里听着小风翻滚的声音,心里过意不去。他偷偷取出手机，硬着头皮同意了花铭的好友申请。同意以后，他立刻给花铭发消息。

追风的少年：发给我一张照片，快点儿。

花铭秒回了一个问号，光从这个标点符号康万里就能想象出花铭淡定的脸。

追风的少年：再发张咱们俩的合照，让小风放心。

又是小风，康万里和这个小风到底是什么关系？花铭猜测着，回复倒是迅速。

花铭一口答应，连扯皮拉锯都没有，顺利得让康万里差点儿精神恍惚。他等了几秒，花铭竟真的给他发了过来，不过不是照片，而是一段几秒钟的小视频。

花铭对着镜头非常诚恳地说："我和康万里的关系非常和谐，我以后不会和康万里打架，更会禁止任何人和他打架，我保证。"

康万里惊了。这段视频拍得算是非常正经，用来让小风安心再合适不过，毕竟哪儿有真正的对头会给对方录视频的？小风看了以后绝对会相信他们的关系已经大为改善。

原来花铭在厕所里说的话是真的，不是他做梦，花铭真的想和他当好朋友。康万里心慌意乱，在床上滚了好几圈，心情相当复杂。

这题真的超纲了啊！

花铭不忘问行不行，康万里也不是翻脸不认人的人，回了个——凑合。

大花：我已经准备好了，你删吧。

追风的少年：……

删什么？删好友？他还没说要删好不好！再说就算他想删，被花铭这么一说能好意思才怪！

康万里被气笑了，反倒从心慌意乱的状态中出来了。他放下手机不再理睬花铭，过了一会儿，花铭又传了一条消息过来。

大花：晚安。

康万里拒绝回复。

过了这一晚，第二日的兄弟送别场景格外"凄惨"。康万里的反应比送宁修的时候大得多，差点儿抱着康千风不放手。自然，他没忘把花铭的小视频给康千风看。

康千风顿了好几秒，欲言又止，最后没有发表任何评论，只非常勉强地点了点头。

康万里当他放了心，拍着胸脯继续瞎说："这回信了吧？我在学校里啥事都没有，男生那点儿矛盾都是青春啊。"

康千风放弃了这个话题，时间一到就登机，奔往了大学生活。

康万里本以为自己已经做好了心理准备，可等这天真的来了，还是受不了。最可怕的是回到家以后，他一个人住在房间里，总觉得空荡荡的。他们长这么大，小风还是头一次和他分开这么久。

康万里想弟弟想得紧，在家里看什么都不对劲儿，过了两天，康万里做出了一个决定——他准备住校。

以前康千风在家，康万里怎么都不可能一个人住校，可现在康千风不在，康万里又把备战高考提上了日程。他考虑到每天来回骑自行车花在路上的时间太多，住校无疑能节省出更多学习时间。

康万里一提出这个想法就遭到了张阿姨的强烈反对："那怎

么行？！你住学校谁照顾你？谁给你洗衣服、做饭、收拾房间？你一个人不行的，你连床都铺不了。"

张阿姨不说还好，一说康万里也很奇怪："小风出去上学也一个人住啊，你怎么只对我反应这么大？"

张阿姨："你和小风能一样吗？你表面上是哥哥，背地里其实是个弟弟啊。"

康万里相当不服气，说他别的还行，说他是个弟弟，康万里难以接受，当下就被激起了逆反心理，还非去不可了。

张阿姨说不过他，让康家父母决定，本想着了解儿子性格的康家父母会拦一拦，谁知道这两个人讨论以后竟然表示同意。

"宿舍是个小社会，让他和其他孩子磨一磨也挺好，正好让他收收性子。小风不在家，没有小风照顾他，也让他趁这个机会锻炼一下独立的能力。"

康家父母都这么说，张阿姨自然没办法，只能捶胸顿足，痛恨自己一身厨艺无处施展，最后不得不给自己买了欧洲两月游的票打发打发时间。

康万里如愿以偿，又在登录靖博的官方网站查询发现高三宿舍都是单间之后，总算放下心来，这样就没人打扰他了。

不过即便如此，康万里还是没有大肆宣传他准备住校的事情，只告诉了王可心和詹英才两个人，同时，他在学校还特别注意花铭的举动。

没办法，花铭最近实在是太安静了，从换座位开始，连续几天时间从没主动找他说过话，如果不是他偶尔能感觉到花铭的视线落在自己身上，说不定真会以为班里没有花铭这个人了。

太奇怪了，事出反常必有妖，于是康万里将防备状态贯穿始终，时不时就偷偷往后看，还顺便问一问詹英才："你有没有觉得花铭对我特别关注？"

詹英才："呃……怎么说呢……"你确定说的是花铭而不是

你自己吗？

看看康万里每天紧张兮兮地盯着花铭还要假装没在看的样子，詹英才严重怀疑那场架是不是给康万里留下了什么后遗症，怕不是把这孩子给吓傻了吧？

日常生活继续推进，在康千风走后的第三天，康万里的学习生活发生了一些波折——理科八班的物理课换老师了。

这事没有提前通知，直到上课新老师来到了教室里，八班的学生才知道这茬。

张佑安代替之前的女物理老师来到教室，敲了敲黑板说："学校临时做的决定，从今天开始就由我任职八班的物理老师。虽然有点儿突然，但我一定会好好承担起自己的责任，教好这门课……"

一班的物理老师竟然调到八班来做物理老师，学生们从来没见过这种操作。一瞬间整个教室哄闹起来——

"什么？"

"咱们班原来的那个老师呢？"

"不是说张佑安教得可好了吗？学校这是突然照顾我们八班了？"

学校怎么可能照顾八班？如果要照顾，当初就不会这么分班。唯一的可能就是不是八班突然受宠，而是张佑安被贬了。

詹英才小声地惊呼了一声，靠近康万里说："这太过分了吧。"

康万里对靖博的教师团队不太了解，没能在第一时间了解到做八班老师和做一班老师的不同之处，皱了皱眉。

由哪个老师来教学对靖博的学生而言不是很重要，但能教哪个班对老师而言比较重要。张佑安调班，想来是职场上的一次重创。

康万里不由得严肃起来，讲台上的张佑安看起来难掩憔悴之色，可在学生面前并没有表现出失落的样子，还试图很开朗地做自我介绍。

康万里心里突然有点儿不是滋味，他和这个老师接触不多，但是这个老师曾经为他说过两次话呢。

"为什么啊?他在一班教得不是好好的吗?干吗……"康万里说着说着突然停下了,心里有了答案。

康万里好生气:"那个人干的啊!"

詹英才:"孔文君老师是一班的班主任,又在靖博待了那么多年,而张老师只是个新人。"

康万里简直要气死了。

转瞬间想清前因后果的不止詹英才和康万里两个人,后面的花铭三人组也心知肚明。

花铭一如既往地没什么大反应,徐凤则毫不掩饰自己的音量,大声嚷嚷起来,为张老师鸣不平。

徐凤这么一喊,全班同学都反应了过来。等等,这是瞧不起谁呢?八班学生很生气,老师这是鄙视他们成绩不好啊?

全班同学都颇为不爽,但不爽之后又马上无语。比较扎心的是……他们的成绩是真的差劲,这就很尴尬。

班里的气氛很诡异,张佑安比较体谅学生的内心世界,为了调节气氛,非常贴心地给每人发了五套卷子。

"我初来乍到,不知道大家的水平,只能用卷子和大家联络一下感情。今天晚上大家把这几套题做一做,明天收三套,讲两套。"

全班同学不敢相信:"五套全做?"

张佑安:"对,全做。"

教室里"哀鸿遍野":"还讲两套,你讲得完吗?"

张佑安笑着说:"我把你们的体育课占了,肯定能讲完。"

学生一阵哀号,师生关系迅速拉近,班里气氛终于活络起来。一节课匆匆过去,张佑安的"倒霉"遭遇并没有给八班的学生带来太多影响,可对康万里来说不是。

康万里十分气愤,但现在学会了思考后果,没用詹英才拉他就冷静下来:"等我考上京大,非让张老师和许老师一个顶十个,

279

赚得比教出十个过一本线学生的老师还多！"

詹英才觉得康万里这份儿心挺好，可惜还是得提醒他："你考上京大老师们估计也只能拿那么多。"

康万里愣住了："为什么？"

詹英才："主要是因为咱们学校没人上过京大，有人考上重点大学都是烧高香了。"

康万里："……"这是英雄无用武之地？

康万里："我建议我们班同学应该一起学习，都过一本线。"

詹英才委婉地说："你不要做梦。"

康万里："多过一个也好嘛。"

詹英才："你花时间辅导啊？"

康万里一口答应下来："可以啊。"

让张佑安因为帮他说情而独自承受后果，康万里心里真的过意不去，所以在保证自己成绩不受影响的基础上，他愿意花时间帮助班里其他人提升成绩。

康万里拍了拍胸脯说："虽然我很优秀，但我对别人不挑的，我不歧视成绩不好的同学。"

他正说着，徐凤的笑声突然在身后响起："就你？倒数第一名还教别人？"

徐凤话没说完，杨复已经把人给拎了出去。

康万里还没反应过来，那个他好几天都没听到过的声音忽然说道："那你教教我啊？"

康万里怔住，用力看过去，花铭对他露出和善的笑容："我觉得你教教我，我应该能值一万块。"

康万里的声音像卡带了一样发不出来，"厕所宣言"过后，这还是花铭第一次和他说话。花铭刚才说什么来着？让自己教他？不可能，才不能给他机会！

康万里拒绝："不行！"

花铭:"你刚说过不歧视成绩不好的同学。"

康万里瞬间跟不上趟儿,顿了一下才说:"那……那不是一回事。"

和花铭谈话不能讲逻辑,一讲肯定要蒙,康万里心想还不如蛮不讲理。他正准备说些什么,没想到花铭一点儿都不纠缠。

花铭微微点头,笑着说:"我还有事,先走了,一会儿见。"

有事?他什么重要的事?这人求人有诚意吗?

康万里哑口无言,生了好一阵闷气。生完这阵莫名其妙的气后,他才冷静下来去忙自己的事。可不是只有花铭有事要忙,他今天也有重要的事——他今天终于要搬进宿舍了!

康万里克制住内心激动的情绪,为了低调行动拒绝了詹英才的帮忙,自己拎着两个大大的行李箱奔向宿舍楼。

严防被某人发现,康万里一路走得飞快,等到了宿舍楼累得不停地喘粗气。不过开心的是路上安稳,没碰上花铭也没碰上花铭的两位兄弟,虽然又急又累,总体还是值了,他终于可以暂时安心几天。

要是以后每天回宿舍的时候小心一点儿,说不定一个学期下来花铭都不知道他住校,康万里想着想着差点儿笑了。

他偶然一瞥,看到走廊的垃圾桶里有很多新的床上用品、日常用品的包装盒,看起来刚扔在这里不久,难道这一层还有别人和他一样中途搬进来?

不过也就是一瞬间的思绪,康万里没费心思多想。他现在最关注的是他的房间,不知道那个他即将独自居住好久的宿舍会是什么样子。

现实并没有让康万里失望,靖博的宿舍是一人一厅一卫的单人间,采光很好,环境优越,放眼全市所有中学,这应该是条件最好的学生宿舍,就是租出去做单人公寓也够用。

空调、热水、无线网,该有的设施都有,连墙纸都是他喜欢的颜色,棒极了!

康万里非常满意,立刻便开始收拾房间。张阿姨给他带了整整两个皮箱的生活用品,工程量很大,他得抓紧时间。

康万里快速行动起来,正忙着,突然有人敲了敲房门。门本来就是开着的,康万里并没有回头,只说道:"谁呀?请进。"

敲门的人并没有回应,康万里正挂衣服,不得不放下手回头,这一看他浑身打了一个哆嗦,差点儿把衣架弄掉在地上。

不是吧?

他的宿舍门口倚着一个人,来人身材高大,中分头,眸色漆黑,脸上带着若有若无的笑意。

花铭怎么在这里?

康万里好半天说不出话来……